FASCINATION DU ROMAN HISTORIQUE

Intrigues, héros et femmes fatales

Illustration de couverture : © AKG-Images.
Lana Turner dans *Les Trois Mousquetaires*
de George Sidney (1948).

FASCINATION DU ROMAN HISTORIQUE

Intrigues, héros et femmes fatales

Brigitte Krulic

COLLECTION PASSIONS COMPLICES

INTRODUCTION

> Ils lurent d'abord Walter Scott.
>
> Ce fut comme la surprise d'un monde nouveau.
>
> Les hommes du passé qui n'étaient pour eux que des fantômes ou des noms devinrent des êtres vivants, rois, princes, sorciers, valets, gardes-chasse, moines, bohémiens, marchands et soldats, qui délibèrent, combattent, voyagent, trafiquent, mangent et boivent, chantent et prient, dans la salle d'armes des châteaux, sur le banc noir des auberges, par les rues tortueuses des villes, sous l'auvent des échoppes, dans le cloître des monastères.
>
> FLAUBERT, *Bouvard et Pécuchet*, chap. V.

Chaque roman historique, bon ou médiocre, renouvelle cette « surprise d'un monde nouveau » à laquelle s'abandonnent, dans leur inépuisable et rafraîchissante ingénuité, Bouvard et Pécuchet. Foisonnement d'épisodes, rythme étourdissant de l'action, utilisation de la machine à remonter le temps qui, ramenant à la vie les fantômes du passé, abolit la catégorie du temps et de la finitude, toutes les recettes, tous les ingrédients, éculés parce que efficaces, du roman historique sont là, offerts à l'intarissable faculté d'émerveillement des deux bonshommes. Genre à succès, le roman historique se nourrit de l'imitation, de l'adaptation et de l'émulation : il se définit par rapport à des modèles face auxquels chaque nouvel auteur se situe, pour s'en inspirer ou s'en démarquer.

En termes de tirage et de diffusion commerciale, le roman historique bénéficie, aujourd'hui comme hier, d'une position privilégiée : en 2003, ces « maîtres du genre » que sont Christian Jacq (les sagas égyptiennes, telle *La Reine-Soleil)* et Mireille Calmel *(Le*

Lit d'Aliénor, Le Bal des louves) ont dépassé les centaines de milliers d'exemplaires, lus essentiellement (70 %) par un public féminin. S'y ajoute une très abondante production destinée à divertir une jeunesse que l'on souhaite par ailleurs initier en douceur à l'histoire, avec des auteurs spécialisés comme Michael Mopurgo *(Jeanne d'Arc, Le Roi Arthur)*, Jean-Côme Noguès *(Le Vœu du paon)* ou Odile Weulersee *(Les Pilleurs de sarcophages, Le Messager d'Athènes)*. En règle générale, l'alchimie « sexe, sang et sabots[1] », qui autorise un dosage sur mesure des ingrédients combiné à des techniques narratives très traditionnelles, assure au roman historique un premier tirage au moins deux fois supérieur à celui d'un roman de littérature générale. Le genre ignore donc la crise du roman français, dont l'égocentrisme réel ou supposé, sans même parler des expérimentations stylistiques, rebute une large partie du public ; la situation est sans doute différente dans d'autres pays, en particulier la Grande-Bretagne.

« Les mille et un mousquetaires[2] » illustrent, à eux seuls, la popularité de personnages emblématiques du roman historique, si parlants à l'imaginaire et présents à la mémoire qu'ils accèdent à une existence autonome et à une célébrité indépendantes de la lecture effective de l'œuvre : en témoignent les innombrables adaptations cinématographiques des œuvres d'Alexandre Dumas, trente-trois adaptations recensées en mai 2004 pour *Les Trois Mousquetaires*[3], vingt et une pour le cycle « Révolution » *(Joseph Balsamo, Le Collier de la reine...)*, neuf pour le cycle « Guerres de

---

1. C'est le titre du dossier que *Télérama* a consacré au roman historique (28 mai 2003).

2. Daniel Compère, « Les mille et un mousquetaires », *in* Michel Arrous (dir.), *Dumas, une lecture de l'histoire*, Paris, Maisonneuve & Larose, 2003, p. 439.

3. Ces chiffres sont cités par Gérard Gengembre dans « La saga d'Esméralda », *in TDC, Le Roman historique*, Dossier du CNDP-CRDP, n° 876, 15 mai 2004.

religion » *(La Reine Margot, La Dame de Monsoreau...)*. Succès encore plus éclatant pour *Notre-Dame de Paris*, qui arrive en tête des adaptations de romans, sous forme de film, de comédie musicale ou de bande dessinée[4].

Adaptation, mais aussi imitation, et tout d'abord, traduction, et cela vaut à toutes les époques : en Grèce, aucun écrivain n'a été autant traduit au XIXe siècle qu'Alexandre Dumas, dont *Les Trois Mousquetaires*, publiés en 1844 à Paris, sont traduits en grec dès 1849[5]. À travers l'Europe littéraire se multiplient les œuvres plus ou moins librement inspirées de Walter Scott (jusque vers 1850), puis de Dumas : duels à répétition, enlèvements spectaculaires, où la ruse et l'adresse du héros-spadassin déjouent complots et coups fourrés, le roman historique, en France, en Espagne, en Allemagne, en Grande-Bretagne[6] accumule les péripéties en costume d'époque qui, renouvelant le canevas établi par les maîtres du genre, campent l'archétype du roman de cape et d'épée, abondamment diffusé par la presse où triomphe le roman-feuilleton.

Autre phénomène qui relève des jeux de mémoire et de miroir, même si, bien évidemment, il peut par ailleurs s'inscrire dans une

---

4. Marie Tapié, « Les adaptations cinématographiques de Notre-Dame de Paris », communication devant le groupe Hugo de l'université Paris VII, consultable sur le site Internet : groupugo.div.jussieu.fr

5. Théodore Katsiros, « Alexandre Dumas et la Grèce (Emprunts et contre-emprunts historiques) », *in* M. Arrous (dir.), *Dumas, une lecture de l'histoire, op. cit.*, p. 571 *sq.*

6. Matthieu Lettoumeux, « L'inspirateur du roman d'aventures historiques : quelques exemples en France, en Espagne et en Grande-Bretagne », *in* M. Arrous (dir.), *Dumas, une lecture de l'histoire, op. cit.*, p. 507 *sq.* Sur l'Allemagne, voir Alain Montandon, « Le roman historique en Allemagne », *in* Dominique Peyrache-Leborgne et Daniel Couégnas (dir.), *Le Roman historique. Récit et histoire*, Nantes, Éditions Pleins Feux, 2000, p. 68-80.

logique commerciale, le souci de renouveler un succès éditorial : la « suite », comme si les auteurs – et les lecteurs – ne pouvaient se résoudre à abandonner les personnages rendus à la vie au fil des épisodes, comme par exemple le Pierre de Siorac mis en scène dans les nombreux volumes du cycle *Fortune de France* de Robert Merle. La « suite » porte à l'extrême les conventions du genre romanesque dans son ensemble, qui, sous peine d'échec, se doit de susciter la frustration née du désir d'« en savoir plus » et de l'identification aux personnages, frustration que les lois mêmes de la fiction romanesque vouent à un inévitable inassouvissement – le mot « fin » vient inévitablement clôturer l'aventure de la lecture. Pour s'en tenir à l'exemple des *Trois Mousquetaires*, on remarquera qu'il existe une bonne quarantaine de récits en langue française qui prolongent les aventures de l'immortel quatuor. Citons pour mémoire *Le Dernier Amour d'Aramis* de Jean-Pierre Dufreigne, paru en 1993, qui enchaîne avec la dernière phrase du *Vicomte de Bragelonne* : « Des quatre vaillants hommes dont nous venons de raconter l'histoire, il ne restait qu'un corps : Dieu avait repris les âmes. » Dumas confessait avoir éprouvé un vrai chagrin en faisant mourir Porthos enseveli sous les rochers de Belle-Île. À la fin mélancolique du *Vicomte de Bragelonne*, où la mort des personnages clés, à l'exception d'Aramis, coïncide avec l'achèvement d'un récit étiré sur trois volumineux romans et des milliers de pages, le roman de Jean-Pierre Dufreigne apporte, sinon un apaisant correctif, du moins l'illusion d'un prolongement qui tempère le caractère abrupt et définitif de l'adieu aux héros.

Sans doute *Le Dernier Amour d'Aramis*, par la complexité des jeux de miroir entre l'original et la « suite », entre les lieux et les époques, par les références intertextuelles[7] sophistiquées à d'autres

7. L'intertextualité relève d'une théorie littéraire, illustrée en particulier par

personnages littéraires, tel le Don César de Bazan, comte de Garofa, personnage hugolien inopinément extrait de *Ruy Blas*, relève-t-il davantage de ce qu'on pourrait appeler une relecture moderne de grand classique, une recomposition personnelle sur un thème qui se voit « revisité » dans une démarche originale. La plupart des « suites » naissent tout simplement du souci de combler les vides, par exemple les « vingt ans » de silence dans le récit des aventures de d'Artagnan – qui seraient explicables par l'absence de faits saillants dans la vie des héros engloutis dans la répétition des travaux et des jours, comme le suggère Dumas ; elles expriment souvent, chez les « suiveurs », le désir bien compréhensible de plier aux caprices de leur imagination des personnages « disponibles » (*D'Artagnan*, de Paul Mahalin, *Le Grand Secret de d'Artagnan*, d'Arsène Lefort, *Le Fils de d'Artagnan*, de Paul Féval fils, qui porte en sous-titre, afin que nul n'en ignore, *« Suite des Trois Mousquetaires »*[8]).

Effets de miroir, avons-nous dit, ou encore lecture à tiroirs : les jeux de l'intertextualité remplissent la même fonction que la « suite » ou l'adaptation – clins d'œil au lecteur, dont on espère qu'il « saisira l'allusion », ils signent une connivence avec l'auteur, mais aussi soulignent l'appel inexprimé mais omniprésent à la mémoire du lecteur. *Le Capitaine Fracasse*, où affleurent, en écho

---

Mikhaïl Bakhtine et Julia Kristeva, envisageant les relations existant entre les textes écrits, qui sont en état de dialogue les uns par rapport aux autres. Le corpus littéraire est donc, dans cette optique, traversé par des mouvements d'échanges ; chaque texte recompose d'autres textes et le lecteur est invité à entrer, grâce à sa culture propre, dans le jeu de l'intertextualité.

8. D. Compère, « Les mille et un mousquetaires », *op. cit.*, p. 441. Les éditions Omnibus ont réédité en 2002 deux cycles de romans de Paul Féval fils, *D'Artagnan contre Cyrano de Bergerac* et *D'Artagnan et Cyrano de Bergerac réconciliés*.

à longueur de pages démultiplié, le mélodrame romantique à la Pixérécourt ou le roman gothique d'Ann Radcliffe, accumule ces effets, à l'instar du roman « napoléonien » de Patrick Rambaud *Il neigeait*, qui, dans l'évocation de la bataille de Borodino et de l'occupation de Moscou à l'automne 1812, joue avec les réminiscences de *Guerre et Paix*.

C'est donc sous cet angle – les jeux de miroir et de mémoire entre l'histoire et la fiction – que cet essai se propose d'aborder une production multiforme, pour ne pas dire hétéroclite, dont le *Dictionnaire de l'Académie française*, dans son édition de 1835, définit, une fois pour toutes, le plus petit commun dénominateur : le roman historique, c'est un « roman dont le fond est tiré de l'histoire[9] ». Car le genre se distingue par son extrême malléabilité, l'incertitude quant au tracé de ses frontières qui n'en finit pas d'alimenter les débats théoriques : *Guerre et Paix* est-il, ou non, un « roman historique » ? Et pourquoi ne pas enrôler sous cette bannière *Les Misérables*, où figure un saisissant tableau de la bataille de Waterloo ? S'y ajoute, à l'époque contemporaine, la prolifération de genres « satellites » tels que Mémoires imaginaires (*L'Allée du roi* de Françoise Chandernagor, *La Récalcitrante*, de la talentueuse romancière néerlandaise Hella S. Haasse[10]), « romans biographiques » ou « biographies subjectives » à la Max Gallo (*Napoléon*, 1997, *De Gaulle*, 1998, et *César Imperator*, 2003),

---

9. Cité par Vittorio Frigerio dans « Les voix de Dieu : histoire individuelle et histoire collective dans *Création et rédemption* », *in* M. Arrous (dir.), *Dumas, une lecture de l'histoire, op. cit.*, p. 300.

10. Le roman évoque, dans un montage subtil de chroniques d'époque et de narration, la vie singulière de la comtesse de Bentinck, sur laquelle existe par ailleurs une étude à vocation « scientifique », *Une femme des Lumières. Écrits et lettres de la comtesse de Bentinck, 1715-1800* (Anne Soprani et André Magnan, Paris, CNRS Éditions, 1997).

ou « policiers historiques » mêlant intrigue criminelle, érudition et pastiche (*Le Nom de la rose*, d'Umberto Eco, *Le Cercle de la croix* de Ian Pears, et bien sûr *Da Vinci Code*, le succès mondial de Dan Brown doté d'une « suite »). D'où l'extrême hétérogénéité du genre, où cohabitent, aux côtés des grands ancêtres Scott, Dumas, Vigny, Mérimée, Pouchkine, Dickens, les contemporains « inspirés », tels Marguerite Yourcenar, Patrick Rambaud ou Robert Margerit, et les fictions de divertissement, parfois très bien faites, qui sont aujourd'hui prédominantes en matière d'audience et de tirage (Christian Jacq, Jeanne Bourin)...

On peut malgré tout s'accorder sur ce que nous appellerons les invariants du roman historique, qui n'ont guère évolué depuis l'époque où Walter Scott enfiévrait les imaginations romantiques et lançait la mode du style troubadour : un récit reposant sur la liaison organique entre trois éléments, les événements historiques, l'évocation des « mœurs » et les aventures romanesques d'un ou plusieurs héros, la répartition des ingrédients variant selon les auteurs[11].

Le roman historique est une représentation, aux deux sens du terme : tout à la fois une image vraisemblable de la réalité et un miroir de l'imaginaire, de la culture d'une époque donnée. C'est donc, tout d'abord, une mise en scène qui obéit aux critères de la création littéraire, mais dotée d'une spécificité par rapport au modèle générique du roman : genre « bâtard » et « hybride », fruit

---

11. Voir, sur la théorie littéraire du roman historique, les travaux, cités en note *infra* et en bibliographie, de Claudie Bernard et, sur la définition des « ingrédients » du roman historique, les deux articles essentiels de Jean Molino, « Qu'est-ce que le roman historique ? », *Revue d'histoire littéraire de la France*, n° 2-3, mars-juin 1975, p. 195-234, et « Histoire, roman, formes intermédiaires », revue *Mesure, L'Histoire comme genre littéraire*, n° 1, Paris, José Corti, 1989, p. 57-75.

déconcertant de l'« accouplement contre nature » de Clio et de Calliope[12], le récit associe un cadre réel – les événements historiques – à des héros fictifs, il est tout à la fois exact et imaginaire, ou plus joliment exprimé, il raconte une « histoire qui se mêle d'Histoire, une histoire à minuscule qui se frotte à l'Histoire à majuscule[13] ». Quant à l'action, elle suppose que l'auteur adopte une position de mise à distance dans le temps, sur la durée de laquelle les avis des experts divergent, mais que le fondateur du genre, Walter Scott, fixe, dans ce roman historique inaugural qu'est *Waverley* (1814), à soixante ans.

Roman, donc fiction, cet hybride se veut aussi historique, c'est-à-dire véridique : il n'est guère surprenant que le thème de la « vérité » dans le roman historique – certains auteurs préfèrent le terme de « roman d'histoire[14] » – ait abondamment inspiré les controverses chez les critiques et les auteurs. Comment concilier les exigences romanesques avec les données immuables des faits réels, la séduction du connu et celle de l'inconnu ? Et surtout,

---

12. Michel Vanoosthuyse, *Le Roman historique, Mann, Brecht, Döblin*, Paris, PUF, 1996, p. 10 *sq*.

13. La formule est de Claudie Bernard dans « Le roman historique, une tranche d'histoire : à propos de Patrick Rambaud », *in* D. Peyrache-Leborgne et D. Couégnas (dir.), *Le Roman historique. Récit et histoire*, *op. cit.*, p. 280.
Voir, du même auteur, *Le Chouan romanesque. Balzac, Barbey d'Aurevilly, Hugo*, Paris, PUF, 1989, et *Le Passé recomposé. Le roman historique français du XIXe siècle*, Paris, Hachette, 1996.

14. Le « roman d'histoire » ou « roman de l'histoire », tel que l'auraient illustré, selon Predrag Matvejevitch (*Le Monde des livres*, 22 avril 2005), Tolstoï et Marguerite Yourcenar, se différencie du roman historique classique, dans la mesure où l'histoire ne serait pas un simple décor, une toile de fond, mais « la matière et la substance de l'œuvre romanesque ». Ce critère de différenciation paraît difficile à manier, tant l'appréciation subjective de ce qui forme « matière et substance », ou au contraire, « toile de fond », est susceptible de varier.

comment masquer les « coutures » entre les péripéties de l'intrigue, le plus souvent portée par les personnages imaginaires – *Cinq-Mars* constitue l'une des rares exceptions –, et l'arsenal documentaire, sources historiques, Mémoires, description minutieuse des costumes et pratiques culturelles, chansons d'époque... que tant d'auteurs, de Vigny à Marguerite Yourcenar ou Patrick Rambaud, se plaisent à rassembler en « dossiers » ou « annexes » dotés d'une coloration explicitement scientifique et destinés à étayer le sérieux et la bonne foi du romancier historique, ou plutôt faudrait-il dire du romancier historien, qui, à l'instar de l'auteur de *L'Œuvre au noir*, a « un pied dans l'érudition » et l'autre « dans la magie » ? Dans les *Carnets de notes de « Mémoires d'Hadrien »* (1951), Marguerite Yourcenar a explicité très scrupuleusement ces règles du jeu que le souci d'éviter ce qu'elle appelle le genre « bal costumé » apparente à une rigoureuse ascèse : les milliers de fiches documentaires ne sont là que pour « tâcher de rendre leur mobilité, leur souplesse vivante à ces visages de pierre » ; les comparaisons, les rapprochements entre ceux dont nous sommes séparés par les sédimentations du temps ne sont que des « jalons sur la route du retour vers un point particulier du temps[15] ».

À cet égard, le roman historique est soumis aux mêmes tentations contradictoires que la biographie historique, genre également hybride et « impur », écartelé entre la volonté de documentation exhaustive et fiable et l'imaginaire romanesque empathique, qui sert aussi à combler les failles et lacunes de l'information et à créer l'illusion d'un accès miraculeux au passé. Biographie et roman historiques compensent par leur succès auprès du public le relatif discrédit, variable selon les époques, dont le monde

15. Marguerite Yourcenar, *Mémoires d'Hadrien* (1958), suivis de *Carnets de notes de « Mémoires d'Hadrien »*, Paris, Gallimard, « Folio », 1974, p. 332.

académique les accable ; leur hybridité commune montre aussi à l'évidence les tensions ainsi que les connivences à l'œuvre entre littérature et sciences humaines[16].

Plus prosaïquement, l'argumentaire de promotion élaboré par les maisons d'édition s'appuie largement sur ce qui constitue la spécificité et l'atout majeur du genre : une histoire palpitante, fertile en rebondissements, qui est une histoire « vraie », et, de ce fait, renforce implicitement le lecteur dans l'espoir consolant que la « vie réelle » – la « vraie vie » – offre ou peut offrir un terrain quasi illimité à l'aventure et à l'extraordinaire. Citons par exemple un article de *Nice-Matin* qui figure en quatrième de couverture sur l'édition France Loisirs de *La Reine-Soleil* de Christian Jacq : « Christian Jacq écrit des romans. Mais des romans vrais. Non seulement tous les personnages de *La Reine-Soleil* sont réels, mais l'intrigue, qui ferait les délices d'un roman-photo, est, elle aussi, basée sur une trame existante. »

Quel équilibre, par ailleurs, trouver entre personnages fictifs et historiques ? Ce sont là les termes mêmes du débat qui, classiquement, confronte l'approche de Vigny dans *Cinq-Mars ou une conjuration sous Louis XIII* (1826) – la représentation des grands hommes, Richelieu au premier chef, est au premier plan – et celle, à peu près contemporaine (1829), de Mérimée (*Chronique du règne de Charles IX*), dans laquelle la peinture des « mœurs » d'époque est portée par des personnages anonymes[17], les *Trois Mousquetaires*

---

16. François Dosse, *Le Pari biographique. Écrire une vie*, Paris, La Découverte, 2005, p. 9 *sq*.

17. Prosper Mérimée, préface à *Chronique du règne de Charles IX* (Paris, Gallimard, « Folio », 1969, p. 35) : « Je n'aime dans l'histoire que les anecdotes, et parmi les anecdotes je préfère celles où j'imagine trouver une peinture vraie des mœurs et des caractères à une époque donnée. »

tenant la balance à peu près égale entre le désir de tracer et de lire de « beaux portraits », selon l'expression de Mérimée, et les scrupules qu'éprouve l'auteur à manipuler à sa guise les grandes figures de l'histoire.

L'ambiguïté inhérente au genre ne se laisse pas aisément contourner : elle constitue une donnée de fait qu'il est toutefois possible de penser et d'approfondir sous l'angle offert par la catégorie du « vraisemblable ». Il nous faut en effet admettre que le roman et l'histoire ne s'opposent pas comme la vérité et la fiction, dans la mesure où tous deux sont des « relations » relevant de la rhétorique et de la poétique, et par conséquent des modalités du « vraisemblable ». Les tensions qui résultent du fait que l'histoire comme le roman ne peuvent se dispenser d'en passer par le récit, la relation, ont été mises en lumière par les épistémologues de l'histoire, en particulier Michel de Certeau qui parle de « science-fiction » : « L'histoire n'est pas scientifique, si par scientifique, on entend le texte qui explicite les règles de sa production. C'est un mixte, science-fiction, dont le récit n'a que l'apparence du raisonnement mais n'en est pas moins circonscrit par des contrôles et des possibilités de falsification[18]. »

L'ingénuité de Bouvard et Pécuchet – « Sans connaître les modèles, ils trouvaient ces peintures ressemblantes, et l'illusion était complète[19] » – relève de l'intuition divinatoire ; la « ressemblance » crée une illusion vraisemblable, et non véridique, qui repose sur une double et paradoxale exigence : être supposée conforme à des sources historiques que le lecteur n'a pas nécessairement lues ni envie de lire. Comme le relevait Aragon à propos

18. Michel de Certeau, « L'histoire, une passion nouvelle », *Le Magazine littéraire*, n° 123, avril 1977, p. 19-20. Voir aussi *L'Écriture de l'histoire*, Paris, Gallimard, 1975.
19. Gustave Flaubert, *Bouvard et Pécuchet*, chapitre V, Paris, Garnier Flammarion, 1966, p. 155.

de *La Semaine sainte* : « J'ai bien le droit de faire le contraire de ce que fait le romancier classique qui donne à l'accumulation de traits de personnages ayant existé un nom imaginaire ; et d'introduire les données de *mon* expérience sous un nom *historique* dans un personnage qui, certes, n'a pas toujours pensé telle chose, à tel moment, mais, après tout, aurait pu[20]. » On notera au passage l'insistante revendication d'un « droit » : le romancier historique – statut inconfortable s'il en est ! – est perpétuellement en quête de légitimité, inlassablement, il accumule en notes, préfaces, carnets, annexes, les éléments de son autojustification…

Car un autre écueil le menace, presque inévitablement : l'incursion sur le territoire que l'historien considère comme sa chasse gardée, même si elle s'entoure de précautions rhétoriques et théoriques, tel le recours au vraisemblable dont nous venons d'esquisser les principes, l'expose au regard impitoyablement prompt à déceler l'erreur, l'approximation naïve ou frauduleuse, le travestissement éhonté de l'histoire en mascarade à l'usage des ignorants. Risque aussi ancien que le genre : les plaidoyers d'Alexandre Dumas sont célèbres car ils résument le problème. Qui ne connaît l'aphorisme, reproduit en plusieurs variantes, qui énonce qu'il est licite de violer l'Histoire à condition de lui faire de beaux enfants, aphorisme dont on trouve un écho dans ce propos rapporté par Sainte-Beuve dans ses *Causeries du lundi* : « Qu'est-ce que l'histoire ? C'est un clou auquel j'accroche mes tableaux. » Dumas affirmait ainsi la prééminence de l'esthétique et de l'émotion sur la connaissance érudite de l'histoire, « cette étrange prude que depuis vingt ans, [il essayait] d'humaniser[21] ».

---

20. Louis Aragon, « L'auteur parle de son livre », *in La Semaine sainte*, tome I, Paris, Gallimard, 1958.

21. Alexandre Dumas, *Histoire de Louis XVI et Marie-Antoinette*, 1852, cité par

Cette prééminence de Calliope sur Clio[22], de la « magie » sur l'« érudition », c'est le signe de reconnaissance qui redonne ses lettres de noblesse et sa dignité à l'entreprise ambiguë que s'est assignée le romancier historique : la poésie estompe les ombres ou les approximations que le cuistre se plaît à souligner, l'élan souverainement créateur affirme ses droits sur la plate retranscription de la réalité. Bouvard et Pécuchet, ces prototypes de « lecteurs moyens », illustrent *a contrario* cette prérogative hautaine, car leur ingénuité divinatoire trouve ses limites : dignes émules de Monsieur Homais, inspirés par une vision scientiste à très basse vue, les malheureux, une fois l'« émerveillement » initial dépassé, entreprennent de traquer les inexactitudes et erreurs qui émaillent les œuvres de Dumas et Scott, ce qu'ils appellent en toute bonne foi « réviser Dumas du point de vue de la science ». Aucune erreur de date n'échappe ainsi à leur sagacité, qui débusque les « bévues » commises par Walter Scott dans *Quentin Durward* : « Le meurtre de l'évêque de Liège est avancé de quinze ans. La femme de Robert de Lamarck était Jeanne d'Arschel et non Hameline de Croÿ. Loin d'être tué par un soldat, il fut mis à mort par Maximilien, et la figure du Téméraire, quand on trouva son cadavre, n'exprimait aucune menace, puisque les loups l'avaient à demi dévorée[23]. »

Laurent Giraud, « Entre l'histoire et la légende : l'Histoire de Louis XVI et de Marie-Antoinette », *in* M. Arrous (dir.), *Dumas, une lecture de l'histoire, op. cit.*, p. 284.

22. La *Poétique* d'Aristote (chapitre IX) affirme que la poésie, qui traite du « général », est plus noble que l'histoire, enfermée dans le « particulier ». Le « général » est le type de choses qu'un certain type d'homme fait ou dit vraisemblablement ou nécessairement, le « particulier », c'est ce qu'a dit ou fait tel personnage, une simple narration qui ne fonde aucune vérité.

23. G. Flaubert, *Bouvard et Pécuchet, op. cit.*, p. 155-156.

D'où la désillusion des apprentis savants qui en perdent tout « respect » pour les deux maîtres...

Une représentation, le roman historique l'est, nous l'avons dit, à un double sens, d'abord parce qu'il met en scène une réalité vraisemblable, mais aussi parce qu'il est un miroir de son temps, qu'il véhicule les formes de l'imaginaire, stéréotypes, archétypes et mythes politiques, ces modèles interprétatifs autour desquels s'articulent les cultures, réseaux de signes permettant la communication entre des groupes se reconnaissant une identité partagée. Idée exprimée en ces termes par Zoé Oldenburg : « Le roman d'Histoire correspond à un besoin réel de l'homme occidental, spirituellement déraciné, privé de ses mythes et avide de s'intégrer dans un passé humain[24]. » Ce qui implique, entre autres, que le choix de telle ou telle époque est éminemment « représentatif ». Variable selon les pays et les périodes considérées, il témoigne de la relation qu'une société donnée entretient avec le passé, plus précisément avec son propre passé : la comparaison, ou plutôt la confrontation implicite ou explicite qui en résulte met à nu les traits distinctifs d'une image de soi. Les grands romanciers historiques qui inaugurent le genre en France, Vigny, Mérimée, Dumas, Théophile Gautier, s'emparent avec une belle unanimité de ce que les historiens contemporains appellent les Temps modernes (guerres de religion, premier XVIIe siècle, dit « âge baroque »), où la monarchie absolue s'impose peu à peu contre les prétentions nobiliaires et féodales. Penser la Révolution française et ses conséquences implique en effet une remontée aux sources, aux processus de dissolution de la société féodale et d'une

24. « La romance et l'histoire », *Nouvelle Revue française*, n° 238, numéro spécial consacré au roman historique, octobre 1972, p. 135.

éthique chevaleresque aux antipodes de la morale louis-philipparde. On peut, de même, s'interroger sur la prédilection que montrent, à l'heure actuelle, romanciers et lecteurs français et étrangers pour le Moyen Âge (Jeanne Bourin, Mireille Calmel) et l'Antiquité égyptienne (Christian Jacq, traduit en diverses langues), en dépit de l'évident éclectisme qui caractérise le choix des époques et des aires géographiques. En revanche, l'intérêt prononcé des Britanniques pour le XVIIe siècle de Charles Ier, Cromwell, puis la « restauration » de Charles II (Rose Tremain, Jane Stevenson) s'ancre dans une culture politique marquée par la référence dynastique et la répartition des compétences entre le souverain et le Parlement : les romans de Walter Scott, dès l'orée du XIXe siècle, mettaient en scène la relation à la tradition britannique, la continuité séculaire d'une culture de conciliation pragmatique des antagonismes qui signe, face au turbulent et révolutionnaire voisin français, une identité singulière.

Bien évidemment, la référence à une époque passée relève aussi, et surtout, de la volonté de distanciation, du souci de dépayser le lecteur, de brouiller ses repères, de lui procurer l'illusion qu'il voyage à travers les époques, qu'à l'instar de Flaubert il est « batelier sur le Nil, *leno* à Rome du temps des guerres puniques, puis rhéteur dans Suburre, [...] dévoré de punaises[25] »... On reconnaît là le vieux rêve de la machine à remonter le temps, qui relève des mythes liés à la succession des générations, à l'oubli et à la mémoire. À cet égard, le roman historique illustre et amplifie la fonction même de toute lecture de fiction : l'expérience de la lecture modifie

---

25. Gustave Flaubert, Lettre à George Sand, 29 septembre 1866, *in Correspondance*, janvier 1859-décembre 1868, Paris, Gallimard, « Bibliothèque de la Pléiade », 1991, tome III, p. 536.

l'expérience temporelle, elle permet l'illusion d'une maîtrise du temps. Ce besoin d'éprouver la « sortie du Temps », c'est ce qui rapproche le plus nettement la fonction de la littérature et celle des mythologies, si bien qu'on pourrait se demander si quelque résidu d'un comportement mythologique ne survivrait pas dans l'écriture et la lecture de romans[26]. Plongé dans un temps fabuleux, qui, apparemment, est historique puisqu'il respecte les règles de la vraisemblance, mais, en réalité, est « transhistorique », dilaté ou condensé, le lecteur expérimente la liberté des mondes imaginaires. « On suit des yeux un cavalier qui galope le long des grèves. On aspire au milieu des genêts la fraîcheur du vent, la lune éclaire des lacs où glisse un bateau, le soleil fait reluire les cuirasses, la pluie tombe sur les huttes de feuillage[27]. »

Vision du temps, des temps passés et du temps présent, qui s'ouvre sur l'avenir, le roman historique constitue donc un vecteur privilégié de l'élaboration de mythes et de mythologies, ces récits fondateurs appuyés sur un complexe d'images à l'intérieur duquel le réel et la fiction se mêlent de façon intime. Les mythes sont collectifs, ils répondent aux besoins d'un groupe social, ils sont toujours dotés d'une fonction explicative et d'une portée symbolique. Le roman historique donne voix, souvent, aux préoccupations qui nourrissent l'imaginaire dans des sociétés angoissées, troublées, ou simplement lassées par leur situation « objective » (les effets de la démocratisation politique et sociale, le contrecoup de la Révolution française, la construction des États-nations sur fond de conflits idéologiques ou de querelles d'intérêts) ou par la trivialité de leur réalité quotidienne. Ce qui explique que l'on retrouve fréquemment le thème de l'âge d'or,

26. Cf. Mircea Eliade, *Aspects du mythe*, Paris, Gallimard, « Idées », 1963, p. 231.

27. G. Flaubert, *Bouvard et Pécuchet*, *op. cit.*, p. 155.

celui de la décadence, de la misère d'un temps sans âme qui est le temps présent du lecteur et de l'auteur, le thème aussi d'une course cyclique du temps qui conduit de l'apogée au désastre, puis à la rédemption. Ce faisant – et c'est là son originalité –, le roman historique procède par effets et jeux de transposition et de superposition d'époques : l'évocation du passé, si convaincante et prenante soit-elle, laisse toujours apparaître en filigrane l'image du présent. L'illusion d'optique est une loi propre au genre : le roman historique pousse l'histoire des temps révolus sur le devant de la scène pour mieux interroger le monde présent.

Né au début du XIXe siècle, presque en même temps que la littérature « populaire » diffusée par le feuilleton publié dans la presse – ce n'est évidemment pas un hasard –, le roman historique est un enfant du siècle marqué par les ondes de choc de la Révolution et de l'Empire : à travers l'Europe, la publication des premiers romans de Walter Scott (*Waverley* en 1814, *La Fiancée de Lamermoor* en 1818, *Ivanhoé* en 1819, *Quentin Durward* en 1823) provoqua, selon les termes d'un critique de l'époque, une « révolution dans la partie épique de notre littérature, en montrant une vérité jusque-là inconnue dans les mœurs et les caractères[28] ». Les analyses, intéressantes mais contestables et contestées de Georg Lukács[29], établissent clairement que le roman historique constitue un genre dont la date de naissance est tout à la fois attestée et « justifiée » par un contexte politique particulier. Jusqu'au XVIIIe siècle, en effet, les

28. Cité dans la préface de Michel Crouzet, *in* Walter Scott, *Waverley, Rob Roy, La Fiancée de Lamermoor*, Paris, Robert Laffont, « Bouquins », 1981, p. 10.

29. Georg Lukács, *Le Roman historique*, Paris, Payot et Rivages, « Petite Bibliothèque Payot », 2000. Pour des éléments d'analyse et de critique, voir M. Vanoosthuyse, *Le Roman historique...*, *op. cit.*, et M. Crouzet (préface à *Waverley, Rob Roy, La Fiancée de Lamermoor*).

intrigues romanesques étaient parfois situées dans un décor historique de fantaisie – la cour galante et raffinée d'Henri II dans *La Princesse de Clèves* – qui, précisément, avait vocation à demeurer un décor extérieur ; pour parler le langage de Lukács, l'individualité des personnages ne dérivait pas de la spécificité historique de l'époque où ils vivaient. Roman inaugural du genre historique, comme nous l'avons dit, *Waverley* apparaît sur la scène littéraire européenne l'année même où la première abdication de Napoléon signe la fin de la période agitée qui fait basculer la société d'Ancien Régime dans la modernité sociologique et politique.

Inventeur du « frisson historique » et maître incontesté du genre pendant toute la première moitié du XIXe siècle, Scott inaugure avec ce roman une esthétique dont les exigences, critères et conventions fonctionnent d'emblée, pour la génération romantique, comme la référence absolue qui habite les rêves des grands héros romanesques du XIXe siècle, le Frédéric Moreau de *L'Éducation sentimentale* qui ambitionne d'être un jour « le Walter Scott de la France » ou Lucien de Rubempré, timide débutant qui tend au libraire censé faire sa fortune et sa gloire son *Archer de Charles IX* : « Monsieur, c'est une œuvre historique à la Walter Scott. » L'auteur débouté s'efforcera de tirer profit des judicieux conseils prodigués par son ami D'Arthez – « Prenez-moi votre sujet tantôt en travers, tantôt par la queue » – afin d'atteindre le but assigné : ne pas être le « singe de Walter Scott[30] »... L'imitation servile, la reproduction inépuisable des recettes sont dès les origines perçues comme la rançon du succès...

C'est en effet à l'aune des romans du « magicien du Nord », qui connaissent un succès d'édition sans précédent dans l'histoire

30. Honoré de Balzac, *Illusions perdues* (« Un premier ami », *in* IIe partie, « Un grand homme de province à Paris »), Paris, Garnier, 1961, p. 230.

du livre (un million et demi d'exemplaires vendus en France avant 1830 !) que se mesurent les ambitions littéraires de Vigny[31], Balzac, Hugo, Mérimée, Pouchkine, et bien d'autres, sans compter les innombrables références iconographiques (Delacroix, *La Nuit de noces de Lucie Ashton*) et les effets de mode démultipliés dans les arts décoratifs, le costume et les beaux-arts, peinture « historique » à la Paul Delaroche ou reconstitution à la Viollet-le-Duc. C'est peut-être chez Balzac que s'exprime le plus explicitement la volonté de se mesurer avec celui qui figure tout à la fois un modèle et un rival. Significativement, le roman que, pour la première fois, Balzac signe de son vrai nom, relève du genre roman historique, même si la distance historiographique de soixante ans préconisée par Scott n'y est pas respectée. *Le Dernier Chouan ou la Bretagne en 1800*, rebaptisé *Les Chouans* et publié en 1829, c'est-à-dire dans la première vague française illustrée par Vigny et Mérimée, puis Victor Hugo *(Notre-Dame de Paris*, 1831), portent une empreinte indubitablement scottienne, dans l'alternance de dialogues comiques, voire triviaux, qui émaillent les échanges entre soldats « bleus », c'est-à-dire républicains, d'évocations épiques – les échauffourées militaires – et d'épisodes romanesques. Plus nettement encore : les péripéties de l'intrigue amoureuse et du conflit politico-militaire s'accompagnent d'une description circonstanciée des paysages et des « mœurs » de ces chouans qui, à l'instar des Highlanders de *Waverley*, campent la figure exotique et déconcertante de l'« Autre » de la civilisation moderne[32].

---

31. Sur les relations personnelles entre Scott et Vigny, qui se rencontrèrent à Paris à la fin de 1826, après la parution de *Cinq-Mars*, et les réflexions de Vigny sur leurs « manières respectives », on peut se reporter au dossier de l'édition Folio où figurent trois extraits du *Journal d'un poète* regroupés sous la rubrique « Vigny et Walter Scott ». Alfred de Vigny, *Cinq-Mars*, Gallimard, « Folio », 1980, p. 550 *sq.*
32. Cf. l'article « Balzac et les modèles scottiens. L'exemple des *Chouans* » de

Les lettres à Mme Hanska, dans lesquelles Balzac compare volontiers sa capacité de production et ses contrats d'édition à ceux de l'illustre devancier, témoignent de cette obsédante volonté d'émulation dans la gloire qui s'affiche dans les préfaces et l'*Avant-propos* à *La Comédie humaine* de 1842 : l'hommage au « trouvère moderne », qui a su imprimer une « allure gigantesque à un genre de composition injustement appelé secondaire », se nourrit de la conviction que c'est Scott qui a su fournir le « moyen d'exécution » à l'auteur rêvant de rendre intéressant le « drame à trois mille ou quatre mille personnages que présente la Société », de « plaire à la fois au poète, au philosophe et aux masses qui veulent la poésie et la philosophie sous de saisissantes images ». Et Balzac de conclure : « La Société française allait être l'historien, je ne devais être que le secrétaire[33] »...

Les spécialistes d'histoire littéraire rappellent que, entre 1815 et 1832, la production française de romans relève, pour un quart, voire un tiers, du roman historique[34]. Scott venait en effet d'inventer un genre qui offrait un terrain d'expression à des aspirations diffuses et contradictoires : l'irruption du dramatique dans une prose narrative alternant récit d'aventures, dialogues et descriptions pittoresques ainsi que la verve du conteur qui fait oublier au lecteur subjugué l'« heure du sommeil et des repas[35] » condensaient les aspirations romantiques en matière d'esthétique et de renouvellement des codes littéraires hérités de la tradition

---

Éléonore Roy-Reverzy, *in* D. Peyrache-Leborgne et D. Couégnas (dir.), *Le Roman historique. Récit et histoire*, *op. cit.*, p. 134 *sq.*

33. Avant-propos à *La Comédie humaine*, Paris, Gallimard, « La Pléiade », 1935, tome I, p. 5-7.

34. Claude Duchet, « L'illusion historique : l'enseignement des préfaces (1815-1832) », *Revue d'histoire littéraire de la France*, n° 2-3, 1975.

35. M. Crouzet, préface à W. Scott, *Waverley*, *op. cit.*, p. 10 *sq.*

classique, obsolètes aux yeux des jeunes générations. Le caractère hybride du genre était en lui-même profondément novateur, comme le notait fort justement le jeune Hugo : « [...] ce singulier Walter Scott, qui a su puiser aux sources de la nature et de la vérité un genre inconnu, qui est nouveau parce qu'il se fait aussi ancien qu'il le veut, dont les compositions allient à la minutieuse exactitude des chroniques, la majestueuse grandeur de l'histoire et l'intérêt pressant du roman[36] ».

Le mode de narration, distinct de l'orientation héroïque et mythologique illustrée par la prose romanesque au XVIIe siècle ou encore du « roman de formation » du siècle des Lumières, préfigurait les minutieuses descriptions d'intérieurs, de quartiers urbains, de coutumes propres aux diverses couches sociales qui distinguent les romanciers du XIXe siècle, de Balzac à Tolstoï. Le roman historique est bel et bien la matrice de la grande tradition du romancier « réaliste » – « l'archéologue du mobilier social, le nomenclateur des professions, l'enregistreur du bien et du mal[37] » –, dont le mode de discours privilégie la représentativité ou l'exemplarité du destin individuel.

Cette « communion romantique » en Scott rencontrait la vogue des bardes inspirés qui, sur la fin du siècle des Lumières, s'était

---

36. Victor Hugo, « Quentin Durward ou l'Écossais à la cour de Louis XI, par sir Walter Scott », *La Muse française*, juillet 1823, cité *in* Jean Molino, « Histoire, roman, formes intermédiaires », revue *Mesure*, n° 1, José Corti, 1989, p. 57-58. Balzac développe la même idée dans le passage cité plus haut de l'avant-propos à *La Comédie humaine* : « Il y mettait l'esprit des anciens temps, il y réunissait à la fois le drame, le dialogue, le portrait, le paysage, la description ; il y faisait entrer le merveilleux et le vrai, ces éléments de l'épopée, il y faisait coudoyer la poésie par la familiarité des plus humbles langages. »

37. H. de Balzac, avant-propos à *La Comédie humaine*, *op. cit.*, p. 7.

épanouie à travers l'Europe en une floraison de recueils de contes et légendes et autres poésies « populaires ». L'invention d'un folklore plus ou moins authentique où s'exhale l'âme à nulle autre pareille des peuples, Écossais farouches, Germains irréductibles... esquisse les premières ébauches d'un sentiment national au sens moderne du terme, fondé sur l'idée d'une communauté de culture et de destin définie indépendamment des loyautés féodales et dynastiques. Publiées en 1820, la même année que les *Méditations poétiques* de Lamartine, cette œuvre emblématique du lyrisme romantique, les *Lettres sur l'Histoire de France* d'Augustin Thierry expriment une convergence de sensibilités qui culmine dans l'admiration revendiquée pour le romancier écossais qui a montré que « l'histoire bonne à connaître est d'abord une histoire bonne à imaginer[38] ». Les historiens qui illustrent le renouveau des études historiques dès les premières années de la Restauration – Augustin Thierry en France, Ranke en Allemagne –, renouveau lié au besoin devenu crucial de penser les événements fondateurs du passé proche, revendiquent eux aussi leur dette envers Scott. Augustin Thierry a, de son propre aveu, senti sa vocation d'historien s'enflammer à la lecture d'*Ivanhoé*, ce qui vaut aussi pour Ranke, mais pour des raisons exactement inverses : *Quentin Durward*, qui met en scène le conflit entre Louis XI et Charles le Téméraire, entre la construction étatique animée par la raison d'État et la féodalité nourrie de réminiscences chevaleresques, aurait suscité l'indignation du futur représentant d'une science historique allemande dont la tradition se plaît à reconnaître la rigueur et la

38. M. Gauchet, « Les "Lettres sur l'histoire de France" d'Augustin Thierry », *in* Pierre Nora (dir.), *Les Lieux de mémoire*, Paris, Gallimard, « Quarto », 1997, tome I, p. 812. Cf. aussi p. 814 : « L'apparition du roman historique aura été le phénomène avant-coureur d'une mutation du régime de symbolicité qui a globalement changé les rapports entre discours et réalité. »

minutie dans l'utilisation des sources. Les libertés prises par le poète auraient fortifié sa croyance en la supériorité de la science sur l'art ou, pour reprendre les termes de Marguerite Yourcenar, de l'érudition sur la magie.

Résurrection du passé, qui en rend possible et surtout accessible l'explication : toute l'histoire romantique à la Michelet, ce contemporain, né en 1798, de Balzac (1799), Vigny (1797), ou Hugo (1802), s'efforce, dans un souci de retour à l'origine et aux sources qui prolonge la démarche des préromantiques, de penser la continuité féconde de la tradition au cœur des soubresauts d'une histoire marquée par l'avènement de la société individualiste et de la souveraineté du peuple. L'évocation de mœurs, « pittoresques » car préservées à travers les siècles par les farouches guerriers des Highlands, qui forme la trame de *Waverley* constitue d'emblée le roman historique en roman du peuple, ou plutôt des peuples, tant l'idée de diversité et d'authenticité irréductibles imprègne cette vision romantique de l'identité nationale en voie de formation. *Taras Boulba* de Gogol (la première version date de 1833-1834) ou, dans la deuxième moitié du XIXe siècle, les grands romans historiques du Polonais Henryk Sienkiewicz *(Les Chevaliers Teutoniques, Quo vadis ?)* illustrent à merveille la forme exaltée que revêtent, aux confins orientaux de l'Europe, aux frontières encore mouvantes, l'aspiration à la souveraineté et à l'indépendance nationales et ce qui en constitue le fondement, la reconnaissance de l'existence d'un peuple malmené par l'histoire mais immortel.

C'est là ce qui explique la fonction et la place politiquement stratégiques désormais dévolues aux études historiques : archives, documents, manuscrits, Mémoires, correspondances où puiseront avec délices les romanciers « historiques » successeurs ou épigones de Scott[39] sont autant de traces d'un passé que le désenchantement postrévolutionnaire et la grisaille bourgeoise nimbent d'un charme fascinant mais qui, aussi et surtout, tracent les repères grâce auxquels s'éclaire le présent déconcertant et s'animent la mémoire et l'identité des peuples. La visée pédagogique est évidente : à l'instar de Michelet, le romancier historique se propose de rapprocher l'histoire des masses populaires, désormais appelées à prendre leur destin en main. Le recours fréquent au roman-feuilleton, ce genre « populaire » en termes de diffusion et de techniques narratives, lié à l'apparition de la presse, à la constitution d'une opinion publique dans une société en voie d'alphabétisation massive et de démocratisation, fait partie intégrante de l'apparition et du développement du roman historique en Europe. Car distraire le peuple, c'est aussi l'inciter à comprendre et à apprendre.

Cette visée, indissociablement pédagogique et politique, est d'autant plus vigoureusement exprimée qu'il n'existe pas de système scolaire national susceptible de diffuser une culture historique uniforme, fondement du lien social et de l'appartenance identitaire, en particulier dans les nations sans État comme la Pologne ; la première moitié du XIXe siècle, où, même en France, l'instruction publique est en voie d'organisation et laisse de côté une large partie de la population, surtout féminine, correspond à l'âge d'or du roman historique « pédagogique » et « téléologique », c'est-à-dire nourri de la certitude que l'Histoire accomplit une dynamique animée par le Progrès et la réalisation d'une idée, l'émancipation du peuple, la formation de l'État moderne, ou l'affirmation

39. On pense, là encore, au Frédéric Moreau de *L'Éducation sentimentale*, témoin et représentant de la génération de 1848, qui, encore collégien, rêvait d'écrire « un grand roman Moyen Âge sur Nogent » tiré d'une chronique de Froissart : « Comment messire Brokars de Fénestranges et l'évêque de Troyes assaillirent messire Eustache d'Ambrecicourt » (IIIe partie, chapitre VII).

nationale. Les manuels scolaires de l'instruction publique prendront le relais de la littérature, au moins partiellement. Inspiré par le souci conscient et réfléchi de « vulgariser » l'histoire, c'est-à-dire de la rendre accessible – parce que « vivante » – au peuple, le roman historique, à plusieurs égards produit du progrès industriel, constitue dans cette perspective un genre propre à l'âge démocratique que hantent la perte d'identité et l'angoisse du nivellement des conditions. La diffusion de mythes nationaux et d'un sacré de substitution conjure alors la menace d'anomie, de dissolution des valeurs spirituelles et sociales.

Cette vision apologétique (*Cinq-Mars* comme protestation « antimoderne ») ou téléologique de l'histoire, on la trouve à des degrés divers chez la plupart des grands romanciers du XIXe siècle, mais aussi chez des auteurs modernes restés fidèles à cette conception de l'histoire, Aragon (*La Semaine sainte*) ou Maurice Druon par exemple (*Les Rois maudits*). À cette tradition se rattache Max Gallo, agrégé d'histoire, auteur prolifique qui a à son actif plus de quatre-vingts titres publiés, dont un grand nombre de biographies et de cycles de romans historiques. Dans une interview, il déplorait[40] l'effacement de l'Histoire dans nos sociétés obsédées par l'image et constatait le désarroi et l'impression d'impuissance qui résultent

---

40. Interview publiée dans le dossier « Roman historique » de la revue pédagogique *TDC* du CNDP (15 mai 2004). La position de Max Gallo est par ailleurs bien plus nuancée que cette interview ne le suggère. Sa « conversion » au roman historique et au monde éditorial, l'incitant à délaisser les activités et les modes de recherche strictement universitaires, s'expliquerait par une double prise de conscience : le désir d'écrire de manière « sensible », c'est-à-dire d'accorder sa place à l'émotion, et l'incertitude quant au « sens » qui serait à l'œuvre dans le processus historique, tel que l'enseigne la philosophie téléologique de l'histoire, bien mise à mal depuis les années 1960 (voir à ce sujet F. Dosse, *Le Pari biographique...*, *op. cit.*, p. 18-19).

des influences conjuguées du « tout-économique » et de l'effritement du tissu social face à l'omniprésence des grandes forces du marché et de la concurrence. Tout cela explique, selon lui, que soient mises à mal l'action et la décision individuelles et que la figure du grand homme forçant le destin, Richelieu, Napoléon, ces héros de l'Histoire et du roman historique, soit donc frappée d'obsolescence. Max Gallo rappelait, à juste titre, même si l'on ne partage pas cette vision de l'histoire qui a du moins le mérite de la cohérence, que la figure volontariste du grand homme renvoie à l'idée de nation, c'est-à-dire de collectivité nationale capable de se reconnaître en lui. Il concluait ainsi : une société a besoin d'un visage, sous peine de perdre sa cohésion, que seul le rassemblement autour d'une « figure » individualisée et exemplaire garantit. D'où la question, si l'on suit bien le raisonnement de Max Gallo : à quand un roman historique mettant en scène le personnage et le mythe gaulliens ? Les conditions du schéma scottien des « soixante ans en arrière » seront bientôt remplies, à moins que l'érosion de la figure sublimée du héros démiurge, dans un siècle désabusé des illusions du Progrès, n'efface l'idée même d'un tel projet, ancré sur une vision du Temps et de la relation au passé que nous ne partagerions plus.

PREMIÈRE PARTIE

CODAGE ET TRUCAGE : LES RÈGLES DU JEU

Le roman historique est une œuvre de fiction dont le cadre temporel est historique : la tautologie fonctionne ici comme un signal identitaire fort. L'épithète accolée à « roman » est souvent dépréciative par rapport aux normes de la haute culture, en particulier de l'exégèse universitaire, même s'il existe des exceptions, surtout lorsque le romancier historique a par ailleurs gagné ses galons d'écrivain « à part entière » : qu'il soit « policier », « sentimental », « historique », « de cape et d'épée », « d'aventures », « de science-fiction », le roman quitte les cimes de la « grande littérature » dès qu'il se risque dans un sous-genre soumis à des codes perçus comme réducteurs car immédiatement identifiables.

Ce constat, qui correspond à une appréciation courante, mérite toutefois d'être nuancé : la théorie des « genres littéraires » est abondante à défaut d'être consensuelle. Constructions intellectuelles, les « genres littéraires » se constituent à partir des réseaux de similitudes que l'on peut observer empiriquement dans un ensemble de textes littéraires, similitudes textuelles, formelles et surtout thématiques. Bien que les dénominations varient – Gérard Genette propose, pour les subdivisions du « genre » roman, dont bien sûr le roman historique, les termes d'« espèces » ou de « variétés » –, la classification s'opère toujours grâce à la présence d'invariants, de codes immuables érigés en canons ou signes identitaires. Les invariants du roman historique relèvent principalement de la thématique, en l'occurrence de la mise en scène de l'histoire, mais aussi des schémas narratifs qui scandent le récit ; en revanche, la forme – roman épistolaire, Mémoires rédigés à la première personne, narration « surplombante » d'un auteur omniscient – importe peu, elle n'est pas déterminante pour fixer l'appartenance générique au roman historique.

Cependant, cette apparente rigidité se tempère grâce à la combinaison, indispensable dans toute création littéraire et artistique, de ces codes stricts et des infinies variations de motifs qui relèvent de la seule imagination de l'auteur. « Aucun genre littéraire ne se ramène uniquement à ce qui constitue sa sphère de nécessités : il n'est donc pas déterminé par ses seuls invariants. Il dispose d'un champ immense de possibilités diverses, changeantes, parfois opposées [1]. » Ces combinaisons expliquent dans une large mesure ce que nous avons appelé la malléabilité du genre « roman historique », qui s'accommode volontiers d'un mixage d'une combinaison avec le roman sentimental (Jeanne Bourin, *La Chambre des dames*), le roman d'aventures (Jean-François Rufin, *L'Abyssin*) ou le roman policier (Umberto Eco, *Le Nom de la rose*, Ian Pears, *Le Cercle de la croix*). C'est par ailleurs l'originalité de ces variations tempérant la stabilité des invariants qui permet souvent d'opérer des jugements de valeur littéraire entre les romans historiques « canoniques » dignes de la grande littérature – *Cinq-Mars*, *Les Mémoires d'Hadrien* – et les formes nettement « populaires » du genre, visant essentiellement au divertissement, les romans de Dumas se situant dans l'entre-deux, ou plus exactement relevant à la fois du canonique et du populaire.

Ce qu'il importe toutefois de souligner, c'est que le recours aux invariants détermine une pratique d'écriture et de lecture : il établit un accord entre l'auteur et son lecteur qui se retrouvent autour de ce lieu commun, ce rituel de communication et de connivence qui établit une reconnaissance immédiate et réciproque. À l'instar de l'opéra ou du roman policier, le roman historique se construit sur un système de références et de conventions qui

---

1. Michal Glowinski, « Les genres littéraires », *in* M. Angenot *et al.* (dir.), *Théorie littéraire*, Paris, PUF, 1989, p. 87.

signent son identité. Libre à l'amateur d'accepter la règle du jeu, libre à lui aussi d'apprécier les écarts, les clins d'œil ironiques, les renversements de perspective que s'autorise l'auteur : l'art et l'artifice ne sont-ils pas proches parents ?

1. EXCENTRICITÉ TEMPORELLE, EXCENTRICITÉ NARRATIVE

La machine à remonter le temps

Le roman historique a ses rituels : si les trois coups préludant au lever de rideau invitent le spectateur à centrer son attention sur la représentation de la réalité qu'isole et souligne la scène, la plongée dans le passé reconstitué suppose au préalable un appel implicite mais pressant au lecteur, invité à pénétrer dans un cadre temporel « excentrique ». La précision topographique, mais surtout chronologique[1] qui, dans la plupart des romans historiques, classiques et contemporains, ouvre la porte au récit en dessinant un cadre – la date et le lieu –, revêt une double signification fonctionnelle : elle fixe la règle d'une complicité, proposée par l'auteur, acceptée par le lecteur, c'est du moins l'objectif visé. Elle accomplit par ailleurs l'effet de distanciation dans le temps qui signale et consacre l'appartenance de l'œuvre au genre « roman historique », et ce faisant, « divertit » le lecteur, au sens étymologique du terme, le détourne de sa situation temporelle, le précipite dans l'excentricité d'un temps révolu.

Quelques exemples de « débuts » empruntés à des romans historiques, de factures fort diverses, illustreront notre propos. « Il y a aujourd'hui trois cent quarante-huit ans six mois et dix-neuf jours que les Parisiens s'éveillèrent au bruit de toutes les cloches sonnant à grande volée dans la triple enceinte de la Cité, de l'Université et de la Ville » (*Notre-Dame de Paris*, 1831). Ou, toujours chez Hugo (*Quatrevingt-treize*, 1873) : « Dans les derniers jours de

1. Voir à ce sujet Jean Molino, « Qu'est-ce que le roman historique ? », *Revue d'histoire littéraire de la France*, n° 2-3, mars-juin 1975, p. 195-234.

mai 1793, un des bataillons parisiens amenés en Bretagne par Santerre fouillait le redoutable bois de la Saudraie en Astillé. » Pour rester à l'époque de la Révolution française : « Évariste Gamelin, peintre, élève de David, membre de la section du Pont-Neuf, précédemment section Henri IV, s'était rendu de bon matin à l'ancienne église des Barnabites, qui depuis trois ans, depuis le 21 mai 1790, servait de siège à l'assemblée générale de la section » (Anatole France, *Les dieux ont soif*, 1911). Citons encore *La Bataille* (Patrick Rambaud, 1997) : « Le mardi 16 mai 1809, dans la matinée, une berline entourée de cavaliers sortit de Schönbrunn pour longer à petit train la rive droite du Danube », ou le début du *Chevalier des Touches* (Barbey d'Aurevilly, 1863) : « C'était vers les dernières années de la Restauration. La demie de huit heures, comme on dit dans l'Ouest, venait de sonner au clocher, pointu comme une aiguille et vitré comme une lanterne, de l'aristocratique petite ville de Valognes. » Enfin, les deux premiers paragraphes de *Cinq-Mars* (1827) : « Connaissez-vous cette contrée que l'on a surnommée le jardin de la France... [...] Ce fut là que, dans une matinée du mois de juin 1639... »

Ce *topos* inaugural et rituel admet, bien sûr, quelques variations : l'encadrement fortement tracé du récit par un prologue et/ou un épilogue enserrant le corps du récit, comme chez Chantal Thomas *(Les Adieux à la reine*, 2002[2]), ou, à rebours, le choix de l'allusion, qui fait appel à une culture partagée par l'auteur et le lecteur et signe peut-être une forme plus subtile de connivence – « C'était à Mégara, faubourg de Carthage, dans les jardins d'Hamilcar » (Flaubert, *Salammbô*, 1862).

---

2. Le prologue précise : « Vienne 12 février 1810 ». Le récit se déroule du 14 juillet 1789 (six heures du matin) à la nuit du 17 au 18 juillet 1789 (de dix heures à minuit) avec un épilogue intitulé « Vienne janvier 1811 ».

Mais sur les critères de cette « excentricité » temporelle, de cette mise à distance dans le temps, les avis divergent : on se rappelle que le modèle canonique et inaugural du genre porte le titre *Waverley ou Il y a soixante ans.* Dans le chapitre premier « servant d'introduction », Walter Scott justifie longuement le choix de ce titre ; il s'explique, avec humour, sur le nom du personnage principal et sur ces fameux « soixante ans » qui déterminent et orientent le projet même du roman. « Histoire du temps jadis », remarque Scott, ou « Histoire traduite de l'allemand » ou encore « Histoire moderne » n'auraient pas manqué d'égarer le lecteur sur de fausses pistes – roman « gothique » ou, au contraire, roman des mœurs contemporaines, égayé d'anecdotes scandaleuses – et de trahir les intentions de l'auteur s'essayant à un genre romanesque inédit. « En fixant l'époque de cette histoire soixante ans avant celle où j'écris (1er novembre 1805), je préviens le lecteur que je ne veux lui donner ni un roman de chevalerie, ni une nouvelle sur les mœurs du jour. »

Étonnant paradoxe où l'inventeur du roman historique affirme s'intéresser, non aux mœurs vénérables des siècles révolus, ni aux coutumes des temps présents, mais aux « hommes », aux caractères, à la peinture des passions, qui sont « les mêmes dans tous les états de la société : elles ont également agité le cœur humain sous le corselet d'acier du seizième siècle, sous les habits à brocarts du dix-huitième, comme sous le frac bleu et le gilet de basin blanc de nos jours[3] ». Affirmation fortement nuancée, sinon infirmée par les méticuleuses descriptions des formes tout à la fois « nationales » (les Écossais), spatiales (les Highlands ou Hautes Terres) et temporelles de l'altérité (les conflits dynastiques résorbés à l'époque de la rédaction et de la publication du roman) qui émaillent la narration de *Waverley*, sans

3. W. Scott, *Waverley*, *op. cit.*, p. 47-49.

même mentionner l'excentricité temporelle qui caractérise les deux plus célèbres romans de Scott, *Ivanhoé* et *Quentin Durward*, où abondent les « cottes de mailles », les « châteaux gothiques [...] avec leurs sombres vitraux peints, leur toit élevé et leurs vastes tables de chêne couvertes de hures de sanglier, de faisans, de paons, de grues, de cygnes...[4] » La vision de Scott se trouve ainsi à la charnière entre la conception universaliste de l'histoire dominante au XVIIIe siècle, qui postule l'existence d'une nature humaine immuable, et l'attitude historiciste qui voit dans le passé la préfiguration du présent.

Les successeurs et épigones de Scott, jusqu'aux romanciers historiques modernes, se sont plu à jouer de l'excentricité temporelle, avec des intentions contrastées : montrer la permanence des passions humaines « élémentaires », amour, vengeance, cupidité, à travers la succession des époques, mais aussi – et les deux visées ne sont pas inconciliables dans la même œuvre – esquisser, par le décalage des époques et des « mentalités », l'image du présent que reflète la confrontation avec un passé dont il importe peu, dans cette perspective, qu'on le reconstruise minutieusement ou qu'on le mythifie sous des traits idéalisés.

Quoi qu'il en soit, les « soixante ans » fixés par *Waverley*, distance approuvée par Stendhal qui estimait qu'elle établissait la ligne de démarcation entre le roman historique et le roman « contemporain » (par exemple *La Comédie humaine*), entre l'histoire et la politique[5], constituent un cadre de référence où s'esquisse un compromis admettant quelques accommodements : est donc « historique » le roman qui s'insère dans le cadre d'une temporalité décentrée par rapport à la date de sa rédaction. Ce décalage correspond, en règle générale, au laps de temps correspondant à environ deux générations,

---

4. *Ibidem.*

5. Cité par Michel Crouzet dans la préface à W. Scoot, *Waverley, op. cit.*, p. 11-12.

ce qui implique que le temps de l'action et des faits relatés soit bien antérieur à la naissance du narrateur. On peut également admettre, à la suite de Lion Feuchtwanger[6], que l'irruption d'un événement capital, révolution, guerre, changement de régime, puisse modifier en profondeur la perception de la durée temporelle : c'est la mise à distance, qui relève de la subjectivité de l'auteur et du lecteur, qui consacre ou non le caractère « historique » de la fiction. À cet égard, *Les Chouans* relève bien de ce genre, en dépit de l'écart réduit – trente ans – entre le temps de l'action (1799-1800) et la publication du roman (1829) : les guerres de l'Empire puis la Restauration ont accéléré le cours de l'Histoire. Ce sentiment de rupture avec un passé proche, que l'ampleur des changements intervenus à rythme accéléré renvoie inexorablement dans un lointain désormais étranger, sinon incompréhensible, n'est-il pas suggéré dans la célèbre confidence de Talleyrand : « Qui n'a pas connu l'Ancien Régime, ne connaît pas la douceur de vivre » ?...

Une esthétique de l'excès

La référence au théâtre invite par ailleurs à constater d'autres analogies et affinités, lesquelles n'échappent pas à Bouvard et Pécuchet immergés dans les œuvres de Scott et de Dumas : « Des paysages artistement composés entourent les scènes comme un décor de théâtre[7]. » En effet, le drame historique a constitué, dès la fin des années 1820, le terrain d'expérimentation esthétique favori des romantiques qui découvraient le mélange des genres,

6. Cité par Claudie Bernard, *Le Chouan romanesque : Balzac, Barbey d'Aurevilly, Hugo*, Paris, PUF, 1989, p. 64.
7. G. Flaubert, *Bouvard et Pécuchet*, *op. cit.*, p. 155.

le pittoresque de la « couleur locale » sur fond de vision violente d'une Histoire implacable et tragique où abondent fins sanglantes, crimes, retournements spectaculaires de situation. Le modèle théâtral joue un rôle important dans *Le Capitaine Fracasse* de Théophile Gautier et dans *Cinq-Mars* ; Vigny s'applaudissait d'avoir réussi à reproduire dans cette œuvre les règles de la représentation scénique : « Le chapitre de "L'Entrevue", celui de "La Partie de chasse", sont des actes dont chacun a dix-neuf ou vingt scènes[8]. » Le rythme rapide des dialogues, dans lesquels les personnages se confrontent en brèves répliques – Dumas utilise aussi ce procédé, transposé de la scène au roman-feuilleton –, le dispositif visuel de certaines scènes (l'orage) qui relève d'une théâtralisation de la nature[9], sans oublier bien sûr les épisodes narratifs empruntés au mélodrame romantique s'inscrivent incontestablement dans cette esthétique de la transcription. De même, *Le Capitaine Fracasse*, œuvre dont la gestation va de 1836 à 1861, est une comédie des comédiens, une mise en abyme du théâtre à laquelle se livre l'un des plus flamboyants représentants des « Jeunes-France » romantiques, héros de la bataille d'*Hernani*.

Les époques privilégiées, comme les guerres de religion, l'âge baroque, favorisent le recours aux « légendes noires », celles de Richelieu[10] ou d'Henri III en particulier, dont l'efficacité dramatique et l'impact émotionnel sont par avance garantis. Le drame par lequel Alexandre Dumas inaugure sa longue carrière dans les

8. Alfred de Vigny, *Journal d'un poète*, 1841, cité dans Sarah Mombert, « Le public, le romanesque et l'histoire. Vigny et Mérimée explorateurs du roman historique », *in* D. Peyrache-Leborgne et D. Couégnas (dir.), *Le Roman historique. Récit et histoire*, *op. cit.*, p. 125.

9. S. Mombert, « Le public, le romanesque et l'histoire... », *op. cit.*

10. Voir le drame de Victor Hugo *Marion Delorme*, dont le titre initial était *Un duel sous Richelieu*.

lettres, *Henri III et sa cour*, joué en février 1829 à la Comédie-Française, ne précède que de quelques mois la *Chronique du règne de Charles IX* de Mérimée. Laquelle *Chronique* fait entendre, dans ce bel ensemble où les portraits en pied des grands personnages historiques constituent un passage obligé, un air ironiquement discordant, qui se plaît à la « déception orchestrée » du public[11]. Les codes qui devraient, selon les lois du genre, permettre l'identification et la reconnaissance des motifs historiques sont systématiquement « déconstruits », selon une perspective narrative très moderne reposant sur des effets répétés de distanciation. La curiosité dont le lecteur est supposé brûler lorsque enfin apparaît Catherine de Médicis, cette « légende noire » de la Saint-Barthélémy, tourne court, sous les coups d'épingle dont la crible le narrateur : « Ce jour-là, d'ailleurs, j'en suis bien informé, elle ne parla d'autre chose que du temps[12]. » Dans l'interpellation directe au lecteur, dont l'auteur se plaît à anticiper, pour les déjouer, les attentes convenues – « Comment ! Vous me transportez à l'année 1572, et vous prétendez esquiver les portraits de tant d'hommes remarquables ! Allons, il n'y a pas à hésiter. Commencez ; je vous donne la première phrase : *La porte du salon s'ouvrit, et l'on vit paraître*[13]... » –, se profile en arrière-plan une lecture critique de *Cinq-Mars*, œuvre de référence tant par son caractère inaugural en matière de roman historique français que par la recherche et la réflexion esthétiques affichées par Vigny. On y lit aussi le souci de se distancier, sur un mode aimablement souriant, des codes et conventions fixant les lois du genre. Le feuilleton, inséparable de l'essor du roman historique dans les années 1840, saura exploiter

11. S. Mombert, « Le public, le romanesque et l'histoire... », *op. cit.*, p. 130 *sq.*
12. P. Mérimée, *Chronique du règne de Charles IX*, *op. cit.*, p. 135.
13. *Ibidem*, p. 133.

ces ingrédients à tous les sens spectaculaires : la stylisation, proche de la caricature, des personnages historiques que le spectateur/lecteur doit immédiatement identifier et « situer », ainsi que son indissociable complément, la polarisation entre « bons » et « méchants », l'omniprésence de la mort violente où affleure la réminiscence des troubles sanglants de la révolution encore toute proche, sur laquelle abondent les témoignages oraux[14].

Ainsi s'élabore ce que nous pourrions appeler une esthétique de l'excès qui repose sur la prolifération narrative et l'accumulation d'épisodes « sans temps morts », destinées à tenir le lecteur en haleine, à l'arracher à la morne répétition du quotidien. Le roman historique, promis à une longévité plus remarquable que celle dévolue au drame historique, s'inscrit dans une représentation de l'Histoire comme moteur du Progrès et/ou accomplissement d'un dessein providentiel qui exprime la vision téléologique dominante au XIXe siècle : « L'histoire n'est pas le lieu de la félicité. Les périodes de bonheur y sont ses pages blanches[15]. » Ce que traduit à sa manière Alexandre Dumas dans le cycle des Mousquetaires : le roman s'interrompt quand la succession d'aventures s'interrompt, car l'ennui et la vacuité existentielle ne sont pas compatibles avec l'esthétique de l'excès narratif qui forme la trame du roman historique. D'Artagnan, ce héros canonique, n'existe pas, ne saurait exister en dehors des circonstances exceptionnelles qui le mettent en relief. Les temps vides sont bel et bien des temps morts, perdus sans recours possible pour la fiction : « D'Artagnan n'avait pas manqué aux circonstances mais les circonstances

14. Cf. Sylvain Ledda, « La mort dans les drames romantiques de Dumas », *in* M. Arrous (dir.), *Dumas, une lecture de l'histoire*, *op. cit.*, p. 109.

15. Hegel, *La Raison dans l'Histoire*, Paris, UGE, « 10/18 », 1965, p. 116.

avaient manqué à d'Artagnan », ce qu'un exégète de Dumas commente en ces termes : « En vingt ans, pour eux il ne s'est rien passé que destin personnel, aucun des quatre n'est en mesure de refaire du roman[16]. »

L'excentricité narrative accumule donc séductions amoureuses, chevauchées, duels, intrigues politiques, brusques retournements de situation, tel le duel qui oppose d'Artagnan fraîchement arrivé à Paris aux trois mousquetaires, duel interrompu par l'arrivée inopinée des gardes du Cardinal qui opère la métamorphose des adversaires en inséparable quatuor d'amis. Donnons encore une fois la parole à Bouvard et Pécuchet, absorbés par leur découverte d'Alexandre Dumas : « Ses personnages, alertes comme des singes, forts comme des bœufs, gais comme des pinsons, entrent et parlent brusquement, sautent des toits sur le pavé, reçoivent d'affreuses blessures, dont ils guérissent, sont crus morts et reparaissent. Il y a des trappes sous les planchers, des antidotes, des déguisements et tout se mêle, court et se débrouille, sans une minute pour la réflexion[17]. » Cette prolifération qui caractérise également le roman sentimental et surtout le roman d'aventures trouve son expression amplifiée et exemplaire dans le roman de cape et d'épée, comme la série, publiée en feuilleton, des *Pardaillan* dont le jeune Sartre faisait ses délices.

La représentation de l'amour, tout particulièrement, fait volontiers appel à un schéma narratif emprunté aux « invariants » du roman sentimental : l'amour contrarié par les circonstances,

---

16. *Vingt Ans après*, chapitre VI, « D'Artagnan à quarante ans », cité *in* Daniel Compère, « Les mille et un mousquetaires », *in Dumas, une lecture de l'histoire, op. cit.*, p. 454. Passage commenté par Jean Thibaudeau, cité par D. Compère, *Ibidem.*
17. G. Flaubert, *Bouvard et Pécuchet, op. cit.*, p. 156.

la disjonction, puis la conjonction des amants dans le mariage ou la mort, que l'on trouve pratiquement chez tous les auteurs, de Walter Scott à Jeanne Bourin. Mille variations sont possibles sur ce canevas dont l'efficacité romanesque n'est jamais prise en défaut : la belle promise est enlevée et le héros vole à sa rescousse *(Les Trois Mousquetaires, Le Capitaine Fracasse, La Chambre des dames, Quo vadis ?)*, les amants sont séparés par les conventions sociales et morales *(Cinq-Mars, La Reine Margot, Le Collier de la reine)* ou par les tensions politiques *(Les Chouans, Les dieux ont soif, La Fille du capitaine)*, voire la « fatalité » *(Notre-Dame de Paris)*. La peinture des états d'âme amoureux n'est certes pas l'objectif du romancier historique, qui utilise les épisodes amoureux comme d'indispensables éléments destinés au rebondissement de l'action : le triomphe de l'amour dans la conjonction heureuse *(Quo vadis ?, Le Capitaine Fracasse)*, ou sa consécration dans une fin tragique *(Les Chouans, La Reine Margot)*, signe la fin de l'aventure, c'est-à-dire du roman.

La répétition fonctionne aussi comme un signal de reconnaissance entre l'auteur et son lecteur qui, loin de s'en offusquer, l'admet comme une loi du genre : on peut interpréter en ce sens le foisonnement de scènes de séduction amoureuse qui témoignent de l'inépuisable vigueur entreprenante de Pierre de Siorac, héros omniprésent du cycle *Fortune de France*. La psychologie féminine paraît assez sommaire, car réduite pour l'essentiel à un insatiable désir de séduction, à la coquetterie, et à une incontestable générosité. Ce qui compte vraiment, c'est l'accès « magique » à un monde ressuscité que la distance nimbe de charme ; distance soulignée par le choix d'un vocabulaire d'époque « reconstitué » – « moi qui avais tant friandise du suave corps féminin », les « jolis minois », les « chairs mignardement contournées et rondies » –, mais aussi par l'assignation des personnages à des rôles sociaux excentrés par rapport au quotidien contemporain : chambrières, duchesses, paysannes.

Quant à la prolifération de clichés qui abondent dans les cycles historiques à succès, il procède du désir de divertir le lecteur, ou plutôt la lectrice, par une lecture « facile » qui autorise l'identification immédiate des personnages archétypiques, le séducteur, la jouvencelle, la mère de famille vertueuse. Le romancier s'efforce aussi de montrer sous des couleurs vives, mais attendues donc familières, la permanence des passions à travers les époques et/ou les couches sociales : le récit met en scène « des gens comme vous et moi, occupés de leur travail, de leur entourage familier, de leurs ambitions et de leurs amours, de leurs désirs et de leurs passions. Une humanité semblable à ce que fut depuis toujours l'humanité », précise Régine Pernoud dans sa préface à *La Chambre des dames*.

Dans ce cas, l'auteur joue avec les mêmes ressorts psychologiques que les magazines « people » ; le « gent damoiseau » courtois et respectueux de la vertu et sa « mie » tendre et douce, la reine de France en proie aux affres de l'amour et de la jalousie clament leur droit à la compassion sur le thème inépuisable : « Pauvre femme, elle aussi souffre »... L'efficacité romanesque repose là sur l'assurance, inlassablement répétée et déclinée en infinies variantes, qu'« un homme qui meurt de trouille ou d'amour c'est pareil, que ce soit il y a quinze jours ou cent ans[18]... » Le lecteur agréablement surpris de constater que le passé reconstitué de la fiction romanesque, si riche en aventures et émotions, recèle en fin de compte tant d'éléments familiers qui autorisent

18. Mireille Calmel, auteur de romans historiques à succès (*Le Lit d'Aliénor*, *Le Bal des louves*), citée dans le dossier *Télérama* sur le roman historique, *op. cit.*, p. 25-26.

une reconnaissance et une identification, s'en sentira rasséréné : il pourra supposer *a contrario* que son quotidien offre aussi des ressources insoupçonnées...

Le recours fréquent à des stéréotypes, militaires, politiques, sociaux, relève également de la prolifération narrative propre à cette esthétique de la surabondance. Cet usage répond aussi à la volonté de ne pas alourdir l'intrigue d'analyses plus fines, mais périphériques, et d'exploiter des idées communes, des images toutes faites déjà présentes dans l'esprit des lecteurs. Le stéréotype, qui donne de la réalité une représentation de seconde main, concentrée sur les traits « typiques » ou perçus comme tels, relève d'une « économie de la pensée » fondée sur une culture commune et donc ancrée dans une société donnée. La lisibilité du stéréotype, le fait qu'il soit directement et immédiatement interprétable et interprété, n'est guère « exportable » au-delà des frontières linguistiques et culturelles : le stéréotype du Frison fruste et borné ou du Polonais négligent n'est guère compris hors d'Allemagne, de même que les blagues belges, nourries de représentations stéréotypées, ne se conçoivent pas en dehors d'un contexte de voisinage. Le stéréotype n'en est que plus révélateur de l'histoire et de la géographie mentales où affleure la dimension affective propre aux phénomènes de mémoire et à l'extériorisation de l'identité culturelle, ainsi qu'à la relation au passé qui détermine, par assimilation, analogie, rejet, adhésion, l'existence d'une culture partagée.

Duels, batailles, échauffourées, sièges et embuscades sont d'autres formes de stéréotypes qui abondent dans les romans historiques, au point que la représentation de la violence armée apparaît comme un « passage obligé ». Il est vrai que les grands auteurs canoniques, experts à se jouer des modulations possibles des invariants, arrivent à hisser la description de ces scènes militaires bien au-delà d'une représentation stéréotypée, qu'il s'agisse des batailles de Preston et Culloden livrées par les troupes anglaises (« loyalistes ») contre les Écossais (ralliés au prétendant Stuart) que Walter Scott évoque dans *Waverley*, ou des exactions commises par les troupes de Pougatchev (Pouchkine, *La Fille du capitaine*). Dans l'épisode du bastion Saint-Gervais qui se produit pendant le siège de La Rochelle *(Les Trois Mousquetaires)*, les quatre amis désireux de s'isoler s'installent avec leurs valets au sommet d'un fort délaissé par les troupes pour faire honneur à un déjeuner et organiser la riposte aux intrigues de Milady ; ils parviennent à tenir tête à un corps d'armée et regagnent leur camp auréolés de gloire. Cet exploit prend figure d'épopée subtilement parodique des hauts faits d'armes des héros d'Homère ou de l'Arioste entrés dans la légende. Un autre « siège de La Rochelle », qui se déroule quelques décennies plus tôt, peu après la Saint-Barthélémy (1572), et qui oppose également les catholiques aux protestants, met en scène un combat tragiquement fratricide à tous les sens du mot : « Je n'ai pas d'amis parmi les catholiques, excepté un seul... Et celui-là, j'en suis bien sûr, n'est pas à nous assiéger », déclare le héros de Mérimée, un jeune protestant qui ne peut pas deviner que, en dépit de ses certitudes, son frère catholique se trouve dans les rangs des assiégeants et qu'il le tuera[19].

Ces scènes de violence armée peuvent aussi fonctionner comme des repères attendus, des signes d'intelligence entre l'auteur et son lecteur qui trouve dans la description d'épisodes sanguinaires le frisson espéré : l'excentricité des « mœurs sauvages d'autrefois », où l'on poignardait les rivaux gênants ou confiait à des spadassins le soin d'enlever les jeunes filles, a son charme. Ou tout simplement, le stéréotype permet l'insertion

19. P. Mérimée, *Chronique du règne de Charles IX, op. cit.*, p. 313.

d'autres stéréotypes, en particulier sentimentaux, tels l'épisode du héros ténébreux, Guillaume Dubourg, volant au secours de la belle Florie, et l'arrachant des griffes des « goliards » pour la rendre à l'affection des siens *(La Chambre des dames)*.

C'est dans le roman de cape et d'épée, « mixte » de roman historique et de roman d'aventures, ou plus exactement forme mixte où l'histoire reflue au profit de l'aventure, où la représentation amplifie son caractère codifié et intertextuel, que cette prolifération trouve son expression exacerbée, pour la plus grande joie des lecteurs attendant impatiemment la suite du feuilleton. Sartre a donné dans *Les Mots* une évocation mémorable des lois du genre, illustrées par le cycle des *Pardaillan* (1902-1912) publié en feuilleton quotidien dans *Le Matin* ; accumulation, excès qui provoque une sortie du quotidien paradoxalement propice à l'identification au héros : « Quand les janissaires brandissaient leurs cimeterres courbes, un gémissement parcourait le désert et les rochers disaient au sable : "Il y a quelqu'un qui manque ici : c'est Sartre." À l'instant, j'écartais le paravent, je faisais voler les têtes à coup de sabre, je naissais dans un fleuve de sang. Bonheur d'acier ! J'étais à ma place[20]. »

Le stéréotype du pouvoir « liberticide », qu'il se borne à entraver la liberté d'action des héros romanesques (les intrigues de Milady, l'âme damnée du Cardinal dans *Les Trois Mousquetaires*), ou qu'il menace leur vie et leurs idéaux (Néron, prototype du tyran sanguinaire dans le *Quo vadis ?* de Sienkiewicz, le pharaon dans *Le Roman de la momie* de Théophile Gautier), alimente inlassablement en épisodes le déroulement de l'intrigue, il produit du suspens, des rebondissements. Car le stéréotype ne fonctionne

---

20. Jean-Paul Sartre, *Les Mots*, Paris, Gallimard, « Folio », 1964, p. 98.

pas en circuit fermé mais en constellation, en réseau d'interactions et d'effets de renforcement réciproques. Il participe par ailleurs d'un traitement ludique de la tradition romanesque qui est tout à la fois un hommage et une mise à distance. Les jeux de l'intertextualité, comprise comme un « clin d'œil culturel » au lecteur, en fournissent une illustration éclairante. On pense, par exemple, au roman de Patrick Rambaud *Il neigeait*, qui met en scène la campagne de Russie, l'occupation de Moscou, la retraite et la débâcle de la Grande Armée, événements sur lesquels veille l'ombre écrasante de *Guerre et Paix*. Deux épisodes au moins évoqués par Tolstoï figurent également chez Rambaud, celui du jeune homme suspecté d'être un espion français, livré par le comte Rostopchine à la foule qui le lynche, celui qui montre Napoléon à la veille de la bataille de Borodino, faisant poser sur une chaise le portrait du roi de Rome juste arrivé de Paris.

Par ailleurs l'hommage ironique à la tradition littéraire fait partie des exercices de style qu'affectionnait la génération née au début du XIXe siècle, comme en témoigne l'exemple précédemment évoqué de Mérimée. Dans *Le Capitaine Fracasse*, Théophile Gautier accumule les schémas narratifs empruntés au roman gothique, comme le castel en ruines[21], et au mélodrame romantique à la Pixérécourt[22] où abondent reconnaissances miraculeuses

---

21. Le motif du paysage nocturne où se détache la silhouette inquiétante d'une forteresse ou d'un château maléfique, inauguré à la fin du XVIIIe siècle par les romans « noirs » ou « gothiques » d'Ann Radcliffe, se retrouve dans *Les Chouans*, *Quatrevingt-treize*, *Waverley*, *Ivanhoé*, pour se borner à des textes célèbres.

22. Les retrouvailles de l'héroïne, Isabelle, et de son aristocratique père, mettant fin aux assiduités d'un soupirant qui se révèle être son frère, fonctionnent selon le schéma dit « la croix de ma mère », en l'occurrence « une bague d'améthyste » qui permet l'identification irréfutable des liens de parenté distendus (chapitre XVII). Ce schéma peut sans doute être rapproché de l'épisode célèbre de

– « la croix de ma mère » – et retrouvailles qui précipitent dans une étreinte pathétique l'enfant volé et ses parents désespérés par l'interminable attente. Les références au *Roman comique* de Scarron et à sa troupe de comédiens ambulants relèvent plutôt d'une mise en abyme, d'un effet de « théâtre dans le théâtre », où chaque personnage est et joue son propre rôle, dont il restitue fidèlement tous les poncifs : Isabelle en ingénue, Sigognac en Fracasse, rappellent que le théâtre est une représentation stylisée de la vie, mais sur le mode d'un détachement ironiquement souverain face aux codes et conventions, que l'on décèle par exemple dans la description du château délabré de Sigognac, lequel « ferait une excellente décoration pour un cinquième acte de tragédie », bien qu'aucun spectre « vêtu d'un suaire et secouant ses chaînes » n'y fasse l'apparition attendue[23]...

Notre-Dame de Paris dans lequel Esméralda, l'enfant volée, est reconnue grâce à un « petit soulier » par sa mère, la recluse qui cause involontairement sa perte (livre onzième, chapitre I).

23. Théophile Gautier, *Le Capitaine Fracasse*, Paris, Garnier Flammarion, 1967, p. 58.

2. « VENTRILOQUIE », EFFETS DE MIROIR, MISE EN ABYME : LE TEMPS MIS EN SCÈNE

> Peut-être ai-je repris cet étrange damas ancien de l'histoire [...], pour rechercher dans la poussière les graines multiples de ce que je suis, de ce que nous sommes, et surtout de ce qui va naître de nous, au-dessus de nous, au-delà de nous, ce printemps des Cimetières qu'on appelle l'avenir.
>
> Louis Aragon, *La Semaine sainte.*

Du passé au présent : l'art de la « traduction »

À bien des égards, le roman historique constitue une forme exemplaire du genre romanesque : son hybridité de fiction ancrée dans un passé peint sous les couleurs du vraisemblable accentue et exacerbe le dilemme propre à toute forme de narration : être « vrai » tout en étant « libre », imaginer la succession d'épisodes et d'événements en fonction d'une cohérence extraite de l'érudition ou de la documentation recueillie, tout en échappant, grâce à l'autonomie dévolue à l'imagination, à la contraignante nécessité du réel[1]. Le romancier historique oscille entre ces deux pôles. Cette ambivalence entre l'obligation de se conformer aux données établies par la connaissance historique et le libre élan de l'imagination qui choisit, dans le plus pur arbitraire, de modeler à sa fantaisie le cours des événements et le destin des personnages

1. Voir à ce sujet Daniel Couégnas, « *Ivanhoé* et *Les Chouans* : lecture des dénouements de deux romans historiques », *in* D. Peyrache-Leborgne et D. Couégnas (dir.), *Le Roman historique. Récit et histoire, op. cit.*, p. 156 *sq.*

l'oblige à définir son projet dans les termes mêmes du débat inauguré par Walter Scott et illustré, dans ses deux variantes possibles, par Vigny et Mérimée : la prédominance des personnages historiques réels qui corsète le récit dans une trame événementielle extérieure au roman, ou la reconstitution des « mœurs d'époque », fond de toile sur lequel évoluent des héros nés de l'imagination, et donc malléables à souhait. Le plus souvent, le romancier s'autorise une association des deux variantes : dans *Le Vicomte de Bragelonne*, Dumas « choisit » la fin tragique destinée à Porthos, mais l'arrestation puis l'emprisonnement de Nicolas Fouquet constituent des épisodes dictés par les contraintes de l'histoire.

Dans tous les cas, cependant, le romancier historique doit se faire « traducteur » et « ventriloque », mission dont il n'a évidemment pas l'apanage, mais qui s'accompagne de difficultés spécifiques au genre. Robert Merle, universitaire et auteur prolifique du cycle à succès *Fortune de France*, a souligné ce qui, selon lui, constituait la plus grande difficulté du roman historique, l'apparente et fallacieuse facilité d'un scénario « donné d'avance ». Car c'est précisément ce « donné d'avance » qui pose problème : les lois de la vraisemblance imposent que le cadre fixé – l'ancrage topographique, et surtout temporel –, le décor, la description du milieu naturel, des villes, des habitations, les détails du quotidien, mais aussi, tâche bien plus ardue, les dialogues entre personnages s'harmonisent dans une reconstitution qui est une recréation, ou pour emprunter le terme cher à Michelet, une résurrection. L'équilibre est précaire entre le « parler vraisemblable » de héros dont plusieurs siècles nous séparent et le « parler accessible » aux lecteurs. La plupart des romanciers historiques s'efforcent de s'en tenir à ce prudent compromis, en évitant les expressions trop archaïques – incompréhensibles, ou donnant une impression de « placage » artificiel – ou trop contemporaines, versant dans l'anachronique sinon le ridicule ; dans ces deux cas, l'illusion romanesque en même temps que la vraisemblance sont mises à mal. La difficulté s'accroît lorsque à l'exemple, resté isolé, de *Cinq-Mars*, le romancier s'attelle à la représentation des grandes figures qui font l'Histoire, de ceux qu'un critique appelle avec humour les « grands hommes encombrants[2] », dont il est si périlleux, pour ne pas dire aventureux, de prétendre reproduire la voix et le « registre », selon l'expression de Barbey d'Aurevilly (préface à *L'Ensorcelée*). Le trait de génie de Tolstoï n'est-il pas de condenser dans un ventre bedonnant, des mains grassouillettes et un « pas pressé », et non dans les propos rapportés, ce qui constitue la résurrection de Napoléon en personnage romanesque[3] ?

L'exemple de Robert Merle demeure relativement isolé : il présuppose en effet un travail minutieux, proche du pastiche érudit, de reconstitution de la langue d'époque qui nécessite à la fin de chaque volume la présence d'un glossaire explicatif. Cette reconstitution, qui repose essentiellement sur l'emploi de termes archaïques et/ou « patoisants », trouve toutefois dans la nécessité de proposer une lecture point trop ardue ses limites : l'orthographe est « moderne » et la syntaxe, à quelques tournures près qui n'offrent aucune difficulté – « se peut », au lieu de « il se peut », « il me voulut donner » –, est bien celle du français contemporain. La combinaison du sous-genre « pastiche érudit » avec les ingrédients constitutifs du roman historique et du roman policier, mélange qui suppose un travail conscient et réfléchi sur les faits de langue, semble, pour des raisons évidentes, relever d'une forme

2. Yves Ansel, « L'irrésistible ascension du romanesque dans le roman historique », *in* D. Peyrache-Leborgne et D. Couégnas (dir.), *Le Roman historique. Récit et histoire, op. cit.*, p. 110 *sq.*

3. Voir Jean Molino dans les deux articles précités.

de délassement sophistiqué que s'accordent des universitaires, plus souvent étrangers que français : on songe bien sûr au *Nom de la rose* d'Umberto Eco (publié en 1980), au *Cercle de la croix* de Ian Pears (1997) et au *Quinconce* de Charles Palliser (1989), superbe pastiche de roman victorien à la Wilkie Collins.

Cette préoccupation, qui relève du problème de théorie linguistique appelé « polyphonie » ou « discours rapporté », a longuement tourmenté Flaubert lorsque, en proie aux affres de la rédaction de *Salammbô*, il confessait au fil de sa correspondance sa « peur de [se] casser la gueule » dans une entreprise si hérissée de difficultés. Comment, en effet, donner aux personnages une langue dans laquelle ils n'ont pas pensé ? « Il n'est pas aisé de s'imaginer une vérité constante, à savoir une série de détails saillants et probables dans un milieu qui est à deux mille ans d'ici. Pour être entendu, d'ailleurs, il faut faire une sorte de traduction permanente, et quel abîme cela creuse entre l'absolu et l'œuvre[4]... » Cette « traduction permanente » présuppose un incessant va-et-vient entre l'auteur, individu ancré dans une temporalité et une personnalité données, et les multiples personnages de l'Antiquité carthaginoise auxquels il prétend donner une vie plausible. La réincarnation de l'individu vivant en figures multiples qui donnent l'illusion de la vie s'accompagne d'une quête, tout à la fois indispensable et frustrante car vouée à l'échec, d'un langage à jamais inaccessible, dérobé par la sédimentation du temps.

La « traduction », à interpréter au sens large de réincarnation des émotions[5], souligne l'abîme qu'elle affirme vouloir combler ; la restitution, à des siècles de distance, de paroles qui n'ont pas été

---

4. Cité *in* Thierry Ferraro, *Flaubert, œuvres majeures*, Paris, Marabout, 1992, p. 225.
5. « Je donnerais la demie rame de notes que j'ai écrites depuis cinq mois et les

prononcées, la reconstruction de pensées relevant d'un outillage mental qui n'est que partiellement accessible à notre compréhension, est une « expérimentation », un jeu entre l'un et le multiple, un effet de miroir entre les paroles supposées et les paroles énoncées. « Mon individu actuel est le résultat de mes individualités disparues. J'ai été batelier sur le Nil, *leno* à Rome du temps des guerres puniques, puis rhéteur dans Suburre, [...] dévoré de punaises, je suis mort pendant les Croisades pour avoir mangé trop de raisins sur la plage de Syrie. J'ai été pirate et moine, saltimbanque et cocher. Peut-être empereur d'Orient, aussi[6] ?... »

Marguerite Yourcenar se réfère à la même expérience, qu'elle vit cependant sur un mode moins douloureux que Flaubert : « Travailler à lire un texte du IIe siècle avec des yeux, une âme, des sens du IIe siècle ; le laisser baigner dans cette eau-mère que sont les faits contemporains ; écarter s'il se peut toutes les idées, tous les sentiments accumulés par couches successives entre ces gens et nous[7]. » Fort justement, elle souligne que c'est précisément cet effort laborieux de reconstruction qui différencie le travail de l'archéologue/historien de celui de l'artiste : recréer une pensée et son expression dans le langage grâce aux traces accessibles, lettres, manuscrits, ou encore reconstituer un univers mental en s'appropriant, grâce à la lecture des mêmes auteurs, les références

---

98 volumes que j'ai lus pour être [...] *réellement* émotionné par la passion de mes héros », Lettre à Ernest Feydeau, 26 juillet 1857, *in Correspondance 1851-1858*, Paris, Gallimard, « Bibliothèque de la Pléiade », tome II, 1980, p. 749.

6. Gustave Flaubert, Lettre à George Sand, 29 septembre 1866, *in Correspondance janvier 1859-décembre 1868*, Paris, Gallimard, « Bibliothèque de la Pléiade », 1991, tome III, p. 536.

7. M. Yourcenar, *Carnets de notes de « Mémoires d'Hadrien »*, *op. cit.*, p. 332. Voir M. Yourcenar, « Ton et langage dans le roman historique », *NRF*, n° 238, octobre 1972, p. 105 *sq*.

intellectuelles du personnage dont le romancier s'efforce d'assimiler la substance. Passage de l'extérieur vers l'intérieur, et retour, qui consacre les talents d'adaptateur et de « ventriloque » du bon romancier historique[8], talents qui sont ceux d'un imposteur maître en trucages et en feintes : « le romancier historique, si honnête soit-il, n'est-il pas forcément imposteur ou à tout le moins "transformiste", dans la mesure où il brouille délibérément les voix, des acteurs, des rapporteurs, des conteurs... » ?

Jeux de miroir

La mise en scène du temps passé repose sur une illusion d'optique : elle procède par effets de dédoublement et de surimpression entre le présent et le passé, si bien qu'on peut se demander si la représentation vraisemblable du passé, qui constitue l'objectif le plus évident, le plus « visible » du roman historique, n'est pas, en fin de compte, un astucieux trompe-l'œil. La débâcle de 1940 apparaît comme la toile de fond, d'autant plus obsédante qu'elle est implicite, de deux grands romans contemporains, publiés tous deux en 1958, *La Semaine sainte* d'Aragon et *La Terre aux loups* de Robert Margerit. L'action de *La Terre aux loups* commence avec l'évocation de la bataille de Waterloo (18 juin 1815) qui clôt l'épisode des Cent-Jours déclenché quelques semaines auparavant par le retour de Napoléon échappé de l'île d'Elbe. Le récit d'Aragon retrace les péripéties de la fuite à Gand de Louis XVIII, point d'orgue d'une « semaine sainte » (19 mars-26 mars 1815) scandée par une

8. Ce sont les expressions qu'emploie Claudie Bernard à propos de Patrick Rambaud et de son roman *La Bataille*, dans « Le roman historique, une tranche d'histoire : à propos de Patrick Rambaud », *op. cit.*, p. 292.

accélération d'événements qui perturbent l'enchaînement des actions quotidiennes et brouillent les repères, ne laissant subsister qu'une discipline militaire réduite à une forme dénuée de sens[9]. Enlisement des cavaliers dans la boue des fondrières, incohérence des ordres contradictoires adressés aux troupes, confusion extrême d'une situation où s'entrechoquent, dans une atmosphère opaque de panique et d'incertitude, les allégeances et les convictions, les conflits de légitimités et de loyautés : la trahison ou la fidélité, le roi ou l'empereur, la France en guerre ou les Alliés restaurateurs de la paix et de l'ordre européens. Au vol fulgurant de l'Aigle, « de clocher en clocher », fait écho la fuite en forme de déroute du roi, escorté de maréchaux et d'officiers désemparés : la tentation de la guerre civile, la débâcle des autorités civiles et militaires face à l'irruption d'un pouvoir « usurpateur », ou qui du moins défie les conventions internationales et les traités de paix, sont vécues « par le petit bout de la lorgnette », dans la perspective dénuée de recul et de visibilité d'un acteur du drame, ballotté au gré des circonstances.

Le roman de Robert Margerit[10] dessine en filigrane, derrière les péripéties d'une bataille qui ne s'appelle pas encore Waterloo,

9. Le roman d'Aragon évoque, jour après jour, les répercussions du retour de Napoléon ; le récit adopte la perspective d'un témoin directement impliqué dans l'action, le peintre Théodore Géricault, engagé dans une compagnie de mousquetaires chargés d'escorter le roi, qui, après avoir juré de mourir sur son trône plutôt que de céder sa place à l'« usurpateur », prend honteusement et subrepticement la fuite hors des frontières, d'où il reviendra trois mois plus tard, après la défaite de Waterloo et le départ de Napoléon pour Sainte-Hélène.

10. Dans *La Terre aux loups*, l'essentiel du récit est concentré sur la vie d'un vétéran de la Grande Armée, installé sur une terre ancestrale du Limousin après la défaite de Napoléon. La scène inaugurale de la bataille de Waterloo fonctionne comme le chiffre d'un destin voué à une vie solitaire en marge de la société ; le goût du sang versé trouve son expiation dans la malédiction familiale qui accable les descendants directs du personnage principal.

une histoire dont les protagonistes doivent affronter, au quotidien, les difficultés nées de la défaite, celle d'un régime, mais aussi celle de la France livrée à l'occupation étrangère et à ses conséquences immédiates : la restauration d'un ordre politique marquant la fin d'une époque, le retour des exilés, l'oscillation entre la volonté de ralliement des élites autour du pouvoir légitime et l'épuration des éléments inassimilables par l'exécution ou l'exil. Épuration, collaboration, guerre civile, la mémoire vivante de la Seconde Guerre mondiale tisse un réseau d'images en surimpression qui invite le lecteur à une confrontation avec le « déchirement français », ce qu'Aragon appelait « cette chose en moi saignante[11] », le récit des événements survenus entre février 1939 et juin 1940 relatés dans la fresque en six tomes des *Communistes* (1948-1951). Comparant ces deux romans, *La Semaine sainte* aux *Communistes*, Aragon soulignait le contraste entre la charge émotionnelle qui imprègne *Les Communistes* – « tout ce qu'il y a eu de commun entre moi et ces hommes qui ont su ou ont voulu mourir pour la France en ces temps des lilas et des roses » – et la « tranquillité du cœur » qu'induit la mise en distance temporelle. Roman « politique » et roman « historique », pour reprendre la distinction stendhalienne déjà évoquée, se répondent en écho : « je vous jure que c'est d'avoir écrit *Les Communistes* qui m'a appris à écrire *La Semaine sainte*, n'est-ce pas l'évidence même ? » et « je n'aurais pas pu écrire *La Semaine sainte* si je n'avais pas été communiste »[12]. Ce qui, dans une interprétation un peu rapide, pourrait être taxé d'anachronisme revendiqué, relève plutôt, semble-t-il, d'un choix

11. Louis Aragon, « Il faut appeler les choses par leur nom » (Fragment *in La Semaine sainte*, Paris, Le Livre de poche, tome I, 1970, p. 17).

12. L. Aragon, « Il faut appeler les choses par leur nom », p. 18, et « L'auteur parle de son livre », *in La Semaine sainte*, tome I, *op. cit.*, p. 10.

esthétique ancré sur une vision téléologique de l'histoire. Héritiers des luttes révolutionnaires de l'histoire française et de l'unité nationale menacée par l'intrusion étrangère, les communistes que décrit Aragon se battent au nom d'une vérité identifiée, tandis que Théodore Géricault s'égare dans les incertitudes d'une époque de bouleversements où le « peuple encore informe de 1815 » n'a pas, en dépit du passé récent, accédé à la pleine conscience de lui-même[13] : déchiré de conditions et d'intérêts divergents, il porte néanmoins en germe le peuple ouvrier moderne. Le miroir tendu au lecteur laisse « apercevoir Hénin-Liétard dans Eloy Caron, tourbier de 1815 »...

La Semaine sainte met en œuvre une technique d'écriture dans laquelle le monologue intérieur et le discours indirect libre jouent un grand rôle, reflétant ainsi, dans les propos rapportés des personnages, la juxtaposition des perspectives divergentes – Napoléon est ainsi, pour les uns « Buonaparte », pour les autres le « Petit Tondu » –, perspectives qui demeurent toutefois engluées dans une opacité insaisissable et imprévisible. Le lecteur peut même, tant l'auteur réussit à redonner aux événements leur caractère aléatoire, entrer dans le jeu de feinte qui lui est proposé : Louis XVIII va-t-il abandonner son trône, Napoléon réussira-t-il à s'emparer de Paris ?

Cette optique prospective, qui est celle des acteurs d'événements dont ils ignorent nécessairement l'issue, se retrouve dans le roman de Patrick Rambaud *La Bataille*, qui, à l'instar de *La Semaine sainte*, transforme les événements advenus de l'histoire

---

13. Michel Appel-Muller, « La problématique du peuple et de la nation dans *La Semaine sainte* d'Aragon », *in Recherches sur le roman historique en Europe.* XVIIIe-*XXe siècle*, Annales littéraires de l'université de Besançon, Paris, Les Belles Lettres, 1977.

en « a-ventures » romanesques[14], mais réduit aussi l'épopée glorieuse de Wagram chantée par un narrateur omniscient en « tranche d'histoire » coupée de ses tenants et aboutissants.

Pendant deux journées et deux nuits du printemps 1809, les troupes de Napoléon et de l'archiduc Charles s'affrontent en une boucherie désordonnée et répétitive qui préfigure en effet de miroir et de surimpression l'absurdité des guerres modernes. L'ampleur du carnage (le bilan de la « bataille » est de quarante mille morts), le caractère factice des frontières et des antagonismes suggéré dans le texte, l'issue incertaine du combat sans vainqueur ni vaincu clairement identifiés, la démystification de l'image du grand homme réduit à un goinfre malappris qui, tyran prétotalitaire, nie et travestit la réalité[15], accentuent la représentation intemporelle de la guerre. Le roman historique s'accomplit en s'effaçant ; l'ancrage dans une réalité historique donnée s'estompe, passé et présent se rejoignent, la bataille résume et cristallise tous les conflits de l'histoire, du temps présent et des époques à venir. On comprend pourquoi ce roman porte en exergue « À Monsieur de Balzac, avec mes excuses » : *La Bataille*, qui mène à bien un projet balzacien jamais accompli, déconstruit le cadre narratif et la durée organisée du roman réaliste.

---

14. C. Bernard, « Le roman historique, une tranche d'histoire : à propos de Patrick Rambaud », *op. cit.*, p. 298.

15. Patrick Rambaud, *La Bataille*, Paris, Bernard Grasset, 1997, et *Il neigeait*, Paris, Grasset et Fasquelle, 2000.
Le Napoléon de Rambaud s'abandonne à son vertige de puissance illimitée (« On pourrait marcher sur l'Inde »..., *Il neigeait*, p. 124), mais ses bouffonneries (il s'exprime dans un affreux jargon franco-italien) et sa mauvaise foi (il nie avoir éborgné Masséna par sa maladresse et rejette la responsabilité sur Berthier qui se soumet) suggèrent en illusion projective un parallèle possible avec Mussolini. La « déconstruction » de Napoléon constitue par ailleurs l'une des idées clés de *Guerre et Paix* ; l'empereur y apparaît en *comediante-tragediante* mesquin, jouet du destin que la Providence a voué au rôle de bourreau des nations.

L'effet de surimpression d'images et de références historiques peut tout aussi bien fonctionner à l'envers, en vision rétroprojective qui en appelle à la connivence d'une culture partagée avec le lecteur. Ainsi l'allusion en forme de clin d'œil contribue-t-elle à exagérer et à souligner le trucage qui constitue la loi du roman historique : l'auteur s'adresse indirectement à son lecteur dont il sait bien qu'il n'est pas dupe, même s'il se prête volontiers au jeu de fiction proposé. La « prophétie » de Napoléon, qui, à l'issue de la « Bataille », déclare : « C'est le général Danube qui m'a vaincu », parodiant lui-même par anticipation l'événement à venir, la retraite de Russie et la défaite de la Grande Armée vaincue par le « général Hiver », dont Patrick Rambaud fera l'objet de son second roman napoléonien *Il neigeait*, ne peut être prise au sérieux, elle participe de la démystification du grand homme maître de l'événement et de son image face à l'Histoire. Rambaud prolonge ainsi la tradition de distanciation ironique inaugurée par Mérimée, qui feint de rechigner à satisfaire son lecteur, lequel le presse d'emprunter la « grande route pour tout faiseur de romans » c'est-à-dire le portrait physique et moral des personnages historiques, par exemple celui de Charles IX : « Au reste, on ne lit pas écrit dans ses yeux : SAINT-BARTHÉLÉMY, ni rien de semblable[16]. »

L'allusion rétroprojective prend un tout autre sens dans le roman d'Alessandro Barbero *La Belle Vie ou les Aventures de M. Pyle, gentilhomme*, journal d'un diplomate américain voyageant au cours de l'année 1806 dans une Europe marquée par la défaite de la Prusse à Iéna et Auerstedt. Au cours de ses pérégrinations, l'Américain, figure revisitée du Huron qui découvre, non pas la civilisation mais la « vieille Europe » enfoncée dans les conflits de frontières et les guerres de conquête, s'étonne du sort des juifs

16. P. Mérimée, *Chronique du règne de Charles IX*, *op. cit.*, p. 134.

miséreux qui survivent sur le territoire de la Pologne dépecée. Un capitaine de dragons prussien lui répond : « J'ai pensé mille fois qu'un feu purificateur devrait détruire toute cette fourmilière, de sorte que les flammes transforment cette infinie saleté en cendre pure », ce qui lui attire cette réplique de M. Pyle : « Pensez à ce que cela signifierait, de brûler tous ces matelas pourris, et ces couvertures qui empestent, et ces hardes ! L'odeur de la fumée arriverait jusqu'en Amérique[17]. » Lequel M. Pyle s'éloigne en riant... Impossible de se méprendre sur l'intention de l'auteur qui interpelle son lecteur par-dessus la tête de personnages par définition inconscients du caractère odieusement prémonitoire de leurs propos ; ce qu'il exprime indirectement, c'est un point de vue sur le terreau nourricier de l'antisémitisme qui a rendu possible l'extermination des juifs sur ce même territoire.

Autre exemple enfin de cette vision rétroprojective de l'histoire : les prophéties de l'astrologue attitré de Catherine de Médicis, l'Italien René Ruggieri, qui apparaît dans le cycle des guerres de religion d'Alexandre Dumas, *La Reine Margot* (1844-1845), *La Dame de Monsoreau* (1845-1846), *Les Quarante-Cinq* (1847). La reine, inquiète de l'avenir de sa lignée, le consulte fébrilement :

> « Alors Catherine abattit la crête pâlie de l'animal, ouvrit avec précaution le crâne [...] elle essaya de trouver la forme d'une lettre quelconque sur les sinuosités sanglantes que trace la division de la pulpe cérébrale.
>
> "Toujours, s'écria-t-elle en frappant dans ses deux mains, toujours ! et cette fois, le pronostic est plus clair que jamais. Viens et regarde."

---

17. Alessandro Barbero, *La Belle Vie ou les Aventures de M. Pyle, gentilhomme* (1995), traduit de l'italien, Paris, Gallimard, 1998, p. 372.

René s'approcha.
"Quelle est cette lettre ? lui demanda Catherine en lui désignant un signe.
– Un H, répondit René.
– Combien de fois répété ?"
René compta.
"Quatre, dit-il.
– Eh bien, eh bien, est-ce cela ? Je le vois, c'est-à-dire Henri IV. Oh ! gronda-t-elle en jetant le couteau, je suis maudite dans ma postérité[18]." »

L'astrologue aux dons divinatoires qui « voit » dès 1572 l'extinction de la dynastie Valois et l'avènement d'Henri de Navarre est un personnage clé du cycle romanesque, en dépit de la place apparemment secondaire qui lui est dévolue dans le récit : à l'instar du « sorcier » Joseph Balsamo qui prédit l'avenir, il figure en effet le double du lecteur, censé connaître la « suite » de l'histoire et l'issue des événements ; ce faisant, il contribue fortement à la dramatisation – toujours la référence à la représentation scénique ! – de l'action, inscrite dans le cours inéluctable d'un destin tragique que l'action et la persévérance humaines sont impuissantes à dévier.

---

18. Alexandre Dumas, *La Reine Margot*, Paris, Mercure de France, « Mille Pages », 1988, chapitre XX, « Les poules noires », p. 205.

DEUXIÈME PARTIE
ROMAN DU PEUPLE, ROMAN DES PEUPLES

3. UNE INVENTION DE L'ÂGE INDUSTRIEL : LE FEUILLETON « À LA VAPEUR »

La suite au prochain numéro...

Lorsqu'un auteur aujourd'hui oublié, Louis Reybaud, fit naître, dans un texte publié en 1845, un personnage nommé Granpré, inventeur du premier feuilleton « à la vapeur », les contemporains comprirent immédiatement qu'ils avaient sous les yeux un portrait satirique d'Alexandre Dumas[1]. L'expression fit et fait encore mouche. Sur fond d'essor des chemins de fer, avec les panaches de vapeur qui symbolisent la révolution industrielle et technologique, le développement de la presse accompagne les progrès lents mais réels de l'instruction primaire (loi Guizot de 1833) et l'apprentissage tumultueux des règles de la démocratie politique et sociologique.

La révolution de juillet 1830 avait consacré le rôle essentiel de la presse dans la vie politique et la formation d'une opinion publique : la plus importante des ordonnances contestées de Charles X suspendait la liberté de la presse périodique, dont le tirage était encore réduit – la presse parisienne, tous titres confondus, tirait en 1830 à moins de cinquante mille exemplaires – pour des raisons à la fois techniques (prix des matériaux de fabrication, coût du transport), sociologiques et culturelles (le niveau d'instruction encore faible de larges franges de la population), et politiques (le contrôle exercé par le gouvernement). Un abonnement (quatre-vingts francs par an) représentait quatre cent

1. Jean-Yves Mollier, « Alexandre Dumas et la littérature industrielle », *in* M. Arrous (dir.), *Dumas, une lecture de l'histoire*, *op. cit.*, p. 135.

vingt et une heures du travail d'un manœuvre en province ; on peut considérer qu'environ quatre-vingts pour cent d'une population très largement rurale n'avaient pas, de fait, accès à la lecture des journaux[2].

C'est après 1830 que s'amorce l'essor de la presse : grâce à un certain nombre d'innovations techniques, entre 1820 et 1848, le temps de fabrication très long des journaux se réduit progressivement, le coût du papier et de l'encre baisse, et surtout une nouvelle génération d'entrepreneurs apparaît, décidés à appliquer au journalisme les règles et méthodes du capitalisme, dont les plus illustres sont Émile de Girardin, fondateur de *La Presse* (juillet 1836) et Armand Dutacq *(Le Siècle)*. L'invention du « feuilleton », couplée à l'apparition du « fait divers » (dès 1833 dans *Le Constitutionnel*, en 1837 dans *La Presse*), relève du trait de génie. Partant du principe qu'il est illusoire d'espérer une extension rapide du lectorat, les patrons de journaux décident de miser sur les recettes publicitaires qu'ils se proposent d'augmenter en faisant espérer aux annonceurs un plus grand tirage : de ces pratiques, Balzac a donné un tableau saisissant dans *César Birotteau* (1837) et les *Illusions perdues* (1843). À condition de disposer des capitaux suffisants pour lancer la machine, il est possible d'abaisser le coût de chaque exemplaire en réduisant le bénéfice escompté. Mais il est impératif d'attirer, de diversifier et de fidéliser le lectorat qui, pour toutes les raisons déjà évoquées, est majoritairement masculin, instruit, aisé, et habitué à lire des articles d'opinion, consacrés à l'analyse des débats politiques, esthétiques ou philosophiques, bien plus qu'à l'information sur les événements du jour. Ce qui constitue un handicap pour la presse d'information – en raison de la lenteur des transports, les nouvelles arrivent en province avec un long délai d'attente – n'est

2. Christophe Charle, *Le Siècle de la presse (1830-1939)*, Paris, Le Seuil, 2004, p. 24.

en revanche qu'un inconvénient mineur, sinon inexistant, si le « produit d'appel » est le fait divers ou le roman-feuilleton, qui ont le mérite supplémentaire de s'adresser au public féminin, traditionnellement amateur d'émotions romanesques, et plus largement à un lectorat potentiel moins sensibilisé aux débats politiques et théoriques.

Le succès ne tarde pas : dès 1836, l'année de sa création, *La Presse* publie en feuilleton *La Vieille Fille* de Balzac ainsi qu'un récit sicilien de Dumas. Vers 1844, Victor Hugo, Dumas, Théophile Gautier, Balzac, Scribe comptent parmi les auteurs célèbres qui écrivent dans ses colonnes. Tous les journaux ou presque accordent désormais une place de choix à cet ingrédient éprouvé du succès qu'est le roman-feuilleton : *Le Journal des débats*, publication austère s'il en est, publie *Les Mystères de Paris* d'Eugène Sue (1842-1843). Cette évolution ne se limite bien sûr pas à la France : Charles Dickens fait paraître le *Conte de deux villes* (1859), roman historique sur la Révolution française, en feuilleton hebdomadaire. Il en va de même, à la fin du siècle, pour le *Quo vadis ?* d'Henryk Sienkiewicz, publié en feuilleton dans des journaux de Varsovie, Cracovie et Poznan. Le prix de l'abonnement est divisé par deux : dès 1836, certains journaux proposent des abonnements annuels à quarante francs. En valeur moyenne, les tirages doublent en dix ans, même si ce développement de la presse reste surtout circonscrit à la moyenne et à la petite bourgeoisie. Il faudra attendre le Second Empire (vers 1860) pour assister à la création des premiers journaux « populaires » *(Le Petit Journal)* que la révolution des transports et la diffusion du savoir ont enfin rendue possible. Mais les pratiques de lecture restent déterminées par le sexe : à la fin du XIXe siècle, les pages politiques attirent plutôt les lecteurs masculins, tandis que le roman-feuilleton demeure, pour l'essentiel, l'apanage des femmes ou des adolescents. Sartre, dans

Les Mots, revit ses émotions de jeune lecteur suspendu à l'arrivée du nouvel épisode des aventures de Pardaillan : « Je marchais sur un toit en flammes, portant dans mes bras une femme évanouie ; au-dessous de moi, la foule criait : il était manifeste que l'immeuble allait crouler. À cet instant, je prononçais les mots fatidiques : "La suite au prochain numéro"[3]. »

Les contemporains sont prompts à déceler les conséquences de cette évolution sur le statut d'écrivain et les techniques littéraires ; la presse offre aux auteurs un « débouché » commode qui a bien sûr ses contreparties, la nécessité de satisfaire le lecteur en s'adaptant à ses attentes, le respect des « délais de livraison » prescrits par le commanditaire, le « tirage à la ligne » qui garantit le revenu, mais produit des effets de répétition peu compatibles avec les exigences de « l'art pour l'art » ou le perfectionnisme d'un Flaubert. Autre innovation liée à la pression exercée sur les auteurs en mal de rendement : l'utilisation de « nègres », dont le plus célèbre, Auguste Maquet, est inséparablement associé à l'œuvre d'Alexandre Dumas, élaborée dans ce qu'on pourrait appeler un véritable « atelier de fabrication ». La création littéraire se dépouille, dans ce contexte marqué par les lois de l'offre et de la demande, de son aura ; elle se dote d'une fonction sociale : divertir et instruire le plus grand nombre. L'âge romantique consacre bien, comme l'a écrit Paul Bénichou, le « sacre de l'écrivain » et le « temps des prophètes », mais cette sacralisation s'accommode par ailleurs d'un développement rapide de cette « littérature à la vapeur » influencée par les pratiques journalistiques. « L'importance du journal pour la littérature tient à ses trois caractéristiques essentielles : le journal est périodique, médiatique et collectif[4]. »

---

3. Jean-Paul Sartre, *Les Mots, op. cit.*, p. 99.

4. Marie-Ève Thérenty et Alain Vaillant, *1836. L'An I de l'ère médiatique*, Paris,

En d'autres termes : la narration adopte les règles fixées par la nécessaire « suite au prochain numéro » (événements et actions rebondissant d'épisode en épisode, psychologie des personnages peu fouillée) ; l'auteur délaisse au profit de la place publique la solitude de son cabinet de travail ; l'« œuvre » d'une individualité incomparable car unique se fait « produit » d'une collaboration avec des auxiliaires plus ou moins anonymes. La littérature « industrielle » consacre l'avènement d'une société qui porte tous les traits caractéristiques de la modernité sociologique et politique : valorisation de la logique de productivité et de rentabilité, consécration du « peuple », entité aux contours mal définis, en acteur de l'histoire, ce qui relègue aux oubliettes la vision de l'auteur à l'écoute d'un public érudit ou mondain, de la Cour ou des salons. Le feuilleton cristallise toutes ces caractéristiques : sa fréquente association avec le roman historique n'est pas seulement une donnée de fait, elle manifeste le souci de rapprocher le peuple de l'histoire.

Le romancier historique en « instituteur du peuple »

Cette évolution, certains la déplorent, d'autres la revendiquent fièrement. Parmi les premiers, Sainte-Beuve, gardien du temple littéraire : dans un article intitulé « De la littérature industrielle », publié en 1839 dans la *Revue des deux mondes*, il condamne le mercantilisme des patrons de presse et des auteurs de feuilletons qui pervertit les relations entre les auteurs, les critiques et le

---

Nouveau Monde Éditions, 2001, p. 71 et 279-280, cité *in* J.-Y. Mollier, « Alexandre Dumas et la littérature industrielle », *op. cit.*, p. 140.

public[5]. Mais derrière la prolifération de la « réclame » dans la presse, l'« étirement du style » qui révèle la cupidité du mauvais écrivain, c'est la démocratisation de la lecture que dénonce Sainte-Beuve. L'abonnement à quarante francs – *La Presse* est visée – est directement lié à la dégradation du goût littéraire ; les nouveaux publics attirés, femmes, enfants, couches populaires, amateurs d'effets faciles, ne sauraient résister aux mauvais exemples et aux leçons pernicieuses véhiculées par la littérature de bas étage : affaiblissement de l'esprit religieux, corruption des mœurs, décadence de la France, tous les thèmes récurrents du mouvement conservateur hanté par le déferlement de la grande vague démocratique, l'avènement du peuple souverain, l'érosion des hiérarchies sociales et intellectuelles se lisent en filigrane. La « littérature industrielle » – cette contradiction dans les termes –, c'est la littérature nivelée des âges démocratiques...

Mais cette hautaine condescendance ne fait pas l'unanimité : il est bien naturel, et logique, que les représentants et les bénéficiaires de la « littérature à la vapeur » se soient glorifiés de leur labeur, à l'instar du maître en la matière, Alexandre Dumas, qui, selon une récente estimation, aurait signé six cent quarante-six titres et créé trente-sept mille deux cent soixante-sept personnages, inépuisable source de découvertes pour les éditeurs à l'affût de feuilletons inédits[6]. En 1848, Dumas se présente – sans succès – aux suffrages des électeurs de Seine-et-Oise : l'affiche électorale, destinée aux « travailleurs » dont il sollicite le vote, énumère et

5. J.-Y. Mollier, « Alexandre Dumas et la littérature industrielle », *op. cit.*, p. 137 *sq.*

6. M. Aïssaoui, *Le Figaro littéraire*, jeudi 2 mars 2006. En 2005-2006, Phébus a ainsi publié un nouveau cycle Révolution/Empire (*Le Chevalier de Sainte-Hermine, Les Blancs et les Bleus* et *Les Compagnons de Jéhu*).

détaille les mérites d'un candidat qui se flatte d'avoir « travaillé dix heures par jour pendant vingt ans » et, véritable « prolétaire de la plume », composé quatre cents volumes et trente-cinq drames, donné du travail en vingt ans à deux mille cent soixante personnes, produit l'équivalent de dix-huit millions d'euros à destination des couches populaires[7]. Dumas, qui en 1845 s'était offusqué d'un pamphlet intitulé *Fabrique de romans. Maison Alexandre Dumas et Cie* et en avait réclamé à la justice l'interdiction, revendique donc, dans le contexte de la révolution de 1848, le statut d'entrepreneur ou d'« industriel » des lettres. Indépendamment des considérations de tactique électorale qui pouvaient justifier ce revirement, il s'était, semble-t-il, décidé à assumer les conséquences de son activité de feuilletoniste littéraire. Loin d'être dissimulée comme une tare, la productivité devient un gage d'application assidue au travail, et donc une garantie pour les électeurs soucieux de leur emploi : Dumas s'honore de ne pas ressembler à ces écrivains dilettantes enfermés dans leur tour d'ivoire. Conscient des transformations de la société et du statut d'écrivain, il revendique fièrement le droit de gagner de l'argent en « fabriquant » des livres et en assurant ainsi l'emploi des travailleurs : le « mage romantique » s'efface devant le philanthrope laborieux, bienfaiteur du peuple...

Le maître mot, c'est donc l'utilité sociale, la prise en compte des besoins de l'ensemble de la population que la Révolution a consacrée en peuple souverain. L'utilité se conçoit cependant dans un sens large ; la presse et la littérature sont dès lors appelées à contribuer à l'éducation populaire, à la vulgarisation du savoir

---

7. J.-Y. Mollier, « Alexandre Dumas et la littérature industrielle », *op. cit.*, p. 136 et 148.

historique qui permet d'« apprendre l'Histoire au peuple[8] ». Le terme dépréciatif de « vulgarisation » est assumé et revendiqué ; le vulgarisateur, déclare Dumas, accomplit une noble et difficile tâche, divertir et instruire le « vulgaire », c'est-à-dire le peuple au sens sociologique du terme *(vulgus)*, la population laborieuse qui n'a pas accès au savoir des élites. Le roman historique, largement diffusé grâce au feuilleton, a donné « quatre millions de lecteurs à la France[9] » ; tandis que le critique à la Sainte-Beuve récuse cette logique quantitative incompatible avec les exigences esthétiques, Dumas adopte une approche de la vulgarisation qui paraît très moderne. Loin d'être en effet conçue comme une concurrence déloyale ou une maladroite traduction, la vulgarisation se fonde sur la conviction optimiste que le savoir est accessible au peuple à condition d'observer certaines règles, en particulier la complémentarité des compétences de l'érudit qui fixe le cadre factuel des événements et de celles du romancier qui, s'appuyant sur les sources orales, les Mémoires, les chroniques, enrichit et agrémente le cadre de détails pittoresques peut-être ignorés de l'historien. « Collaborateur efficace des historiens, le vulgarisateur est donc celui qui va rendre véritablement intelligible et assimilable la matière de l'Histoire, en la montrant sous le jour universel des passions. Ce faisant, il change radicalement le rapport de force entre détenteurs et consommateurs du savoir historique[10]. »

Cette complémentarité établit une égalité en dignité, conforme à la vision démocratique qui assigne à chacun un égal concours à la chose publique ; l'« égalité des conditions » décrite par

8. Sarah Mombert, « Apprendre l'Histoire au peuple : Alexandre Dumas vulgarisateur », *in* M. Arrous (dir.), *Dumas, une lecture de l'histoire, op. cit.*, p. 589 *sq.*

9. A. Dumas, avant-propos de *La Comtesse de Charny*, cité *in* S. Mombert, « Apprendre l'Histoire au peuple... », *op. cit.*, p. 590.

10. S. Mombert, « Apprendre l'Histoire au peuple... », p. 599.

Tocqueville et érigée en fondement sociologique de la démocratie s'accommode fort bien de la diversité. Ce que Dumas transpose, à sa façon, au domaine littéraire et intellectuel : « Nous avons la prétention d'avoir appris [...] à la France autant d'histoire qu'un historien » ; ou encore : « Historien, romancier, poète, auteur dramatique, nous ne sommes rien autre chose qu'un de ces présidents de jury qui, impartialement, résument les débats et laissent les jurés prononcer le jugement. Le livre, c'est le résumé. Les lecteurs, c'est le jury[11]. » Le renversement de perspective est clair : la métaphore du jury suggère le transfert de souveraineté, politique mais aussi esthétique, des élites au peuple, et la conséquence qu'il convient d'en tirer, la nécessité pour l'écrivain d'adapter sa pratique à cette évolution de long terme.

Roman du peuple, le roman historique à la Dumas l'est donc à plusieurs titres : il tire son origine et ses lettres de noblesse de la démocratisation lente mais réelle, de la lecture et du savoir à une époque de bouleversements qui suscitent des débats passionnés. Il se propose explicitement d'aider le peuple à prendre conscience de son histoire, c'est-à-dire de son identité et de sa force agissante. Le contre-exemple le plus célèbre, le *Cinq-Mars* de Vigny, apologie antimoderne d'un ordre aristocratique féodal laminé par l'absolutisme royal qui sape, par un effet pervers, les fondements mêmes de la monarchie et diffuse le germe de la révolution, s'inscrit aussi dans cette perspective, en un paradoxe qui n'est qu'apparent si l'on veut bien considérer que, dans la première moitié du XIXe siècle, le roman historique s'accompagne

---

11. Alexandre Dumas, *Les Compagnons de Jéhu* (1857), chapitre XXXVI, cité *in* Charles Grivel, « Alexandre Dumas, une écriture de l'histoire », *in* M. Arrous (dir.), *Dumas, une lecture de l'histoire*, *op. cit.*, p. 463.

d'une vision apologétique censée édifier le lecteur en lui proposant, sous une forme attrayante, une explication de la réalité présente à la lumière du passé. Il participe ainsi de cette forte valorisation de l'histoire caractéristique de l'âge postrévolutionnaire qui, détaché de la sacralité dynastique, s'efforce de penser, pour les accompagner, les exalter ou les déplorer, les évolutions en cours.

Quelle que soit la teneur du « message » explicatif délivré, l'objectif du romancier historique ne varie guère : familiariser le lecteur avec les grandes personnalités de l'histoire, Richelieu, Henri IV, Louis XIV, certaines époques ou événements charnières sans la compréhension desquels le présent demeure opaque, montrer les petites causes, lubie ou caprice d'un monarque, à l'origine des grands événements, émeutes, révolutions, massacres. Ce faisant, le romancier historique initie ses lecteurs à la mise en perspective historique, à la confrontation du passé et du présent. Dans la mise en scène de l'histoire nationale, il conforte les lecteurs dans l'idée que l'histoire fait advenir l'identité préexistant de toute éternité du peuple-nation, que le retour aux sources fonde une existence légitime et glorieuse : c'est bien d'une visée téléologique et providentialiste, proche de la démarche de Michelet, auquel Dumas a si volontiers et significativement « emprunté », dont se dote l'histoire transposée en fiction[12].

---

12. Il a été dit que *La Comtesse de Charny* constitue en de très nombreux passages un véritable plagiat de Michelet. Sur la visée téléologique chez Dumas *(Charles le Téméraire)* et Walter Scott *(Anne de Geierstein)*, voir Isabelle Durand-Le Guern, « Lecture et écriture du Moyen Âge chez Alexandre Dumas », *in* M. Arrous (dir.), *Dumas, une lecture de l'histoire*, *op. cit.*, p. 35.

4. LE ROMAN DE FORMATION DU PEUPLE

La Révolution française consacre l'irruption sur la scène politique du peuple, ce sujet collectif susceptible d'exprimer, voire d'imposer sa volonté. En substituant à la souveraineté « verticale » exercée par le monarque sur ses sujets la souveraineté « horizontale » du peuple-nation, force agissante et instituante, la Déclaration des droits de l'homme et du citoyen opère un renversement de légitimité qui fonde la conception dite « politique » du peuple. Toute la littérature romanesque française du XIXe siècle, de Vigny à Hugo en passant par Flaubert, Dumas, Zola ou Vallès, met en scène le peuple, cet agent de rupture au visage insaisissable qui suscite, selon les auteurs, effroi, dégoût, fascination terrifiée, enthousiasme, élans lyriques. Barricades, émeutes, insurrections, révolutions, le mythe romantique du peuple, essentiellement parisien, nourrit la fiction et l'imagerie romantiques dont *La Liberté guidant le peuple* d'Eugène Delacroix constitue l'illustration la plus célèbre. Le motif de l'émeute populaire joue, très significativement, un rôle important dans les grands classiques du roman historique du XIXe siècle, *Cinq-Mars, Notre-Dame de Paris, Vingt Ans après,* mais aussi le *Conte de deux villes* de Dickens.

Mais l'importance de cette représentation élevée au rang de mythe fondateur de la culture politique française, ce que symbolise le choix de la prise de la Bastille comme fête nationale, ne doit pas faire oublier que la référence au peuple comme principe de souveraineté politique admet et a admis, dans la plupart des pays européens, d'autres modes d'expression. Face à l'universalisme des Lumières françaises et à la définition politique du peuple élaborée par Rousseau dans *Le Contrat social,* puis appliquée dans les textes constitutionnels et juridiques de la Révolution, un mouvement de fond, qui prend sa source en Écosse, se dessine dans la deuxième moitié du XVIIIe siècle. Cela n'a rien pour surprendre si l'on se rappelle que les îles Britanniques incarnent alors un idéal de liberté politique et de monarchie tempérée, à la pointe du combat contre l'hégémonie culturelle française et le modèle versaillais de monarchie absolue. Ce mouvement de fond, c'est en fait une révolution esthétique qui annonce un changement de paradigme idéologique et politique ; le décentrement de la légitimité culturelle précède et annonce le décentrement de la légitimité politique. À cet égard aussi, le roman historique est un enfant de son siècle, le produit d'une époque soucieuse de redéfinir les normes et les fondements des identités collectives.

Tout commence à Edinburgh, vers 1760 : James Macpherson, un jeune précepteur employé dans une famille de la capitale écossaise, a été remarqué pour son talent poétique dans les cercles littéraires. On l'invite à recueillir et à traduire des fragments de poésie populaire des Hautes Terres (Highlands), la région des montagnards guerriers emblématique de l'identité écossaise, le pays reculé où les traditions demeurent vivantes. Macpherson publie donc des *Fragments de poésie ancienne traduits du gaélique et de l'erse*, censés avoir été composés au IIIe siècle par Ossian, barde gaélique, fils du roi Fingal. La curiosité du public est aiguisée par l'habileté du subterfuge littéraire ; la controverse se déchaîne autour de l'existence, contestée par les érudits, des manuscrits « traduits », qui d'ailleurs ne furent jamais présentés pour authentification et examen critique... Mais peu importe l'avis des érudits, l'idée que l'œuvre a traversé les siècles, qu'elle a préservé, à travers les vicissitudes de l'histoire, un fonds barbare authentique qu'il a suffi de cueillir sur les lèvres du peuple, ces irréductibles Highlanders descendants des Calédoniens qui ont résisté aux légions romaines, va à la rencontre d'une sensibilité esthétique soucieuse de fonder son identité dans le retour à l'origine, l'affirmation d'un caractère particulier égal en dignité à tous les modèles à prétention universelle.

La vague d'« ossianisme », qui réhabilite les trésors enfouis de la poésie populaire des temps mythiques, opère dans la définition des critères du Beau un renversement révolutionnaire de perspective : consacré « Homère du Nord », Ossian-Macpherson incarne, face à la norme gréco-latine et à la culture des élites savantes, les forces créatrices des peuples « modernes » et des langues « populaires »[1]. À travers l'Europe entière se diffuse le culte du barde inspiré : Herder, qui rédige en 1773 un ouvrage intitulé *Sur Ossian et les chants des anciens peuples*, exhorte ses contemporains à exhumer le patrimoine des peuples dont le caractère « sauvage » *(wild)* est garant de liberté, d'authenticité. Goethe et Napoléon figurent parmi les plus fervents admirateurs d'Ossian...

Les mécanismes de l'affirmation identitaire sont en place. Tout commence par la quête généalogique, par la descente chez les morts qui redonne aux aïeux et aux vaincus la parole enfouie sous les sédimentations du temps et ressuscite la culture authentique car proche de la source originelle altérée au fil des siècles. La recherche d'une filiation s'appuie sur la conviction qu'il existe une voie d'accès privilégiée aux origines : inventorier les « reliques » enfouies que le peuple, décrié par les élites « cosmopolites » en raison de son inculture, a préservées. Vivant fossile, il garde la tradition et l'esprit des grands ancêtres. On retrouve là

---

1. Voir à ce sujet Jean Plumyène, *Les Nations romantiques*, Paris, Fayard, 1979, p. 127 *sq.*, Marc Crépon, *Les Géographies de l'esprit. Enquête sur la caractérisation des peuples de Leibnitz à Hegel*, Paris, Payot, 1996, et Anne-Marie Thiesse, *La Création des identités nationales XVIIIe-XXe siècle*, Paris, Le Seuil, « Points Histoire », 1999, p. 23 *sq.*

le schéma de renversement et d'inversion des signes propre aux phénomènes identitaires : c'est le barbare, le primitif, et non le lettré, qui est le dépositaire de la culture vivante. Ainsi s'esquisse la conception ethnoculturelle du peuple que théorise Herder[2] : le peuple, c'est une communauté qui se distingue par la conscience d'avoir une langue et une culture communes. Pour réformer le présent, la conception ethnoculturelle se réfère au passé des origines tandis que la conception politique de Rousseau et des révolutionnaires français se réfère à un avenir régénéré. Là où le « peuple politique » réunit l'ensemble des individus associés par le contrat social, le « peuple ethnoculturel » se réfère à un ensemble organique de traditions inscrit dans la continuité historique ; l'accent est mis sur la filiation, l'identité de la langue et du peuple, et non sur l'adhésion à une volonté transformatrice et codificatrice imposée de l'extérieur. C'est la langue maternelle qui constitue le symptôme de l'identité : se réapproprier la langue, c'est se définir comme une communauté de nature et de destin. Les identités doivent être défendues contre les réductions de la raison universaliste, mais aussi contre elles-mêmes : dans l'imitation servile de l'étranger, les peuples perdent leur caractère original, leur âme à nulle autre pareille. La culture est une réalité donnée, un fait de nature occulté et dénaturé qu'il importe de révéler à lui-même en plongeant dans les profondeurs et en remontant jusqu'à la source.

Dans la philosophie de l'histoire herdérienne, explicitement élaborée en réaction contre la conception de Voltaire, l'histoire apparaît comme un drame conçu et mis en œuvre par Dieu à l'insu des acteurs humains : chaque peuple se définit par la place et le rôle

2. Cf. Johann Gottfried von Herder, *Une autre philosophie de l'histoire*, Paris, Aubier, 1964.

que lui a assignés le projet divin, chaque peuple est un organisme autonome qui se développe selon ses lois propres ; la diversité et l'originalité des peuples constituent donc des principes de droit divin. On peut, à partir de cette « appropriation européenne de l'épopée écossaise[3] », prolonger l'analyse, comme l'invite à le faire une « coïncidence » significative : c'est en Écosse que prend naissance la vogue ossianique, c'est aussi en Écosse que Walter Scott, l'inventeur du roman historique, situe, pour l'essentiel, l'action de *Waverley*, qui met en scène ces Highlanders dont Herder admirait tant les chants guerriers et leur métrique reproduisant la cadence de l'armée en marche. Célébrer les ancêtres, c'est affirmer son identité originale, mais aussi les vertus de sa tradition nationale : « Longtemps avant que l'on connût en Angleterre, et la théorie des constitutions, et l'avantage des gouvernements représentatifs, l'esprit guerrier que les poésies erses et scandinaves chantent avec tant d'enthousiasme donnait à l'homme une idée prodigieuse de sa force individuelle et de la puissance de sa volonté[4]. »

La redécouverte de ces « archives du peuple » que représentent les chants et poésies populaires constitue donc un fait essentiel de l'histoire culturelle de l'Europe, et elle concerne tous les pays. L'invention du roman historique prolonge et amplifie cet élan ; la forme narrative autorise les reconstitutions détaillées et le récit des hauts faits des ancêtres qui inscrivent le présent dans une continuité historique rendue intelligible grâce à la mise en forme littéraire. Le renversement de perspective s'opère : ce qui était jugé arriéré, démodé, hostile au progrès et à l'émancipation se voit

---

3. A.-M. Thiesse, *La Création des identités nationales* XVIIIe-XXe *siècle*, *op. cit.*, p. 28.
4. Mme de Staël, *De la littérature*, citée par A.-M. Thiesse, dans *La Création des identités nationales* XVIIIe-XXe *siècle*, *op. cit.*, p. 29.

soudainement paré des prestiges du « pittoresque », le critère esthétique nouvellement promu. La réhabilitation du « gothique » (Chateaubriand, Goethe) participe du même esprit : le « barbare » a cessé d'être un objet de dédain, il incarne désormais l'authenticité préservée de toute corruption, la tradition et le passé éternellement vivants. De ce point de vue, *Le Génie du christianisme* (1802) de Chateaubriand et *Waverley* (1814) de W. Scott s'inscrivent dans la même mouvance. Walter Scott, qui pourtant détestait les œuvres d'Ossian, a édifié dans ce roman historique « modèle » le monument commémoratif de l'identité d'une Écosse légendaire : l'apparition de Evan Dhu MacCombich, l'Écossais armé de pied en cap, « apparition qui a enchanté toute l'Europe[5] », proclame la force dynamisante du passé et des traditions dans un roman habité par la présence obsessionnelle des armoiries et des portraits minutieusement brossés d'ancêtres ainsi que par la référence permanente au lignage qui assigne à chaque individu sa place dans la chaîne des générations.

Les conséquences de ce que Jean Plumyène appelle l'« ossianisme nationalitaire » sont aussi bien esthétiques que politiques : les nations romantiques, l'Italie et la Bohême sous tutelle autrichienne, la Pologne partagée entre Prusse, Autriche et Russie, revendiquent, dans la première moitié du XIXe siècle, la création d'un État souverain correspondant à une communauté ethnoculturelle. La littérature se voit donc assigner un rôle crucial dans la quête identitaire des peuples, condensé dans la formule herdérienne du « poète créateur de peuple ». Les « manuscrits » miraculeusement rescapés prolifèrent à travers l'Europe[6] : documents qui authentifient et légitiment l'existence d'un peuple opprimé, persécuté mais immortel,

---

5. M. Crouzet, préface à W. Scott, *Waverley*, *op. cit.*, p. 15.

6. En 1795, une épopée du XIIe siècle qui exalte la lutte contre les Polovtses est

dont l'âme s'incarne dans la langue, ils font apparaître ce qu'on pourrait appeler une « surcharge identitaire ». La production de signes et d'images destinés à certifier l'acte de naissance d'un peuple voué à la disparition par une puissance étrangère, l'intervention miraculeuse et providentielle *in extremis*, renvoie à un âge d'or mythique où la langue, la poésie et le peuple n'étaient qu'un.

Le développement du roman historique, dans la première moitié du XIXe siècle, accompagne l'émergence des peuples, étape essentielle du processus de démocratisation dont participe la vogue de l'histoire et de la philosophie de l'histoire ; Herder comme Hegel insistent sur la destinée propre dévolue à chaque peuple qui représente une idée, un « esprit » conférant un sens aux destinées individuelles. Leur œuvre est vulgarisée en France par Victor Cousin : l'individu s'explique par le peuple auquel il appartient, qui à son tour s'explique par la terre où il vit et par ses traditions. Les descriptions minutieuses de la configuration topographique, du climat, des ressources et des productions naturelles d'un terroir, de sa flore et de sa zoologie, qui abondent chez Balzac *(Les Chouans)* et Scott *(Waverley)*, déterminent et signent l'identité irréductible d'un peuple, lui assignent une place dans l'histoire qui ne relève pas de l'accident mais de la nécessité.

---

trouvée en Russie ; son authenticité suscite des doutes, mais l'incendie de Moscou, qui en 1812 détruit les manuscrits contestés, règle le problème. Mais au début des années 1830, apparaît une épopée du XIVe siècle qui, dit-on, est très proche du manuscrit perdu. Ce manuscrit forme la trame de l'opéra « nationalitaire » de Borodine *Le Prince Igor* (1890).

En 1817, des manuscrits rédigés en vieux tchèque, qui content l'épopée de Libussa, reine fondatrice de Prague, sont sauvés de la destruction que projetait un Allemand. L'enthousiasme est général : Goethe les imite, Pouchkine aussi, Mickiewicz les traduit en polonais.

5. *WAVERLEY* ET L'INVENTION DE LA TRADITION

Une identité menacée nourrit la crispation défensive autour des traditions, de la mémoire, du patrimoine qu'il convient de préserver et d'exalter par tous les moyens. L'indépendance de l'Écosse face aux prétentions et aux revendications de la couronne d'Angleterre a pendant des siècles constitué une pomme de discorde et alimenté de nombreux conflits armés ; ces rivalités et tensions entre peuples voisins se sont par ailleurs accompagnées d'affrontements dynastiques entre « loyalistes » partisans de la lignée hanovrienne protestante et « jacobites » (le premier prétendant Stuart s'appelait Jacques) fidèles à la famille Stuart catholique, lesquels recrutent leurs partisans surtout en Irlande et en Écosse. On peut aussi supposer que l'Écosse, politiquement intégrée à la Grande-Bretagne depuis plus d'un siècle (Acte d'union de 1707), a par ailleurs été soumise aux mêmes influences politico-stratégiques : méfiance envers la France, royaume de longue date ennemi et rival, qu'ont exacerbée la Révolution et les menaces d'invasion française[1], mais aussi attachement à une conception libérale de l'autorité monarchique, soucieuse de contre-pouvoirs. La limitation et la désacralisation du pouvoir royal, conditions nécessaires à la mise en scène littéraire de ses attributs – exercice de l'autorité qui punit et récompense, de la souveraineté qui légitime la décision et l'établissement des normes de droit –, ont été bien plus précoces que dans les autres pays européens[2].

---

1. Au moment où les armées françaises affrontent l'Europe, en 1797, un corps de volontaires écossais se constitue afin de repousser un débarquement sur les côtes de Grande-Bretagne : Walter Scott s'y engage.
2. C'est en tout cas la thèse que suggère Pierre Gascar dans sa préface à l'édition « Folio » de *Cinq-Mars* : le drame historique serait né avec Shakespeare dans une

À cet égard, les années de formation de Walter Scott (né en 1771 à Edinburgh, mort en son château écossais d'Abbotsford en 1832) retracent les vicissitudes d'une histoire nationale singulière : l'enfant est bercé par les récits généalogiques qui font revivre des ancêtres hauts en couleur, magiciens guérisseurs, *lairds, chieftains* voleurs de bétail, et cultivent la légende d'un arrière-grand-père jacobite compromis dans l'insurrection de 1715 et sauvé *in extremis* de la potence. Ses premières lectures, ballades populaires écossaises où le souvenir de la saga familiale est présent, récits historiques des guerres civiles et dynastiques où les Scott du passé figurent en bonne place, fortifient sa vocation littéraire ainsi que son goût pour l'histoire et l'incitent à recueillir les témoignages des survivants de la révolte jacobite de 1745. Cette tradition orale, associée à de vastes lectures à travers les littératures européennes, à la fréquentation de collectionneurs de vieux manuscrits, et la formation juridique qu'il acquiert à l'université d'Edinburgh où il découvre que l'édifice juridique propre à chaque peuple, construit au fil des siècles par apports successifs, incarne l'identité culturelle et la continuité entre le passé et le présent, nourrissent sa conviction d'appartenir à une communauté historique dont il importe d'établir, par la littérature, la filiation, mais aussi les perspectives d'évolution et de progrès : « Tout Écossais a une généalogie, c'est une prérogative nationale aussi inaliénable que l'orgueil et la pauvreté[3] », déclarait-il.

Le roman *Waverley ou il y a soixante ans*, qui raconte l'échec de l'insurrection de 1745, participe de cette quête à la fois

---

Angleterre où la monarchie avait déjà perdu son aura sacrée et où la représentation de personnages couronnés sur la scène d'un théâtre n'était pas susceptible d'être taxée d'impiété (A. de Vigny, *Cinq-Mars*, Paris, Gallimard, « Folio », 1980, p. 8).

3. Cité dans le dossier critique de l'édition « Bouquins » de *Waverley*, *op. cit.* (« Sir Walter Scott Baronet », p. 921).

généalogique, identitaire et initiatique où s'opposent deux cultures, deux religions, deux communautés « ethniques » fortement contrastées et historiquement antagonistes. Le jeune Waverley, rejeton d'une famille de petite noblesse anglaise favorable à la dynastie Stuart, quitte l'Angleterre policée pour effectuer un séjour en Écosse. Bien qu'officier anglais au service du roi George II, Waverley, impliqué dans un réseau d'intrigues amoureuses et politiques, s'associe au clan des partisans des Stuarts, soutenu par les chefs de clan qui veulent rétablir sur le trône le prétendant Charles Édouard ; mais il conserve, grâce à ses connexions familiales et à sa participation circonspecte au soulèvement, des relations avec le parti « hanovrien » (de George II) qui permettront sa réintégration sociale, familiale et politique après l'écrasement des insurgés et l'élimination de leurs chefs fanatiques.

Un bref rappel de l'arrière-plan historique s'avère indispensable à la compréhension du roman. À la mort d'Élisabeth Ire d'Angleterre (protestante), qui ne laisse pas de postérité, son cousin Jacques VI d'Écosse, fils de Marie Stuart et souverain catholique, devient roi d'Angleterre sous le nom de Jacques Ier. Il demeure toutefois roi d'Écosse sous le nom de Jacques VI ; les deux royaumes conservent leurs spécificités politiques et religieuses, l'union n'est donc que personnelle. Sous le règne de son successeur Charles Ier, l'Angleterre connaît une période de turbulences qui culmine avec le déclenchement de la guerre civile en juin 1642 et la décapitation du roi le 30 janvier 1649, événements qu'Alexandre Dumas insérera dans la trame de *Vingt Ans après*. La République, dirigée par Cromwell, dure jusqu'en 1658 ; en 1660, le fils du roi exécuté, Charles II (voir *Le Vicomte de Bragelonne*), quitte son exil hollandais et reconquiert son trône, ce que les Anglais appellent la « restauration », mais au prix d'importantes concessions favorables au parti protestant en matière de libertés religieuses et politiques. Son successeur, Jacques II, qui règne entre 1685 et 1688, ne parvient pas à imposer la suppression des mesures anticatholiques et, en conflit ouvert avec le Parlement, doit s'exiler en France, cédant son trône au protestant Guillaume d'Orange, neveu par alliance de Charles II, qui édicte la Déclaration des droits et l'Acte de tolérance (*Glorious Revolution* de 1688). Mais catholiques, restés fidèles aux Stuarts, et protestants orangistes continuent à s'affronter en Irlande et en Écosse.

En 1701, l'Acte d'établissement attribue la couronne à l'Électrice (protestante) de Hanovre Sophie, petite-fille de Jacques Ier, et écarte les Stuarts catholiques du trône. À peu près à la même époque (1707) est ratifié l'Acte d'union entérinant l'union politique et juridique de l'Angleterre et de l'Écosse, qui voit son Parlement et son conseil exécutif dissous. En 1714, l'Électeur de Hanovre, fils de Sophie, qui parle à peine anglais, est couronné sous le nom de George Ier. Les complots jacobites se multiplient en Écosse ; après un premier échec en 1715, les fidèles du nouveau prétendant Stuart, Charles Édouard, réussissent en 1745 à organiser son débarquement sur les côtes écossaises. Après quelques succès, le « Prince Charlie » installe une cour à Edinburgh, mais la restauration est de courte durée : ses troupes sont écrasées par l'armée anglaise à la bataille de Culloden (16 avril 1746) et Charles Édouard prend définitivement la route de l'exil : désormais, la dynastie hanovrienne ne verra plus sa légitimité contestée.

Le chapitre XLVII de *Waverley* retrace la bataille de Preston au cours de laquelle Waverley sauve la vie du colonel anglais Talbot : c'est une victoire écossaise, mais sans lendemain. Revenu en Écosse après un voyage à Londres, Waverley apprend la « victoire décisive de Culloden, remportée par les troupes anglaises » et la fuite de ce « prince si généreux, si aimable, si magnanime », l'emprisonnement, la mort ou le bannissement de ses partisans[4]. Le mariage de Waverley avec la raisonnable Écossaise Rose Bradwardine, qui consacre son insertion dans une société pacifiée, signe la fin du parcours initiatique entre l'Écosse et l'Angleterre, ainsi que des illusions romanesques dissipées par les contraintes de la réalité. Ce dénouement très « juste milieu » s'inscrit dans la tradition littéraire du roman de formation qui voit le héros accéder peu à peu à la maturité réfléchie, à la conscience de ses limites et à l'acceptation du rôle que lui assigne la société. L'originalité de *Waverley*, c'est la double lecture qu'autorise cette quête initiatique, individuelle et collective, car la quête de soi est aussi une quête de l'identité nationale, qui oscille *(to waver,* en anglais) entre deux allégeances politiques, deux filiations ethniques, mais s'apaise en compromis : l'Écosse féodale des clans est vaincue car condamnée par l'histoire, mais elle renaît en acceptant l'union avec l'Angleterre.

« Je connaissais plusieurs de ces vieux combattants de 1745, qui, comme la plupart des vétérans, aimaient à recommencer leurs batailles en récit, lorsqu'ils trouvaient un auditeur attentif comme moi. Je pensais naturellement que les anciennes traditions et le courage d'un peuple qui, dans un pays de haute civilisation, conservait encore une si vive empreinte des mœurs antiques devaient offrir un sujet favorable au romancier, s'il n'avait pas la maladresse de le gâter en le traitant[5]. » La genèse du roman que Walter Scott évoque en ces termes met en évidence l'originalité novatrice de l'œuvre qui inaugure le genre du roman historique. En s'inspirant de sources orales et écrites, Scott se détache de la

4. W. Scott, *Waverley*, *op. cit.*, p. 321.

5. W. Scott, *Waverley*, extrait de la préface générale, *in* « Dossier critique » de l'édition « Bouquins », *op. cit.*, p. 930.

représentation d'un cadre historique de fantaisie et de convention, tel que l'illustre le modèle « historico-gothique » du *Château d'Otrante* d'Horace Walpole (1765), pour reconstituer le tableau coloré et pittoresque d'une époque clairement identifiée.

Dans son essai, d'inspiration hégélienne plus encore que marxiste, Georg Lukács s'est appliqué à montrer que *Waverley* représentait la matrice de la tradition romanesque réaliste du XIXe siècle : Scott invente, selon lui, ce qui est dans le roman spécifiquement « historique », le fait que c'est l'« essence de l'époque » qui détermine les héros romanesques et que « la particularité des personnages dérive de la spécificité historique de leur temps »[6], éclairée grâce à la « reproduction artistique fidèle » des changements historiques.

Peu importe que Scott, comme d'ailleurs Balzac, soit, dans l'optique de Lukács, un conservateur épris d'ordre social ; la démarche esthétique que ces deux auteurs partagent est censée être fondamentalement « progressiste » dans la mesure où elle représente avec un souci minutieux du détail précis les conditions de vie concrètes, les manifestations et répercussions quotidiennes des événements historiques et des mutations sociales. Le roman scottien part du principe que l'existence des hommes est historiquement conditionnée et déterminée : la trame narrative retrace les luttes et antagonismes sociaux au moyen de personnages qui sont tout à la fois les représentants d'une couche sociale, des « types historico-sociaux[7] » – Waverley représente la *gentry* campagnarde, Vich Ian Vohr le chef de clan féodal – et des êtres humains de chair et de sang, des hommes individualisés en proie à leurs passions. Par ailleurs, l'évocation des événements et des

---

6. G. Lukács, *Le Roman historique*, *op. cit.*, p. 40 et p. 17.

7. *Ibidem*, p. 35.

crises ne se résume pas à un récit linéaire qui ne serait au mieux qu'une toile de fond ou un cadre destiné à fournir une « couleur locale » : l'« interaction dialectique », pour employer le langage néohégélien de Lukács, entre les destins individuels et les structures historiques met en évidence l'« essence » de l'époque, les causes, les effets et les réactions des événements reflétés par les diverses couches sociales.

Lukács, fort logiquement, souligne l'importance que revêt le choix d'un héros moyen, voire médiocre, tel que Waverley, doté de sagesse pratique et de qualités humaines mais dépourvu, à la différence des chefs de clan exaltés, d'enthousiasme ; c'est précisément l'absence d'héroïsme du « héros » qui démontre, selon Lukács, les dons « révolutionnaires » de Scott. Il abandonne en effet l'épopée déconnectée du réel pour une vision proprement historique et réaliste, les deux termes étant indissolublement liés. Cette interprétation esthétique condamne par ailleurs les « romantiques » taxés de conservatisme réactionnaire dans leur démarche comme dans leur idéologie : particulièrement visé ici, Vigny et son *Cinq-Mars* qui, dans la perspective de Lukács, inverse le schéma « progressiste » scottien en montrant que c'est l'action des grands hommes qui détermine l'histoire, occultant ainsi les forces structurelles, les antagonismes sociaux et nationaux.

La discussion critique de l'essai de Lukács[8] n'est pas notre propos. La lecture des romans de Scott qu'il élabore ne contredit pas la perspective que nous avons choisi de privilégier, l'idée que l'invention du roman historique est liée à l'avènement du peuple

---

8. Pour la mise en évidence des limites et du systématisme réducteur de cette interprétation, on peut se reporter, entre autres, à l'ouvrage de Michel Vanoosthuyse, *Le Roman historique. Mann, Brecht, Döblin*, *op. cit.*, p. 18 *sq.*, et à la préface de Michel Crouzet à W. Scott, *Waverley*, *op. cit.*, p. 36 *sq.*

– dimension politique – et des peuples – dimension ethnoculturelle – comme sujet(s) de l'histoire et thème littéraire de premier plan. Le « message » politique de *Waverley* peut donc se résumer ainsi : l'écrasement des insurrections jacobites sonne le glas des espérances des partisans d'un royaume d'Écosse souverain et indépendant de la couronne anglaise, qui se voit transformé en province de la Grande-Bretagne. Or « l'habileté du vainqueur sera de faire progressivement du vaincu, non pas un ennemi soumis, mais un ancêtre prestigieux de la nation[9] ». Scott opère un véritable « détournement d'héritage » : la défaite politique peut être acceptée sans amertume, car elle s'accompagne d'une consécration littéraire et culturelle ; l'exaltation du patrimoine identitaire écossais s'intègre dans une vision conciliatrice qui admet la coexistence pacifique des diversités au sein d'une communauté de valeurs « britannique ».

L'action s'organise autour de trois pôles géographiques où se cristallisent les représentations identitaires, Waverley-Honour, la résidence familiale au cœur de la campagne anglaise, Tully Veolan, le manoir de la famille Bradwardine dans les Basses Terres (Lowlands), enfin, les terres du chef de clan Vich Ian Fohr à Glennaquoich dans les Hautes Terres (Highlands). L'arrivée du héros dans le hameau de Tully Veolan constitue une première étape dans la découverte initiatique du « caractère national » du peuple écossais. Une misère extrême qui contraste avec la « riante propreté des cottages de l'Angleterre », jointe à l'engourdissement que provoque l'isolement dans un monde clos coupé de l'évolution des mœurs et du progrès, représente la face sombre et négative d'un monde hors du temps, surgi du fond des siècles. Les

9. A.-M. Thiesse, *La Création des identités nationales* XVIIIe-XXe *siècle*, *op. cit.*, p. 29.

vieillards courbés sous le poids des ans, les enfants « presque dans leur état de nudité primitive », les grands-mères portant bonnet étroit, fuseau et quenouille assimilées à des « sibylles en fureur » animent un décor de contes et légendes mystérieux, aux antipodes de la civilisation et de la modernité. Le regard de l'observateur reste lucide et distancié : « L'ensemble de ce tableau était triste, parce qu'il semblait annoncer la stagnation de l'industrie, et peut-être celle de l'intelligence[10]. » Scott, nourri à l'école des Lumières écossaises (David Hume et Adam Smith), ne succombe pas à la tentation du culte exacerbé d'une « primitivité » garante d'authenticité. La quête généalogique n'aboutit pas en vision mythifiée d'un passé qu'il importe de soustraire aux évolutions du temps, la peinture du pittoresque historique n'exclut pas la recherche du progrès technique et social.

Cette dimension sociale et économique du roman, qui aujourd'hui passe au second plan, devait sans aucun doute susciter de fortes résonances dans l'esprit du lecteur de 1814 : à la charnière du XVIIIe et du XIXe siècle, l'Écosse fut en effet soumise à une politique de « nettoyage » des terres *(clearance)*[11]. L'objectif était de mettre fin à l'organisation rurale traditionnelle qui reposait sur l'existence de petites exploitations agricoles n'assurant, sur ces terres ingrates, qu'un maigre revenu. Après l'expulsion, parfois très brutale, des habitants, les terres « nettoyées » furent converties en pâturages regroupés en grands domaines, assez souvent possédés par une aristocratie d'origine anglaise. Inspirée dans certains cas par une « philanthropie » soucieuse d'éradiquer la pauvreté et de rationaliser les structures agraires, cette politique,

10. W. Scott, *Waverley, op. cit.*, p. 75-76.

11. Voir à ce sujet Michel Duchein, *Histoire de l'Écosse*, Paris, Fayard, 1998, p. 397 *sq*.

menée sur plusieurs années, ne manqua pas de provoquer révoltes, émeutes et drames humains, qui confèrent indirectement au roman, nourri de cette vision de l'histoire entre sclérose et progrès, toute sa portée. Le talent de Scott, c'est d'avoir montré la grandeur de ce que condamne la marche de l'histoire...

Ainsi les ours de pierre rongés par le temps qui flanquent le portail du manoir de Tully Veolan sont-ils les métaphores d'un monde replié sur une mémoire pieusement préservée mais qui, faute d'être confrontée à l'histoire vivante, se fige dans des rituels de commémoration. Le baron de Bradwardine qui se targue du privilège ancestral de retirer au roi ses bottes après la bataille ressasse à l'infini les détails minutieux d'un passé légendaire, le souvenir obsessionnel d'une grandeur défunte et de privilèges surannés : la répétition des rites et des traditions ne reflète plus qu'un simulacre de pouvoir. Le mythe de l'âge d'or exprime l'angoisse devant l'histoire perçue comme une chute et un exil ; l'identité se dilue et s'évanouit en s'éloignant de la source, du point d'origine, en se confrontant à d'autres expériences et influences « allogènes ». Elle perdure, dans cette vision du peuple, comme un noyau soustrait à l'action du temps et de l'espace.

Cette crispation identitaire, le seigneur de Bradwardine la partage avec les chefs de clan retranchés dans les montagnes, tel Fergus MacIvor, qui incarne la permanence, préservée dans le présent, d'un pouvoir féodal intact. Waverley découvre dans les Highlands une contrée de marais, fondrières, rochers foudroyés, montagnes couvertes de bruyère, rochers et cavernes qui représente le « bout du monde » civilisé, un univers clos et impénétrable délimité par les « hautes et sombres barrières » des montagnes[12] et noyé dans

12. W. Scott, *Waverley*, *op. cit.*, p. 153 et p. 115.

d'épais brouillards... Les métaphores d'une identité r
sa marginalité et son anachronisme abondent : les bê
et les oiseaux de proie, les défilés et les gorges qui é
invasion ou influence étrangères, les torrents tumultueux, images de la rébellion d'un peuple ingouvernable, contrastant avec le cours paisible des rivières de la campagne anglaise, les cavernes, repaires de voleurs et de farouches guerriers, tout proclame le règne de la loi immémoriale du plus fort.

À l'excentricité du décor naturel répond celle du peuple qui vit selon les règles ancestrales. Le luxe de détails et la surabondance de termes gaéliques scrupuleusement retranscrits qui accompagnent la description du « costume national » – armes, équipages et vêtements – laissent transparaître la jubilation qu'inspirent à l'auteur et à son héros les attributs visibles d'un exotisme ethnique : « Le *kilt* ou jupon laissait à découvert ses jambes nerveuses. Sa bourse en peau de bouc pendait à sa ceinture avec son *dirk* ou poignard d'un côté et un pistolet de l'autre. Sa toque était surmontée d'une plume courte qui indiquait ses prétentions à être traité comme un *duinhe-wassel*, espèce de gentilhomme. Sa large épée battait sur sa cuisse ; une *targe* ou bouclier pendait sur son épaule ; il tenait d'une main un long fusil de chasse espagnol, de l'autre, il ôta sa toque[13]. »

Pour comprendre cette jubilation, qui dès la publication du roman fut largement partagée par les contemporains, le lecteur moderne est convié à recréer par l'imagination un monde où les voyages lointains ne concernent qu'une infime minorité d'aventuriers, de savants ou d'excentriques, où les « images de l'autre » sont, dans le meilleur des cas, véhiculées par des gravures ou des

13. *Ibidem*, p. 115.

ouvrages réservés à une élite restreinte. Ce qui apparaît de nos jours comme un cliché folklorique banalisé par le cinéma, l'industrie du tourisme et du « souvenir » recèle alors une inouïe puissance évocatrice, chargée de tous les prestiges de la nouveauté et du dépaysement à bon compte.

La réhabilitation de ce costume « populaire » qu'est le kilt, transfiguré en costume « national », met en évidence le renversement de perspective qui s'achève au début du XIXe siècle. Le terme sociologiquement connoté de « populaire », jusqu'alors plus ou moins synonyme de vulgaire, tend, dans ce contexte, à se voir remplacé par « national » qui en est l'expression sublimée, car plus consensuelle : la nation n'est autre que le peuple conscient de son identité culturelle et/ou de sa légitimité politique. Jusqu'à la fin du XVIIIe siècle, le kilt était perçu comme un vêtement de travail, humble produit des ressources locales, qui n'était porté que par les couches laborieuses et pauvres de la population, en particulier les ouvriers des forges. Après des avatars divers, le kilt, création en réalité récente, fut « récupéré » par les élites en quête d'authenticité. Le mécanisme du « bricolage » de l'identité, à l'œuvre dans la découverte « miraculeuse » de chants et manuscrits antiques arrachés à l'oubli dont les poèmes d'Ossian figurent le premier exemple, se reproduit à l'identique ; il repose sur l'invention de la tradition, ce paradoxe constitutif de la création des identités nationales : « la modernité objective des nations aux yeux de l'historien par rapport à leur ancienneté subjective aux yeux des nationalistes[14] ».

L'« antiquité » supposée du kilt, dont on se plaît à suggérer les origines médiévales, tel est le critère suprême qui l'autorise à

---

14. Benedict Anderson, *L'Imaginaire national. Réflexions sur l'origine et l'essor du nationalisme (Imagined Communities)*, Paris, La Découverte, 1996, p. 18.

entrer dans le panthéon de la mémoire collective du « peuple ». À l'époque de Walter Scott, où le costume « à l'anglaise », importé en France à l'époque de la Révolution, pantalon, redingote, coupés de plus en plus fréquemment dans ces étoffes sombres qui deviendront rapidement la norme bourgeoise des modes masculines, le kilt coloré, blason des lignages claniques, défie une modernité dont la terne banalité rebute[15]. L'inversion des signes s'opère : le kilt devient un objet de mode adopté par les élites, imprégnées de romantisme post-ossianique soucieux de couleur locale. En Grande-Bretagne, le rôle de la reine Victoria, qui se plaît à séjourner dans son château écossais de Balmoral et s'enchante d'une Écosse peinte aux couleurs de Walter Scott, donne le ton ; son époux Albert de Saxe-Gotha se fait peindre en costume national écossais, le kilt est arboré par les invités lors de fêtes nobiliaires et royales.

Le particularisme est le maître mot de la société clanique décrite dans *Waverley* ; mais le souci explicatif, voire didactique, est permanent, car il s'agit de dépayser le lecteur et non de le décourager, d'être pittoresque et non inaccessible. Ainsi apprend-on, par exemple, que *sidier dhu* désigne les soldats noirs et *sidier roy* les soldats rouges, la différence renvoyant aux couleurs des tartans. Le souci de retranscrire la langue nationale, assimilée au mémorial de l'identité, s'accompagne de multiples références au lyrisme populaire des bardes où s'exhale l'âme « intraduisible » et inimitable du peuple. Mais la poésie celtique des Highlands trouve en Flora MacIvor, la sœur de Fergus, une muse inspirée dont les charmes enivrent le héros du roman. « Ces poèmes, dit

15. A.-M. Thiesse, *La Création des identités nationales XVIIIe-XXe siècle*, *op. cit.*, p. 198 *sq.*

Flora, qui célèbrent les exploits des héros, les peines des amants et les guerres des tribus ennemies, sont le principal amusement du coin du feu d'hiver dans les Highlands. Quelques-unes de ces poésies sont très anciennes, dit-on ; et si jamais elles sont traduites dans la langue d'une des nations civilisées d'Europe, elles ne peuvent manquer de produire la plus grande sensation. Il en est d'une date plus récente ; elles sont l'ouvrage de ces bardes que les chefs les plus nobles et les plus puissants entretiennent à titre de poètes et d'historiens de leurs tribus. Leurs ouvrages ne manquent pas de mérite, mais le génie poétique s'évapore dans la traduction, ou il est perdu pour ceux qui ne sympathisent pas avec les sentiments du poète[16]. »

Authenticité et particularisme qui « s'évapore dans la traduction » sont indissociables ; l'identité ethnique dont la poésie constitue l'expression transfigurée[17] s'apprécie grâce à une faculté d'empathie innée, inaccessible à tout élément « allogène » : « Vous savez bien que ces sortes de chants ne peuvent intéresser en aucune manière un étranger, et surtout un Anglais[18]... », déclare Flora. Cette vision ethnoculturelle « fermée » de l'appartenance à une communauté s'enorgueillit des différences érigées en barrières contre toute intrusion qui ne pourrait être qu'une corruption. Mélange, brassage, mobilité, tout ce qui constitue les critères de la modernité sociologique se voit récusé : le peuple-nation constitue une réalité déterminée de nature, un fait objectivement donné. Le respect de la tradition exprime et consacre

---

16. W. Scott, *Waverley*, *op. cit.*, chapitre XXII, « La poésie des Highlands », p. 143.
17. Voir chapitre XX, p. 138, l'évocation du barde aux cheveux blancs, aux « gestes sauvages et passionnés » qui chante le trépas des guerriers, encourage et excite ses auditeurs vite plongés dans « une espèce d'extase ». Il est significatif qu'Ossian soit cité p. 154.
18. W. Scott, *Waverley*, *op. cit.*, p. 143.

l'allégeance à une identité héritée et non choisie que menace l'irruption déstabilisatrice de l'Histoire dans un monde hermétiquement clos, figé dans la crispation identitaire : « Il y a trois choses tout à fait inutiles pour un Highlander de nos jours : l'épée qu'il ne doit plus tirer, les chants qui célèbrent les actions qu'il n'ose plus imiter, et une large bourse de peau de bouc qui ne contient pas un seul louis d'or[19]. »

Le pittoresque excentrique de l'Écosse se reflète également dans les légendes qui accordent une large place au surnaturel et au fantastique, à ce que les esprits « modernes » éclairés taxent de superstition. Le décalage culturel et l'incompréhension réciproque éclatent au grand jour peu avant la fin désastreuse de l'insurrection jacobite : Fergus décrit à Waverley l'apparition d'un fantôme qui a pris l'aspect d'un homme très grand, enveloppé dans un manteau gris, semblable à ceux que portent les bergers dans le sud de l'Écosse ; mais on ne peut douter qu'il s'agisse de l'esprit d'un guerrier mort au combat qui revient annoncer un grand malheur ou une mort imminente. Face à son interlocuteur sceptique qui avance des explications rationnelles, l'Écossais oppose la force de l'expérience émotionnelle – le fantôme ne marche pas, mais « glisse », à sa voix le sang se glace et les cheveux se hérissent[20] – et le poids irréfutable de la tradition, d'une « vérité confirmée par trois cents ans d'expérience ».

Deux mondes antagonistes, deux modes opposés de régulation sociale se font face. Les chefs de clan ont recours à la violence comme mode d'exercice du pouvoir. La rapine, les rapports de force et de domination féodale déterminent un système social

19. *Ibidem.*
20. *Ibidem*, p. 106.

archaïque fondé sur la loi du plus fort et les solidarités personnelles. L'hospitalité pratiquée avec la largesse et la générosité qui sont les premiers attributs d'un chef constitue aussi l'expression d'un pouvoir discrétionnaire presque illimité où prévaut l'engagement oral, la parole d'honneur érigée en loi. L'échec de l'insurrection sanctionne l'anachronisme d'une société écartelée entre factions et clans qui se condamnent mutuellement à une impuissance mal dissimulée sous un héroïsme fanatique et désuet.

Rose Bradwardine, qui incarne la réconciliation et l'adaptation aux normes fixées par l'évolution historique, résume dans une lettre adressée à Waverley ce contraste avec la société anglaise régie par la régulation contractuelle du commerce et du régime parlementaire : « [...] en Angleterre, où vous me disiez qu'il n'y avait ni oppression militaire ni combat entre les clans, mais que tout se faisait selon la loi, égale pour tous et protectrice de l'innocent[21] ». Là encore affleure le jugement de valeur : le pittoresque est certes source de plaisir esthétique, mais ne saurait obscurcir la faculté de réflexion critique. La société clanique écossaise repose sur une conception hiérarchique et inégalitaire des rapports humains et une vision obsolète du peuple qui, enfoncé dans sa pauvreté et son ignorance, est incapable d'apporter à l'insurrection le large soutien dont aurait besoin le prétendant. La cause jacobite est vouée à l'échec : faute d'avoir intégré les lois de l'évolution historique, la valeur émancipatrice du progrès économique et technique, la prise en compte de la force agissante du peuple, les insurgés sont contraints de chercher un appui auprès des étrangers, ces mêmes Français qui, dans l'imaginaire anglais, incarnent un contre-modèle de monarchie absolue catholique.

---

21. *Ibidem*, p. 175.

Les chefs de clan sont prisonniers d'un choix paradoxal : en prétendant défendre l'identité du peuple écossais face aux empiétements de la couronne anglaise détenue par l'« Électeur de Hanovre », cet « usurpateur[22] », ils sont acculés à une alliance bien plus problématique avec la France qui a accueilli le roi Jacques II et sa cour après la « Glorieuse Révolution ». Flora MacIvor symbolise cette impasse identitaire : la muse celtique porte des robes dont le style est celui de Versailles, ses manières, ainsi que celles de son frère Fergus, reproduisent les normes de politesse de la cour en exil de Saint-Germain dont faisait partie leur famille. Que l'influence française soit « inassimilable » est suggéré sur le mode comique par les pitoyables tentatives d'un aristocrate français, le comte de Beaujeu, venu prêter main-forte aux insurgés, qui s'efforce de haranguer les troupes écossaises :

« Messieurs les sauvages écossais, dit-il, c'est-à-dire *gentilmans savages, have the goodness* d'arranger vous[23] ! »

L'incompréhension doit se lire à un double niveau, sociologique – la morgue de l'aristocrate – et « national » – le Français adoptant une position de supériorité face aux « sauvages ». C'est l'incapacité linguistique qui symbolise le caractère irréductible d'une altérité impossible à surmonter. L'épisode anticipe la conclusion du roman : Waverley s'est laissé convertir à la cause jacobite, mais, faute d'affinités culturelles réelles[24], son engagement reste inévitablement superficiel et éphémère.

Waverley est un roman à la fois historique et national ; il s'inscrit dans la tradition du *national tale,* illustrée en particulier par

---

22. *Ibidem, op. cit.*, p. 166.

23. *Ibidem,* p. 300.

24. Au cours de la bataille de Preston, la sauvagerie des Highlanders choque Waverley, qui se met à douter de la justesse de la cause qu'il défend.

Maria Edgeworth, à laquelle Scott rend explicitement hommage dans son « post-scriptum qui aurait dû être la préface » : l'action est placée dans un passé proche, les personnages se définissent par rapport au contexte politique spécifique de l'Irlande ou de l'Écosse sous domination anglaise, ils se livrent à la quête nostalgique d'une identité malmenée par l'histoire[25]. L'originalité profonde du roman réside toutefois dans l'idée qu'il faut assumer la dualité de l'héritage anglais et écossais, que l'État-nation, qui tout au long du XIXe siècle s'imposera à travers l'Europe comme la forme moderne de l'organisation sociale et politique, absorbe et accomplit les identités particulières qu'il préserve et parachève, tout en les intégrant dans un ensemble formé par ajouts successifs. Scott « accomplit son patriotisme d'Écossais dans son patriotisme d'Anglais, sauve l'Écosse de l'Angleterre et l'Angleterre par l'Écosse ; la résurrection de l'Écosse se fait par une œuvre d'importance européenne qui résume toute l'Écosse et toute l'Angleterre[26] ».

La « conversion » du héros au réalisme pragmatique d'une Angleterre confortable où règne un « roi obèse et corrompu[27] », loin de l'Écosse romantique aux rites ancestraux, privilégie sans aucun doute une vision de l'histoire acquise aux Lumières, à la régulation pacifique des conflits et au régime parlementaire. Mais le souvenir du passé qui constitue la préhistoire du présent doit néanmoins être entretenu : les traditions et mœurs étrangères au monde moderne que le progrès voue à la disparition méritent d'être célébrées en poétique du peuple. Héros de la vie domestique

25. Hubert Teyssandier, *Les Formes de la création romanesque à l'époque de Walter Scott et de Jane Austen. 1814-1820*, Paris, Didier, 1977, p. 256.

26. M. Crouzet, préface à W. Scott, *Waverley*, *op. cit.*, p. 23-24.

27. James M. Bennett, *Walter Scott, Waverley : imaginaire romantique et réalité historique*, Paris, Éditions Messene, 1998, p. 92.

et des valeurs privées qui s'est guéri des illusions romanesques et héroïques, Waverley s'insère dans une communauté constituée au fil des générations et animée par la conviction que la réalité est dotée d'une valeur intrinsèque, que la liberté et le bien-être ne se décrètent ni ne se conquièrent par la force, mais qu'ils résultent d'un effort séculaire. Le roman de Scott adopte ainsi une perspective proche de celle d'Edmund Burke, l'auteur des *Réflexions sur la Révolution de France* (1790), qui, également influencé par les Lumières écossaises, interprétait le compromis entre la tradition et la modernité comme l'un des principes constitutifs de la culture politique anglaise. La référence aux « droits des Anglais » qui concrétisent les acquis et les leçons de l'expérience constitue le contre-modèle des « droits de l'Homme » abstraits proclamés par la Révolution française. Célébration et, si nécessaire, invention de la tradition, fixation des images du peuple grâce aux stéréotypes qui fonctionnent en effets de miroir, le roman historique scottien lance une mode européenne...

6. IMAGES DE SOI, IMAGES DE L'AUTRE

La quête de l'identité est animée d'un double mouvement, interne et externe : retour vers l'origine qui porte la marque intacte d'une inimitable authenticité, mais aussi extériorisation du regard qui cherche en l'Autre les signes éclatants de sa propre différence. La construction des États-nations et des mouvements nationaux au début du XIXe siècle reproduit ce mécanisme constitutif de la « construction » des identités. Le terme de « construction » n'intervient pas par hasard : la démarche identitaire, qui remplit une double fonction d'inclusion et d'exclusion, en délimitant les contours de la communauté, sociale, nationale ou autre, se nourrit de représentations, d'images, de lieux communs et d'idées à vocation fédératrice et mobilisatrice. L'essentiel est de disposer d'un substrat imaginaire susceptible de fonder l'existence d'une communauté tout à la fois distinguée et rassemblée, bref, identifiée par rapport à l'extérieur par des traits constitutifs partagés. Tel est bien le sens et la fonction de ce qu'on appelle « mythe fondateur[1] », prise de la Bastille, arrivée des pèlerins du *Mayflower*, fondation de Rome par Romulus et Remus, etc. Cette démarche relève d'une construction de l'imaginaire[2], au sens où, contrairement à ce que laisse entendre le discours ethniciste exaltant l'« essence » des peuples préexistant à l'histoire, elle élabore un ensemble cohérent de représentations qui relèvent de l'invention de la tradition. Le rôle des intellectuels et des élites culturelles qui disposent des

---

1. Sur la notion de « mythe fondateur », voir Georges Lavau, « Choisir les événements fondateurs », *in Projet*, n° 213, septembre-octobre 1988.

2. Voir à ce sujet A.-M. Thiesse, *La Création des identités nationales XVIIIe-XXe siècle*, *op. cit.*, et B. Anderson, chapitre X, « Mémoire et oubli », *in L'Imaginaire national...*, *op. cit.*, p. 189 *sq.*

moyens nécessaires – accès au savoir livresque, aux archives, capacité à exploiter ces sources – est évidemment crucial ; le phénomène, déjà évoqué, des manuscrits miraculeusement « exhumés » l'illustre parfaitement.

La littérature, qui, à l'instar des phénomènes liés à la constitution d'une mémoire, procède par mise en scène, hiérarchisation, organisation, mais aussi déformation d'impressions et d'images, a partie liée avec la quête de l'identité ; elle représente, à l'instar des caricatures, documents iconographiques, affiches, etc., un espace propice à l'élaboration de représentations stéréotypées. Les œuvres littéraires offrent abondance de portraits en miroir des groupes sociaux et des communautés nationales ; elles constituent de ce fait, pour l'historien, une mine inépuisable d'informations, quelle qu'en soit par ailleurs la valeur proprement esthétique. Le roman historique n'échappe évidemment pas à cette règle qu'il illustre en raison de la relation qu'il entretient avec la perception du temps et de l'histoire propre à l'espace linguistique et culturel dont il relève. Ce qui explique pourquoi le stéréotype national, compris comme un ensemble de jugements portés sur les mœurs, la langue, les modes de sociabilité, etc. d'un autre peuple, y abonde. S'y ajoute une autre explication : lié à l'avènement du peuple et des peuples comme acteur(s) de l'histoire, le roman historique exploite mais aussi produit les représentations culturelles et les stéréotypes de chaque époque, lesquels sont réactivés aux périodes de constitution d'espaces nationaux nettement identifiés.

Tout à la fois représentation et jugement de valeur, le stéréotype fonctionne par généralisation et réduction et postule l'unité de l'objet auquel il s'applique, peuple, groupe social, sexuel ou ethnique. Il suppose une « causalité diabolique », c'est-à-dire des relations directes de cause à effet fondées sur des caractères nationaux prédéterminés : il est gascon, donc vantard, anglais, donc hypocrite, italien, donc exubérant. C'est ainsi que des caractéristiques morales individuelles – vantardise, hypocrisie, exubérance – se trouvent érigées en attributs collectifs signant une identité. Pour remplir toutes ses fonctions, le stéréotype doit être simple, immédiatement compréhensible afin de permettre une reconnaissance réciproque et spontanée : rire ensemble de l'autre, c'est se reconnaître d'emblée complices et solidaires. Le stéréotype vise essentiellement à la banalité et à la platitude, c'est un « lieu commun[3] ».

Mais il n'en est pas pour autant anodin : il constitue un « domaine de la culture des peuples qui prêterait à sourire si l'on n'y entendait pas le fracas des guerres[4] ». Construction qui relève de la connaissance sommaire « de seconde main », le stéréotype généralise l'expérience individuelle – tel ou tel Gascon a été perçu comme vantard – ainsi que les données de l'histoire, il fixe, rigidifie, substantialise et réduit la réalité qu'il décrit d'un point de vue extérieur et supérieur péremptoirement affiché. Il se différencie toutefois du cliché, plus statique, dans la mesure où il est susceptible de transformation dans le cadre d'une nécessité historique, et donc évolutif ; le stéréotype tend volontiers à épouser le rythme des événements. « La psychologie des peuples est ainsi arrêt dans le temps et transposition de ce qui est marqué par le politique dans le domaine de l'anecdote. » Le stéréotype « fixe les grandes oppositions et les inscrit dans l'Histoire[5] ». Produit

---

3. Sur la notion de « lieu commun » comme cristallisation de l'imaginaire culturel et rituel de communication, voir Brigitte Krulic (dir.), *Europe : lieux communs*, Paris, Autrement, 2004.

4. Marc Crépon, *Les Géographies de l'esprit. Enquête sur la caractérisation des peuples de Leibnitz à Hegel*, Paris, Payot, 1996, p. 9.

5. Voir à ce sujet *in* Alain Montandon (dir.), *L'Europe des politesses et le caractère*

déterminé par des circonstances particulières qui se veut et se présente comme la perception d'une essence, il exerce une fonction affective et mobilisatrice essentielle : il classe, organise, attribue, différencie, et ce faisant rassure et conforte les identités fragiles et incertaines[6].

Élément stratégiquement décisif dans la constitution et la confrontation de cultures nationales, le stéréotype, compte tenu de l'intrinsèque « pauvreté » de son contenu, ne révèle pas grand-chose sur celui qui en est l'objet ou la victime, il exprime et explicite, en revanche, la manière dont le groupe « émetteur » du stéréotype se perçoit lui-même. Concept interculturel, il relève, de ce fait, d'une dynamique de communication fondée sur le dialogue polémique entre deux groupes qui fonctionne selon le principe « se poser en s'opposant » ; l'image de l'autre présente, très largement, une image de soi, ce qui n'empêche aucunement, par ailleurs, l'intervention d'éléments tiers[7]. La relation qu'établit le stéréotype est par conséquent binaire : l'image de l'autre s'obtient à travers le prisme de l'appartenance à un groupe national, mais cette image filtrée, à son tour soumise à un jeu de réfraction[8],

---

des nations. Regards croisés, Paris, Economica, Anthropos, 1997, l'article de Claude Foucart « De l'ennemi héréditaire à la confusion des sentiments », p. 238, et celui d'Annie Jourdan « La perception des Français aux Pays-Bas (1500-1815). De l'incompatibilité des caractères nationaux », p. 195.

6. Voir à ce sujet Jean-Paul Bertaud, Alan Forrest et Annie Jourdan, *Napoléon, le monde et les Anglais. Guerre des mots, guerre des images*, Paris, Autrement, 2004.

7. Michel Espagne, *Les Transferts culturels franco-allemands*, Paris, PUF, 1999.

8. Cf. l'article de Dominique Bertrand, « Les relations doubles ou de la politesse comparée : Muralt et Labat », *in* A. Montandon, *L'Europe des politesses..., op. cit.* Analysant les *Lettres sur les Anglais et les Français* du Suisse Béat de Muralt (1698, publiées en 1725), D. Bertrand montre à quel point l'« image d'un peuple à

revient vers son point d'origine. En un processus dialectique, le trait péjoratif fixé dans l'image stéréotypée du voisin revient s'intégrer à l'autoperception du groupe : puisque l'Autre est ainsi, c'est-à-dire mauvais, moi, je suis bon. Lorsque l'Anglais fustige et raille la vanité du Français, il dessine en réalité l'autoportrait d'un peuple pragmatique valorisant l'Être et non le Paraître, les satisfactions obscures mais solides de la *privacy* au sein du *home* et non l'éclat de la vie de cour.

Les stéréotypes, qui reflètent et construisent un rapport spécifique à la civilité, c'est-à-dire « fabriquent » et modèlent la culture d'une société donnée, sont eux-mêmes le produit d'une « fabrication » et s'insèrent dans le processus multiséculaire de civilisation, selon le sens de que lui donne Norbert Elias. Ce processus est « aveugle », au sens où il ne résulte pas d'un plan concerté, d'intentions spécifiques à des individus particuliers, mais des « réponses » aux conflits et aux événements de l'histoire dans des sociétés données, élaborées par une multitude d'individus en un entrelacement complexe de phénomènes. Ces « réponses » s'intègrent dans des processus de transformation structurés et orientés dans une direction (au sens de « dynamique ») précise, bien que non voulue et non prévue, et contribuent à façonner sur la moyenne et longue durée des modes de comportement et de sensibilité au sein d'une culture particulière.

La lecture des stéréotypes nationaux qui affleurent dans un bon nombre de romans historiques permet de dégager quelques constantes : la relation à la langue nationale et à la culture populaire du folklore, des chansons, poésies et comptines occupe une place

l'étranger est le plus souvent tributaire de sa réciproque », ce qui permet de cerner les mécanismes d'approche interculturelle (p. 57).

privilégiée dans la construction des portraits de soi et de l'autre (*Ivanhoé, Taras Boulba*). Face à la menace, concrète ou immatérielle, qu'incarne la communauté nationale « adverse », la défense et illustration de la langue maternelle, témoin et garant identitaire des peuples-nations malmenés par l'histoire ou en voie de constitution, est toujours l'enjeu d'une lutte acharnée. Un grand nombre de romans historiques du XIXe siècle s'inscrivent par ailleurs dans la perspective « herdérienne » inaugurée par Walter Scott. Le peuple, doté des vertus primitives d'endurance, de courage, de spontanéité non falsifiées par les afféteries de la civilisation, trouve en l'Autre son double maudit qui lui renvoie son reflet magnifié : Ukrainiens contre Polonais (*Taras Boulba*), Allemands contre Polonais (*Les Chevaliers Teutoniques*, de Henryk Sienkiewicz, avec la variation « antiquisante » de *Quo vadis ?* où les Lygiens, peuple des territoires entre Oder et Vistule, sont confrontés aux Romains), ou, sous une forme atténuée qui met l'accent non sur l'« âme du peuple » mais sur les antagonismes entre modèles d'organisation sociale et politique, Anglais *versus* Écossais (les *Waverley novels* de Walter Scott), Normands *versus* Saxons (*Ivanhoé*, de Scott), Français *versus* Allemands (*La Jeunesse du roi Henri IV* de Heinrich Mann), Anglais *versus* Français (Charles Dickens, *Conte de deux villes*), « Parisiens jacobins » contre « chouans sauvages » (*Les Chouans* de Balzac, *Quatrevingt-treize* de Victor Hugo), Carthaginois *versus* mercenaires (*Salammbô* de Flaubert), envahisseurs hittites contre « Égyptiens » de souche dans les cycles romanesques de Christian Jacq qui, à cet égard, prolongent la tradition du XIXe siècle.

L'exemple de *Quo vadis ?* est particulièrement éclairant ; le roman de Sienkiewicz renouvelle un schéma identitaire vivace en Allemagne depuis la Réforme, et réactivé, sous l'occupation napoléonienne de la Prusse, dans les *Discours à la nation allemande* de Fichte : sorti des forêts impénétrables, le guerrier germanique ou « lygien » (c'est-à-dire polonais), incarné dans le roman de

Sienkiewicz par l'herculéen Ursus, protecteur de l'héroïne persécutée, porte toutes les vertus de force virile, fidélité, franchise, associées à l'aurochs, animal fétiche porteur de symbolique identitaire. Il met en relief le portrait des élites corrompues et perversement raffinées d'un empire dominateur rongé par la décadence. Le schéma identitaire est cependant adapté aux modèles nationaux : dans les deux ouvrages, l'Empire romain constitue la cible honnie, mais dans le roman polonais, les valeurs positives sont représentées par le peuple lygien animé par la foi chrétienne, tandis que la version germanique « protestante » du mécanisme identitaire associe dans le même opprobre latinité et catholicité.

Roman du sursaut populaire russe face à l'envahisseur français, *Guerre et Paix* dresse un panorama complet des stéréotypes nationaux les plus courants : « [...] seuls les Allemands fondent leur assurance sur une idée abstraite, la science, c'est-à-dire la prétendue connaissance de la vérité absolue. Le Français est sûr de lui parce qu'il s'imagine exercer, soit par son esprit soit par son physique, une séduction irrésistible, tant sur les hommes que sur les femmes. L'Anglais est sûr de lui parce qu'il se croit le citoyen de l'État le mieux policé du monde : en qualité d'Anglais, il sait toujours ce qu'il doit faire ; en qualité d'Anglais, il sait que tout ce qu'il fait est indiscutablement bien fait. L'Italien est sûr de lui parce que sa nature facilement émotive lui fait oublier et lui-même et les autres. Le Russe est sûr de lui parce qu'il ne sait rien et ne veut rien savoir et parce qu'il ne croit pas qu'on puisse connaître parfaitement quoi que ce soit. La suffisance de l'Allemand est la plus obstinée et la plus odieuse de toutes, car il se figure connaître la vérité, autrement dit la science qu'il a lui-même fabriquée, mais qu'il tient pour la vérité absolue[9]. »

---

9. Léon Tolstoï, *La Guerre et la Paix*, Paris, Gallimard, « Bibliothèque de la Pléiade », 1952, p. 835. On reconnaît le thème de la « simplicité » de l'âme russe

On peut s'amuser à relever la récurrence de certains motifs dans la construction des stéréotypes, récurrence qui montre bien où se situe le véritable enjeu : le stéréotype applique à des situations historiques et nationales particulières un certain nombre d'éléments constitutifs, lesquels sont transposables et donc reproductibles à l'envi, dans la mesure où ils correspondent au mécanisme décrit de fixation d'image identitaire. Ainsi le peuple qui incarne le « double maudit » se voit-il invariablement taxer de superficialité, voire de libertinage, lesquels sont parfaitement compatibles avec l'emploi de la force brutale : les Polonais frivoles et cruels qu'évoque Gogol dans *Taras Boulba* et les Normands d'*Ivanhoé*, pour se borner à ces exemples, sont affligés des mêmes défauts et se ressemblent, en un paradoxe qui n'est qu'apparent, comme des frères jumeaux...

---

qui oppose sa force d'inertie aux sciences et techniques importées d'Allemagne depuis le XVIIIe siècle.

7. *TARAS BOULBA* : À LA MÉMOIRE DES COSAQUES ZAPOROGUES...

La Russie de la première moitié du XIXe siècle accueille avec ferveur les romans de Walter Scott, dans un contexte politique très particulier en Europe, marqué par l'autocratisme de Nicolas Ier (tsar entre 1825 et 1855), l'écrasement des décembristes « réformateurs » (décembre 1825) et l'ajournement de l'abolition du servage. Par ailleurs, l'empire tsariste est confronté à de nombreux conflits armés (guerres avec la Perse de 1805 à 1813, puis de 1826 à 1828, et avec la Turquie en 1828-1829), souvent liés à la nécessité de consolider les conquêtes territoriales des précédents règnes, en Sibérie, dans le Caucase et en Pologne, le royaume dépecé à la fin du XVIIIe siècle par trois partages qui lutte pour le maintien de sa langue nationale et de son identité catholique. L'écrasement de l'insurrection des patriotes polonais à Varsovie en janvier 1831 attise en Russie, où la liberté de la presse et l'existence d'une opinion publique distincte des cercles de la cour sont inconnues, une forte hostilité antipolonaise et anticatholique dont on trouve l'écho dans l'un des fleurons du panthéon littéraire et national russe, le *Boris Godounov* de Pouchkine (1830). L'intégration de ces territoires situés aux marges de l'empire constitue donc un enjeu politique, militaire et idéologique majeur.

Le cas de l'Ukraine est particulièrement intéressant ; ce vaste territoire, habité par une population partagée entre catholiques et orthodoxes, a été soumis pendant des siècles, jusqu'à son union avec la Russie en 1654, à d'incessantes rivalités ethniques, sur fond d'incursions répétées des Tatars sujets de l'Empire ottoman, entre communautés cosaques, empire russe et autorités polonaises soucieuses d'imposer leur souveraineté sur l'Europe du Centre-Est[1]. Cette coexistence d'ethnies séparées par la religion, la langue et l'allégeance politique a toujours été fortement conflictuelle : ce territoire qui jusqu'au XVIIe siècle a formé la frontière orientale et méridionale, incertaine et disputée, de la Pologne est par ailleurs le berceau de l'État russe ancien formé autour de Kiev, la capitale (IXe siècle). Le baptême du prince Igor, au milieu du IXe siècle, marque la date, fortement empreinte de symbolisme identitaire, de la christianisation. L'Ukraine est donc perçue, pour toutes ces raisons, comme l'une des citadelles, convoitée mais incontestable dans la perception russe, de l'empire des tsars. L'Ukraine demeure par ailleurs, au début du XIXe siècle, une nation paysanne où la classe dominante – aristocratie de grands propriétaires terriens – s'identifie à la nationalité politiquement dominante, la nationalité russe.

Tous les principes de l'ossianisme nationalitaire sont présents dans le *Taras Boulba* de Gogol, roman qui revendique sa filiation avec les œuvres de Walter Scott, et dont la première version remonte aux années 1833-1834 ; le succès du livre incite Gogol à présenter au public une version révisée en 1839-1840. Le recueil de récits intitulé *Les Soirées du hameau* (1831-1832) témoignait déjà du soin avec lequel Gogol avait recueilli tout un florilège ukrainien de légendes, chants, récits épiques, morceaux de *bandoura*, l'instrument traditionnel. Il avait également consulté l'*Histoire des Ruthènes ou de la Petite-Russie*, bible du patriotisme ukrainien prorusse prétendument « découverte » en 1828 qui n'était en réalité qu'un manuscrit forgé pour la bonne cause. À peu près à la même époque

1. Sur ces complexes questions de coexistence ethnique, voir S. Yekelchyk, « Nationalisme ukrainien, biélorusse et slovaque », *in* Chantal Delsol et Michel Maslowski (dir.), *Histoire des idées politiques de l'Europe centrale*, Paris, PUF, 1998, p. 378 *sq*.

(1836), Pouchkine, autre grand admirateur russe de Walter Scott, publiait *La Fille du capitaine*, roman historique qui mettait en scène la révolte de Pougatchev contre le pouvoir de Catherine II (1773-1774) en s'inspirant explicitement des documents d'archives, mais aussi des traditions orales et des souvenirs de témoins encore vivants à l'époque ; le récit est scandé par des chants empruntés au « trésor folklorique » du peuple *(Les Haleurs de la Volga)* et la plupart des épigraphes sont empruntées à des proverbes ou à des airs populaires.

Les deux romans, presque exactement contemporains, ont pour objet la commémoration de l'histoire nationale, et plus particulièrement de la consolidation du pouvoir central russe, appelé à intégrer au sein d'un vaste empire orthodoxe tous les territoires des confins, en l'occurrence les communautés cosaques des marches méridionales protégeant des frontières disputées. Mais là où Gogol décrit les Cosaques en initiateurs du patriotisme antipolonais et prorusse, Pouchkine retrace, indirectement, une histoire contrastée des luttes menées par ces troupes regroupées en organisations militaires autonomes, souvent aux marges de la société, vivant de rapines, accompagnées de hors-la-loi, fugitifs, colons bénéficiant de franchises accordées par l'État en échange de la protection apportée. Contexte troublé qui apporte son lot de jacqueries et de révoltes paysannes, de plus en plus violentes au fur et à mesure que le pouvoir central veut affirmer son autorité sur ces éléments incontrôlés. La révolte de Pougatchev, Cosaque du Don qui se fit passer pour Pierre III, le tsar assassiné en 1762 à l'instigation de Catherine II, constitue l'aboutissement de ces sursauts de révolte populaire, qui reprend les mythes fondateurs de l'histoire russe – le thème du tsar usurpateur, trame de *Boris Godounov*, la trahison des élites moralement décadentes et/ou « allogènes », en l'occurrence les ministres baltes, donc « germaniques » de Catherine II, ce qui explique pourquoi l'histoire tragique de Pougatchev, exécuté dans des conditions affreuses, fut reprise et stylisée en « mythe du peuple » par les populistes à la fin du XIXe siècle.

Taras Boulba élève pour sa part un monument à la mémoire de la cosaquerie ukrainienne, des valeureux Zaporogues implantés sur les territoires « en aval des rapides du Dniepr », qui entre les XVe et XVIIe siècles menèrent d'incessants combats contre les Tatars et les Polonais. Le récit est censé se dérouler au XVe siècle, autour d'un fait historique important, la résistance des Cosaques aux mesures prises par le concile de Brest-Litovsk (1596) qui paracheva la domination politique, sociale et religieuse de la Pologne sur le territoire ukrainien[2] ; mais Gogol a en réalité « compacté » et condensé au sein du récit, sans grand souci de la chronologie, des épisodes qui se déroulent à des époques très différentes : « L'historien ne doit pas y chercher l'indication du jour et de l'année d'une bataille, ou une description précise du lieu, un compte rendu fidèle [...]. Mais lorsqu'il voudra connaître la véritable vie quotidienne, le fond du caractère, tous les replis et nuances des sentiments et des émotions, des souffrances et des joies du peuple mis en scène [...], alors il sera pleinement satisfait : l'histoire du peuple se développera devant lui dans une sereine grandeur[3]. »

Ce qui importe, en effet, c'est l'exaltation de la foi orthodoxe menacée par une Église catholique à vocation hégémonique, du

---

2. Au cours du dernier tiers du XVIe siècle, l'Ukraine sous domination polonaise est soumise à une profonde réorganisation administrative qui s'opère au profit de la puissance souveraine, l'aristocratie se polonise ou perd ses droits, seuls les catholiques sont citoyens. Le concile de Brest-Litovsk unit l'Église ukrainienne à Rome, ce qui entraîne en réaction la formation d'îlots de résistance et d'organisations culturelles vouées à la défense de la culture ukrainienne et de l'orthodoxie.
3. Article écrit par Gogol en 1834 et consacré à deux recueils de récits épiques et de chansons d'Ukraine, qui résume bien l'inspiration qui sera peu après celle de *Taras Boulba* (notice introductive, *in* Nicolas Gogol, *Œuvres complètes*, Paris, Gallimard, « Bibliothèque de la Pléiade », 1966, p. 378).

peuple incarné dans le personnage du patriote Taras, l'affirmation d'une passion pour la terre souillée par l'envahisseur. Le portrait stéréotypé des « doubles maudits », les Tatars, caractérisés par la lâcheté, la crasse, l'avidité, et les Polonais raffinés et dominateurs, fait émerger en contrepoint l'image du peuple porteur de la vraie foi et de la fidélité aux ancêtres, qui, en une significative construction idéologique, apparaît d'autant plus « russe » qu'il affirme son identité ukrainienne. Le mécanisme « herdérien » déjà décrit – c'est le barbare qui porte la culture vivante, et le civilisé qui la corrompt – s'applique, sans ironie ou atténuation aucune, ce qui le différencie du modèle scottien. Sur le thème, inlassablement varié et modulé, de l'élégie nationale et populaire « Nous perdons nos coutumes et la langue de nos pères », Gogol dresse un superbe tableau de l'antique terre slave abandonnée de ses princes, livrée aux incursions tatares et à la domination allogène, où le Cosaque, cet homme « de souche » à la valeur immémoriale, apprend à affronter le danger, animé par « ce penchant généreux et débridé de la nature russe ». Le combattant surgit de la terre nourricière ; chaque vallon, chaque motte de terre voit se lever l'armée des Cosaques, cette « étonnante expression de la force russe » : « la pierre à feu des malheurs l'avait fait jaillir du sein de la nation » afin qu'en « guerriers et sentinelles » de la chrétienté, ils sauvent l'Europe du péril asiatique[4].

La communauté populaire garde en effet vivant le souvenir des coutumes ancestrales. La justice est une justice personnelle, d'essence féodale, qui ignore les rigidités de la codification écrite des États modernes : le chef, auquel il appartient de rendre la justice et de départager les torts, est appelé *batko* (père). Quant à l'argent, il est totalement dénué de valeur dans cette société

4. N. Gogol, *Taras Boulba*, *op. cit.*, p. 388.

guerrière et rurale peu soucieuse d'échanges et de possession matérielle ; les lois orales en vigueur prescrivent en effet qu'on ne doit jamais marchander[5] : « Nul ne se souciait d'acquérir ou de conserver quoi que ce fût. » Dans le plus pur esprit de Walter Scott, Gogol s'attache à évoquer en détail les mœurs « exotiques » d'une rude époque guerrière, dont la simplicité farouche et les vertus chevaleresques nourrissent les « antiques gestes populaires que chantaient jadis à travers toute l'Ukraine de vieux aveugles à longue barbe », accompagnés de *bandoura*[6]. Cette culture du peuple s'oppose fortement à la culture des élites, savants coupés des racines vivifiantes[7] et aristocratie contaminée par les mœurs polonaises : les nobles se font les « valets des seigneurs polonais » dont ils imitent le train de vie luxueux, la pléthorique domesticité, et adoptent habitudes et goûts pour la chasse au faucon, les banquets et la vie de cour[8].

Le thème de la trahison des élites « déracinées » et « cosmopolites », qui depuis la fin du XVIIIe siècle irrigue le modèle de la « nation culturelle », dans sa version herdérienne et ses interprétations postérieures plus dures et fermées, de Fichte à Barrès et aux discours des populistes contemporains, se trouve ici au premier plan. Le Polonais du XVIe siècle se voit attribuer les traits de caractère qui distinguent le Français tel que perçu dans l'imaginaire européen depuis le XVIIIe siècle : raffiné, doté de multiples séductions, mais dominateur, arrogant et pernicieux. Le stéréotype

---

5. *Ibidem*, p. 409.

6. *Ibidem*, p. 385.

7. Gogol évoque les « subtilités scolastiques, grammaticales, rhétoriques et logiques » sans rapport avec la vie réelle. « Les érudits de l'époque étaient eux-mêmes plus ignorants que les autres, car le contact de l'expérience leur faisait tout à fait défaut », *in Taras Boulba*, *op. cit.*, p. 396.

8. *Ibidem*, p. 390.

est illustré, dans *Taras Boulba*, par la figure séductrice de la femme fatale, « frivole en vraie Polonaise[9] » : elle symbolise l'amour corrupteur qui entraîne André, le fils de Taras, à la trahison de son peuple qu'il expiera par la mort de la main de son propre père.

Après l'exécution à Varsovie d'Ostap, l'autre fils de Taras qui a conduit l'insurrection antipolonaise, une armée cosaque de cent vingt mille hommes se lève pour la revanche : « C'était une nation entière maintenant, car la coupe était pleine et la patience du peuple à bout, une nation entière prenant les armes pour venger ses droits bafoués, ses mœurs honteusement humiliées, la foi et les rites sacrés de ses ancêtres couverts d'opprobre, ses temples souillés, ses provinces soumises aux vexations des seigneurs étrangers, leurs populations opprimées, l'union imposée à son église, et la honteuse domination de la juiverie en terre chrétienne[10] »... Le supplice que les Polonais infligent à Taras, cloué au sommet d'un arbre « pour qu'on pût le voir de partout » puis brûlé vif, se charge d'une résonance christique : le vieux chef cosaque, avant de mourir, voit ses compagnons échapper à leurs poursuivants. La mort de Taras marque l'apothéose de la « force russe », de la nation persécutée qui renaît immortelle du bûcher, elle exprime une prophétie messianique qui lie à tout jamais le destin de l'Ukraine à celui de la Russie, unies dans la foi orthodoxe : « Dès à présent les peuples, proches et lointains, commencent à le pressentir : la terre russe voit surgir son tsar[11]... »

---

9. *Ibidem*, p. 399.

10. *Ibidem*, p. 512-513.

11. *Ibidem*, p. 519.

8. REGARDS CROISÉS

Les regards croisés que Français et Anglais, ces séculaires ennemis héréditaires, ont portés sur leur histoire respective montrent à quel point cette confrontation a été instrumentalisée dans l'élaboration de leurs modèles de culture politique, l'un, français, se référant au pouvoir insurrectionnel du peuple agent de rupture et de régénération, l'autre, britannique, aux droits et libertés historiques acquis grâce à une expérience séculaire. De l'invasion normande du XIe siècle, qui a durablement soumis les îles Britanniques à une domination politique, sociale, linguistique et culturelle d'origine française, aux guerres napoléoniennes, en passant par la guerre de Cent Ans et la guerre d'Indépendance américaine, les conflits économiques, dynastiques, politico-stratégiques n'ont pas manqué. Il convient aussi d'évaluer à sa juste valeur le fait que ces deux nations, liées par leurs origines mais rapidement vouées à une méfiance réciproque, ont toutes deux subi le choc profond d'une révolution qui a marqué une césure décisive dans leur évolution. Tel Louis XVI rongeant son frein aux Tuileries en contemplant, agité de pressentiments, le portrait de Charles Ier, le roi d'Angleterre décapité en 1649, les Français n'ont pas cessé de fixer leurs regards vers ce modèle (ou contre-modèle) de révolution, doté d'une évidente fonction de médiation.

Les événements liés à la révolution, à la république de Cromwell et à la restauration des Stuarts après l'avènement de Charles II (1660) occupent donc une place très importante dans le roman historique britannique. *Les Puritains d'Écosse,* traduction française publiée en 1822 de *Old Mortality*, roman de Walter Scott qui met en scène les événements consécutifs à l'exécution de Charles Ier ainsi que la réconciliation finale des camps ennemis, a connu un très vif succès en France, pays particulièrement sensible aux parallèles possibles avec la Révolution française. D'une manière similaire, *Quentin Durward* publié en 1823 en Grande-Bretagne, roman également très apprécié du public dès sa publication en France, a renforcé cette fonction de médiation. La France d'après la Révolution est en effet évoquée au début du récit, grâce au regard d'un gentilhomme écossais qui séjourne, au début de la Restauration, chez un aristocrate français ruiné. Cet épisode met en perspective historique le corps du roman, consacré aux luttes entre Louis XI – le pouvoir étatique moderne à la française – et Charles le Téméraire – la féodalité chevaleresque médiévale –, conformément à certaines interprétations historiographiques écossaises : Louis XI aurait rompu le contrat féodal de suzerain à vassal, enclenchant ainsi la dynamique de dissolution de la société hiérarchique (les clans en Écosse) et de la monarchie (en France, la Révolution)[1].

L'exécution de Charles Ier constitue, rappelons-le, l'un des épisodes narratifs les plus importants et spectaculaires de *Vingt Ans après*, qui se prolonge dans *Le Vicomte de Bragelonne*. La fin édifiante du monarque dont les mousquetaires, tout particulièrement le noble Athos, recueillent pieusement le testament (l'injonction de fidélité à la monarchie légitime), projette par réfraction une lecture à deux niveaux de l'histoire française : la Fronde (cadre explicite du récit), mais aussi la révolution de 1789 (en filigrane)

---

1. Voir à ce sujet Fiona MacIntosh, *La Vraisemblance narrative en question. Walter Scott, Barbey d'Aurevilly*, Paris, Presses de la Sorbonne nouvelle, 2002, et Myriam Roman, « Victor Hugo et le roman historique », communication présentée devant le groupe interuniversitaire de recherches sur Victor Hugo (université de Paris VII, 25 novembre 1995, disponible sur Internet : http ://groupugo.div.jussieu.fr/groupugo/95-11-25roman.htm).

remettent en question l'attribution des rôles et des pouvoirs entre la royauté, l'aristocratie, le Parlement et le peuple[2].

Réciproquement, les inquiétudes suscitées en Grande-Bretagne par les ambitions économiques, coloniales et militaires du grand État voisin ont fortement contribué à la constitution d'une identité britannique, création relativement fragile car récente (Acte d'union entre l'Écosse et l'Angleterre de 1707), qui, après la deuxième révolution de 1688, se fédère autour du ralliement à un modèle de monarchie constitutionnelle très différent du système français où prédominent l'absolutisme et le catholicisme incarnés par Louis XIV. Un peu plus d'un siècle plus tard, c'est Napoléon qui cristallise toutes les rancœurs et les haines antifrançaises ; l'image de l'Autre consolide les bases d'un sentiment d'appartenance dans un pays où les cultures régionales demeurent bien vivantes et où la loyauté à la dynastie hanovrienne a été violemment contestée, surtout en Écosse et en Irlande. Cette image est d'ailleurs ambivalente : l'Autre représente bien sûr le bouc émissaire dont le portrait négatif imprime en creux une auto-image valorisée, mais aussi un objet d'envie ; l'esprit français, le raffinement des arts et des modes, la volonté hégémonique qui subjugue l'Europe inspirent une crainte qui n'est pas exempte d'admiration.

---

2. La lecture de Dumas est certes susceptible d'interprétations divergentes, mais on peut quand même suggérer que la Fronde est présentée dans *Vingt Ans après* comme un mouvement traversé de tendances contradictoires et confuses qui, en fin de compte, favorise l'inflexion « absolue » conférée par le jeune Louis XIV au pouvoir monarchique, ce qui permettra la modernisation de l'État et la grandeur de la France (cf. le ralliement de d'Artagnan au monarque porteur d'avenir dans *Le Vicomte de Bragelonne*). Mais en 1789, la monarchie est condamnée par l'évolution historique : c'est la Révolution qui exprime une promesse d'émancipation et de progrès.

« Napoléon est parvenu à convaincre les Français qu'en sa personne, ce sont eux-mêmes qu'ils contemplaient. Anglais et Européens finissent à leur tour par ne plus les voir qu'à l'ombre de leur empereur[3]. » Pour le meilleur et pour le pire, Napoléon, c'est, aux yeux de ses compatriotes comme de ses ennemis, une quintessence de Français...

La même ambivalence prévaut en France : la perfide Albion, qui sans désarmer ourdit ses machinations obscures contre l'âme chevaleresque des Français, est aussi le pays de naissance du *comfort* moderne et de la tolérance chère aux Lumières. Significativement, le thème de l'« ennemi héréditaire » et de la « conspiration » tramée par les « agents de Pitt » ou les sbires de Napoléon, qui correspond par ailleurs à la réalité historique entre 1789 et 1815, occupe dans les deux pays une place similaire[4] qui se reflète dans bon nombre de romans historiques. Dickens *(Un conte de deux villes)* et Hugo *(Quatrevingt-treize*[5]*)* ont reproduit les motifs du « traître anglais, artisan de tout mal », de l'espion français contrecarrant les légitimes intérêts de la Grande-Bretagne en Amérique du Nord et préparant l'invasion du sanctuaire britannique, de la « guerre punique », sans foi ni loi, livrée par Pitt à la patrie des droits de l'homme, motifs qui hantent la phraséologie propre au discours de propagande dans les deux pays.

---

3. J.-P. Bertaud, A. Forrest et A. Jourdan, *Napoléon, le monde et les Anglais... op. cit.*, p. 267.

4. *Ibidem*, p. 156.

5. On trouve chez Dumas une variante de ce motif de l'ennemi héréditaire dans l'un des traits de caractère d'Athos, cette quintessence de gentilhomme français, qui exprime une hostilité et une méfiance instinctives envers le peuple ennemi par excellence *(Les Trois Mousquetaires, Vingt Ans après)*.

Ivanhoé et la naissance d'un peuple

Tournois, banquets, défis galants et guerriers, châteaux forts pris d'assaut, tours et cachots où se morfondent les captifs et les victimes de la tyrannie normande, telle Ulrique la Saxonne déshonorée et réduite en esclavage : le *Ivanhoé* de Walter Scott (1819) constitue sans doute le cas le plus célèbre et exemplaire de roman historique « médiéval », dont au moins deux personnages – le héros éponyme dont le bouclier arbore la devise *El Desdichado*, compagnon fidèle du roi Richard Cœur de Lion, et Robin des Bois, le hors-la-loi au grand cœur – peuplent, à l'instar de d'Artagnan, l'imaginaire culturel européen, au point d'avoir acquis une existence et une notoriété autonomes, sensibles dans l'industrie du cinéma et du dessin animé, par rapport à l'œuvre initiale aujourd'hui reléguée dans la littérature « de jeunesse ». Le roman qui aujourd'hui est le plus volontiers associé au nom de Walter Scott autorise une lecture à plusieurs niveaux : l'enfant, l'adolescent ou le lecteur avide de « belles histoires » s'enchantera des péripéties guerrières et amoureuses qui s'enchaînent à rythme accéléré, l'historien appréciera le récit épique de la naissance d'un peuple, tels ses prédécesseurs des années 1820, Augustin Thierry en France et Ranke en Allemagne. Quant au critique contemporain, il ne manquera pas de remarquer que ce roman dont l'action se déroule à l'extrême fin du XIIe siècle développe, avec de subtiles variations en costume d'époque, une problématique du XVIIIe siècle.

Ivanhoé est, au premier chef, une fable sur le pouvoir légitime et l'usurpation. En l'absence de Richard Cœur de Lion, parti en Terre sainte guerroyer contre les infidèles et retenu captif, Jean sans Terre, frère du souverain, s'est emparé de l'autorité royale ; la croisade, référence identitaire fondatrice du monde européen et du monde oriental par contrecoup, se voit ici associée à l'antique mythe politique du souverain « absent », « disparu », « retenu » (Frédéric Barberousse, Jean de Portugal, Napoléon), qui figure l'immatérialité spirituelle, supérieure à toute incarnation corporelle, de la légitimité et de la souveraineté royales ainsi que la pérennité de la nation immortelle défiant les malheurs et accidents de l'histoire. Le conflit de loyautés qui oppose l'usurpateur au monarque en titre se double d'un antagonisme à la fois « national » – le prince Jean est soutenu par le roi de France – et social : il s'appuie sur la noblesse d'origine normande qui méprise et opprime les familles saxonnes formant le peuple de souche. « Quatre générations n'avaient pas suffi à mêler le sang ennemi des Normands et des Saxons, ni à réunir, par la conformité de la langue et des intérêts, deux races hostiles, dont l'une éprouvait encore toute l'ivresse du triomphe tandis que l'autre gémissait sous le poids de la défaite[6]. » Le peuple saxon est un peuple qui s'est laissé déposséder de sa tradition – le vieux fonds scandinave que chante Ulrique la Saxonne – et de sa souveraineté ; le souvenir prestigieux du légendaire roi saxon Alfred n'en fait que mieux ressortir l'apathie de son successeur dégénéré, Athelstane de Coningsburgh...

Le roman met en scène plusieurs épisodes illustrant la dépossession matérielle et symbolique imposée par la puissance allogène[7]. La scène du garde forestier qui coupe les griffes des chiens

---

6. Walter Scott, *Ivanhoé*, Paris, Gallimard, « Folio Junior », 2 tomes, 1998, tome I, p. 11.

7. Jean-Pierre Demouveaux propose dans un article intitulé « Ivanhoé ou l'appropriation féodale » (*Études foncières*, n° 116, juillet-août 2005) une interprétation stimulante du roman de Scott qui met l'accent sur le processus d'« appropriation méthodique et cadastrée des richesses foncières potentielles de l'Angleterre » par les successeurs de Guillaume le Conquérant.

de garde des Saxons est particulièrement éclairante. Elle s'insère dans un contexte historique précis : la monarchie normande avait élaboré et appliqué une série d'édits forestiers destinés à aménager des réserves de gibier et à faciliter la chasse à courre, très appréciée de Guillaume le Conquérant et de ses successeurs ; la création de la *New Forest* impliquait, par exemple, la destruction de nombreux villages et églises et imposait un ensemble de mesures, dont l'obligation de faire rogner les griffes des pattes antérieures des chiens gardiens de bétail, mesures jugées vexatoires, tyranniques, contraires à la justice, car destinées à défendre les privilèges de l'aristocratie normande contre les intérêts légitimes du peuple et les droits traditionnels de glanage et de vaine pâture. Très présent dans *Ivanhoé*, le « lieu commun » de la forêt, le *greenwood* qui constitue la quintessence de l'Angleterre des origines, cette Arcadie menacée par la culture importée de la cour, représente le siège de la liberté et de la résistance au despotisme[8] exercé par le Normand prédateur : depuis la conquête de 1066, les « sabots du despote étranger piétinent les libertés primitives[9] » de la terre ancestrale où cohabitaient harmonieusement seigneurs et paysans, unis par les liens de la réciprocité féodale. Le « porcher saxon » que Jean l'usurpateur veut faire piquer d'une

8. Simon Schama, « Les libertés du *greenwood* », *in Le Paysage et la mémoire*, Paris, Le Seuil, 1999, p. 157 *sq*. Simon Schama se réfère aux *Remarks on Forest Scenery* du pasteur Gilpin, un presque contemporain de Walter Scott, qui constituent une œuvre essentielle pour la compréhension de l'imaginaire culturel associé à la forêt anglaise.

9. S. Schama, *Le Paysage et la Mémoire*, *op. cit.*, p. 163. La référence à la forêt des origines relève largement, comme le souligne l'auteur, de la représentation mythique : à l'époque de la conquête normande, seuls 15 % du territoire étaient couverts de forêts, et la campagne anglaise était déjà formée.

lance[10] incarne le paysan qui a perdu les droits nécessaires à sa survie : faire paître ses pourceaux et ramasser du bois.

Ainsi donc, *Ivanhoé* oppose l'humble et pacifique activité laborieuse du peuple à la loi guerrière du conquérant qu'il subit durement, s'il est vrai qu'on puisse considérer la chasse, rite du sang royal et aristocratique par excellence, comme une métaphore de la violence physique. Mais à l'abus d'autorité répondent les actes de justice anarchiques exercés par le hors-la-loi Robin des Bois qui, défenseur des opprimés, incarne le principe spirituel de la justice royale ; face à l'usurpateur, c'est le peuple qui revivifie les missions régaliennes de la monarchie, scellant ainsi le pacte politique entre le souverain et ses sujets. Là encore, Scott transfigure la réalité médiévale, bien plus prosaïque – les conflits sociaux suscités par des intérêts antagonistes dans l'exploitation des ressources forestières[11] –, en mythe fondateur qui exalte sur le mode élégiaque un paradis perdu de liberté, d'esprit chevaleresque et de justice.

Robin des Bois, incarnation du *yeoman* (« franc tenancier ») soucieux de défendre son bien et ses droits contre toutes les formes d'empiétement, cristallise l'une des formes privilégiées de l'imaginaire culturel et politique britannique : le rêve, bien plus conservateur que destructeur de l'ordre établi, d'une restauration monarchique fondée sur l'équilibre des pouvoirs et le respect des droits traditionnels, la « modération » et « cette indépendance qui fut toujours chère à des cœurs anglais »[12], aux antipodes du modèle révolutionnaire français. On peut à ce propos rappeler, à la suite

10. W. Scott, *Ivanhoé*, *op. cit.*, tome I, p. 105.

11. S. Schama, *Le Paysage et la Mémoire*, *op. cit.*, p. 171.

12. W. Scott, *Ivanhoé*, *op. cit.*, tome I, p. 10-11.

de Simon Schama, que le mythe de Robin des Bois, qui parle d'usurpation et de rébellion aux époques de grande détresse, s'est, très significativement, cristallisé à l'époque de la guerre civile des Deux-Roses (fin du XVe siècle), où fut publiée la première série d'éditions imprimées de la geste de Robin. Le hors-la-loi exprime une forme de révolte élémentaire contre les abus de pouvoir indûment exercés au nom du souverain (thème de l'usurpation) ; deux issues sont possibles, le châtiment du rebelle ou le ralliement au souverain qui met fin aux iniquités dénoncées par le révolté[13].

Un antagonisme linguistique et culturel double le conflit politique et social opposant la cour normande au « peuple » saxon. Ce dernier revendique, contre l'hégémonie arrogante des « fariboles » et « fleurs des troubadours » exprimées par la langue du conquérant, qui prétend être tout à la fois la langue officielle et le « langage naturel » de la chasse, de l'amour et de la guerre[14], l'égale dignité de la langue saxonne, plus énergique et expressive et tout aussi apte que le français au cri de guerre, bien qu'elle ait été abandonnée aux « gens de campagne et au bas peuple, qui n'en savaient point d'autre[15] ». La trahison des élites, qui se servent couramment du français, « langue familière aux classes supérieures, à l'exception de rares individus qui ne rougissaient pas de se glorifier de leur origine saxonne[16] », accélère la perte d'identité : « [...] nos bardes ne sont plus, nos exploits se perdent parmi

13. Cf. Éric Hobsbawm, *Les Bandits*, Paris, Maspero, 1972.

14. W. Scott, *Ivanhoé*, *op. cit.*, tome I, p. 66 et p. 11 : « À la cour, et dans les châteaux des grands seigneurs, où l'on rivalisait avec la cour de pompe et de magnificence, on ne parlait que le français ; c'était en français qu'on plaidait devant les tribunaux et que les jugements s'y rendaient. »

15. *Ibidem*, p. 11.

16. *Ibidem*, p. 32.

ceux d'une race nouvelle, notre langue, notre nom même, tombent en décadence[17] ».

Le « barbare » saxon revendique sa grossièreté et son ignorance des minutieux détails de l'étiquette, il viole les règles arbitraires établies par le savoir-vivre des courtisans, mais garde présent à l'esprit tout ce qui sépare la politesse formelle des codes mondains et les « bonnes mœurs » authentiques. Culture des élites coupées du peuple, la culture normande porte tous les stigmates de l'artificialité, jusque dans les pratiques culinaires qui épuisent les ressources de l'art pour varier la forme des aliments et leur enlever toute apparence naturelle[18]. Mais l'intransigeance saxonne cède au réalisme et au pragmatisme ; le retour du roi Richard, sa bonne volonté, le souci d'apaisement qu'il manifeste ruinent tout espoir de restaurer la dynastie saxonne. Ses qualités et la gloire militaire qu'il a acquise à la croisade lui assurent le soutien et l'amour du peuple, las des discordes : « Opprimés et avilis jusque-là ils [les Saxons], en conçurent l'espoir d'un meilleur avenir et d'un traitement plus équitable qu'ils n'auraient pu raisonnablement l'attendre des vicissitudes d'une guerre civile[19]. » Les deux modèles antagonistes de société se résorbent dans l'acte pacificateur fondateur de la nation anglaise, le compromis entre les Saxons et les Normands réconciliés par la raison, mais aussi par le cœur, fondement du patriotisme. Le mariage qui unit Ivanhoé, compagnon fidèle de Richard, et la Saxonne Rowena consacre un amour réciproque ouvert sur l'avenir, à la différence de l'union, étroitement « ethnique », projetée entre la même Rowena et l'héritier des rois saxons Athelstane. « La notion de progrès social n'a rien

17. *Ibidem*, p. 66.

18. *Ibidem*, p. 190-191.

19. W. Scott, *Ivanhoé, op. cit.*, tome II, p. 326.

à voir dans le passage d'un système à l'autre ; il s'agit simplement de constater que les civilisations sont mortelles. [...]. Les Saxons vont disparaître pour devenir anglais ; on n'arrête pas l'histoire, [...] mais on évite les révolutions. Telle est finalement l'histoire scottienne, une histoire de la continuité à tout prix : le passé meurt de lui-même sans qu'il y ait besoin de soulèvement populaire pour que les choses changent, sans rupture brutale[20]. »

Sans-culottes et gentlemen : *Un conte de deux villes*

C'est d'Angleterre qu'arrive la première critique fondamentale de la Révolution, celle des *Réflexions sur la Révolution de France* d'Edmund Burke (1790), qui oppose au modèle éruptif français de la « table rase », l'acquisition et la préservation, au fil du temps, des droits et libertés politiques : la révolution dans l'ordre, la révolution sans révolution qui s'inscrit dans la continuité historique et la tradition spécifiquement britannique. La présence sur le sol anglais d'émigrés fuyant la Terreur alimente la répulsion pour les excès sanguinaires français, comme en témoignent les publications et pamphlets de l'époque. L'iconographie se plaît à représenter la Grande-Bretagne tenant la balance de la Justice, tandis que la « Liberté » est figurée par une mégère armée d'une pique où est empalée une tête ; en arrière-plan, un amoncellement de cadavres matérialise la sauvagerie de la populace révolutionnaire ivre de sang. Un article du *Times* publié en janvier 1793, à l'époque de l'exécution de Louis XVI qui ravive le souvenir de Charles Ier, trace, en contraste avec le personnage honni du sans-culotte, l'autoportrait flatteur et rassurant d'un « peuple riche, heureux et

20. M. Roman, « Victor Hugo et le roman historique », *op. cit.*, p. 9.

satisfait », qui s'adonne pacifiquement au commerce et à l'industrie manufacturière grâce à son régime constitutionnel garant de justice et de lois équitables[21].

Que Charles Dickens, l'un des maîtres incontestés du roman victorien, ait choisi l'époque de la Révolution pour son roman historique le plus célèbre, *Un conte de deux villes* (1859), ne doit rien au hasard : les événements de France avaient revivifié, grâce à l'élaboration de stéréotypes circonstanciels – le sans-culotte et la tricoteuse jacobine, la foule avinée –, les préjugés et les antagonismes du passé. Dans le face-à-face franco-britannique qui oppose deux systèmes de valeurs perçus, sur le mode manichéen, comme incompatibles, les autres pays européens glissent à l'arrière-plan. L'autre roman historique de Dickens, *Barnabé Rudge, roman sur les émeutes de 1780* (1841), met en scène les émeutes anticatholiques de Londres en 1780, et aborde ainsi le thème de la violence populaire exercée en réaction contre une aristocratie incompétente et arrogante. Ce roman constitue, de ce point de vue, une préfiguration du *Conte de deux villes* : l'idée sous-jacente est que la menace n'épargne aucun pays et qu'il importe de développer les stratégies défensives susceptibles de l'endiguer[22].

Publié en feuilleton hebdomadaire, le *Conte de deux villes* s'inspire de sources historiques variées que Dickens énumère dans une lettre du 5 juin 1860 adressée à E.G. Bulwer Lytton, l'auteur des *Derniers Jours de Pompéi* (1834) : Louis Sébastien Mercier et

21. Cf. J.-P. Bertaud, A. Forrest et A. Jourdan, *Napoléon, le monde et les Anglais…*, *op. cit.*, p. 140 *sq.*

22. Charles Dickens, *Barnabé Rudge, Le magasin d'antiquités*, Paris, Gallimard, « Bibliothèque de la Pléiade », 1963. Voir Andrew Sanders, *Charles Dickens (Authors in Context)*, Oxford, Oxford University Press, 2003.

son *Tableau de Paris* en plusieurs volumes publiés entre 1781 et 1788, Rousseau *(Les Confessions)* et surtout l'historien Carlyle, dont Dickens, de son propre aveu, aurait lu « cinq cents fois » *La Révolution française*, œuvre publiée en 1837[23]. Le roman repose sur une structure de dédoublement[24] : Paris et Londres, le héros Darnay, Français de naissance et Britannique d'adoption, et son ami Sidney Carton, figure du double qui lui sacrifie sa vie, la folie oppressante de l'ordre (la pétrification de la société, l'aristocratie littéralement murée dans ses orgueilleux édifices de pierre sculptée, l'incarcération) et la folie délirante du désordre (le vin ou le sang coulant à flots).

Dès les premiers chapitres, qui se déroulent pendant les dernières années de l'Ancien Régime, le ton est donné : l'épisode de l'enfant du peuple écrasé sous les roues du carrosse où roule à tombeau ouvert « Monseigneur », cette figure stéréotypée du méchant dénué de scrupules, métaphorise la violence d'un ordre social figé où s'exerce sans « modération » ni contre-pouvoirs la domination d'une aristocratie oublieuse de ses devoirs. L'image du tonneau de vin éclaté[25] qui se répand à travers le faubourg

---

23. Voir la préface de Dickens à la première édition du *Conte* : « L'un de mes espoirs a été d'ajouter quelque chose aux moyens populaires et pittoresques de comprendre cette terrible époque, bien que personne ne puisse espérer ajouter quoi que ce soit à la philosophie du merveilleux livre de M. Carlyle » (*La Petite Dorrit, Conte de deux villes*, Paris, Gallimard, « Bibliothèque de la Pléiade », 1970).
24. Cf. Jean-Paul Martin, « Le cauchemar de l'histoire (Dickens, *A Tale of Two Cities*, 1859) », *in Recherches sur le roman historique en Europe, XVIIIe-XIXe siècle*, Annales littéraires de l'université de Besançon, Paris, Les Belles Lettres, 1977, 2 tomes, tome II, p. 138.
25. « Ceux qui avaient avidement sucé les douelles rongées du tonneau avaient autour de la bouche ces traces qu'on voit aux gueules des tigres et un grand farceur, ainsi barbouillé, [...] trempa un doigt dans la fange vineuse et griffonna sur un mur le mot "Sang". » (*Conte, op. cit.*, p. 1001).

Saint-Antoine, haut lieu des troubles révolutionnaires, préfigure l'avenir en soulignant le sens de l'histoire : l'« après » ne se conçoit que par rapport à l'« avant », la vengeance inexpiable[26] que par rapport à la cruauté et à l'injustice érigées en système politique et social. L'arbitraire du tribunal révolutionnaire qui piétine le respect des lois et des procédures judiciaires[27] répond en écho aux lettres de cachet d'Ancien Régime autorisant, par le fait du prince, l'emprisonnement d'innocents, ainsi qu'aux châtiments effroyables prévus par l'appareil judiciaire d'Ancien Régime[28] ; mais par ailleurs, le principe « Pas de droit ni de liberté pour les ennemis de la liberté » constitue le contre-modèle des garanties individuelles et judiciaires établies par l'*habeas corpus* en Grande-Bretagne depuis la fin du XVIIe siècle.

Métaphores, allégories, références mythologiques et littéraires abondent ; elles confèrent au roman le caractère d'une « image d'Épinal haute en couleur qui aurait été gravée par un émule anglais de Daumier », ce qui concorde bien avec l'apparence schématique, ou plutôt allégorique des personnages : c'est en effet la Révolution, et non les péripéties de l'intrigue romanesque, qui constitue le sujet principal et l'enjeu du roman, où passent en filigrane la peur des émeutes et des soulèvements populaires, le besoin de conjurer la menace du présent en ressuscitant le passé. Le stéréotype du Français s'articule également autour d'un mécanisme de dédoublement : l'aristocrate débauché (« Monseigneur ») et le sans-culotte

26. Cf. les paroles de Thérèse Defarge, figure allégorique de la Vengeance : « Dis au vent et au feu où s'arrêter ; mais pas à moi ! », p. 1314.

27. Le mépris des révolutionnaires pour les formes légales s'exprime dans deux épisodes principaux, le retour en France de Darnay (p. 1221) et son « procès » (p. 1223-1224).

28. Cf. l'évocation du supplice de Damiens, qui avait tenté d'assassiner Louis XV, p. 1141.

sanguinaire (redédoublé, dans le couple Defarge, en version féminine – la tricoteuse jacobine, spectatrice fanatique des procès du tribunal révolutionnaire – et version masculine). L'un incarne la « civilisation des mœurs » fondée sur l'étiquette, le respect des normes d'une politesse exclusivement mondaine qui piétine les valeurs de la morale d'inspiration chrétienne, respect de soi et d'autrui, tempérance dans l'exercice du pouvoir et l'expression des passions ; l'autre est la figuration de la soif incontrôlée de vengeance, de la fureur sanguinaire et de la primitivité débridée. Dans les deux cas, le stéréotype renvoie le reflet symétriquement inversé des vertus britanniques de « modération » et de méfiance envers les excès, sources de bien-être et de légitime patriotisme[29].

Le roman reprend également le motif de l'émigré français qui survit sur le sol britannique en utilisant les compétences, « typiquement françaises », car liées à la société de cour et des salons, de l'économie de luxe[30] ; il l'enrichit cependant d'une inflexion particulière : Darnay réussit à fonder et à entretenir une famille en exerçant le métier de professeur particulier de langue et littérature françaises, c'est-à-dire en renonçant à l'existence oisive du parasite propre à Monseigneur et à ses émules pour vivre de ses mérites intellectuels. Proche parent de l'abominable Monseigneur, Darnay, ci-devant marquis de Saint-Evremond, qui a rompu toute attache avec une famille chargée de crimes et de débauches,

29. Miss Pross, qui tient tête victorieusement à Thérèse Defarge, la tricoteuse jacobine incarnant l'Ange de la mort inaccessible à la pitié, exprime à plusieurs reprises sa fierté d'être anglaise (*Conte de deux villes*, *op. cit.*, p. 1263, p. 1341 *sq.*).
30. Alan Forrest (*Napoléon, le monde et les Anglais…*, *op. cit.*, p. 121) rappelle que pendant la Révolution et sous l'Empire, de nombreux aristocrates émigrés vivaient en donnant des cours de danse, de musique et de français (cf. l'expérience personnelle de Chateaubriand racontée dans les *Mémoires d'outre-tombe*).

a trouvé à Londres le « travail » *(labour)*, qui, en bonne méritocratie victorienne, l'a mené à la « fortune » *(prosperity)*[31].

En contrepoint à l'évocation d'une France ravagée par la Faim, la Misère, l'Ignorance[32], puis la Terreur révolutionnaire, la Grande-Bretagne apparaît comme un havre de sécurité, une terre d'asile pour les opprimés réduits à la fuite[33], malgré l'épisode du procès intenté à Darnay soupçonné d'espionnage au profit de la France. L'idée qu'une mauvaise utilisation des abondantes ressources naturelles est seule responsable du retard économique de la France par rapport à son voisin anglais a été popularisée par les *Voyages en France en 1787, 1788 et 1789* d'Arthur Young. Une idée analogue s'exprime dans le roman : le château de Monseigneur domine un beau paysage dont les cultures et les habitants végètent – « quelques parcelles de seigle chétif, de pois et de haricots pitoyables ou de légumes plus ou moins communs y remplaçaient le froment[34] ». Entre les masures délabrées et sordides où s'entasse la population des faubourgs et les demeures luxueuses de l'aristocratie, l'hôtel parisien de Monseigneur et son château campagnard, pesant édifice de pierre couronné de têtes de lion, « comme si la tête de Méduse l'avait regardé[35] », il n'est

31. C. Dickens, *Conte de deux villes, op. cit.*, p. 1101.

32. *Ibidem*, p. 1002.

33. La fuite de l'émigré déguisé pour tromper la vigilance des sans-culottes était un sujet qui à l'époque avait fait l'objet de nombreux articles dans la presse britannique (cf. le *Times* au cours du deuxième semestre de 1789, cité *in* J.-P. Bertaud, A. Forrest et A. Jourdan, *Napoléon, le monde et les Anglais..., op. cit.*, p. 125). Le *Conte de deux villes* reproduit ce motif dans l'épisode relatant la fuite quasi miraculeuse de la famille Darnay.

34. C. Dickens, *Conte de deux villes, op. cit.*, p. 1064.

35. Cf. la description (p. 1007-1008) des « puits de mine crasseux et empoisonnés » et du château de Monseigneur (p. 1090).

pas de « juste milieu » analogue à la petite maison londonienne – le *home, sweet home* – du Dr Manette où les Français jouissent du bonheur de la vie privée au sein de la famille, bonheur qu'il convient de protéger contre les intrusions toujours menaçantes de l'Histoire, ce bourdonnement indistinct (orage, bruits de pas) qui rappelle la vulnérabilité d'une société pacifiée.

Le roman s'inscrit dans une vision de l'histoire qui s'interroge sur les modalités de réforme de la société et les marges de manœuvre dévolues aux individus ; l'influence de Carlyle se devine dans la valorisation de l'effort individuel, des relations de solidarité nouées de personne à personne, ainsi que dans l'emphase mise sur la responsabilité éthique, qui apparaissent comme le moyen privilégié d'aborder les problèmes sociaux et les tragédies de l'histoire. Influencée par l'optimisme des Lumières et fortement teintée de religiosité chrétienne (le motif christique du sacrifice de Sidney Carton qui accepte la mort pour sauver la famille Darnay), cette conception de l'histoire est très représentative du libéralisme influent dans les classes moyennes, joint à l'orgueilleuse certitude, partagée par bon nombre de victoriens, de vivre dans un siècle de progrès et de réforme, loin de toute nostalgie pour l'improbable âge d'or d'un passé mythifié. Elle exprime par ailleurs une certaine méfiance envers les couches sociales et les mouvements incarnant des formes opposées mais également extrêmes de l'organisation sociale et de l'activité politique, l'aristocratie campée sur ses privilèges et la frange « chartiste » revendiquant une vraie démocratie fondée sur le suffrage universel, le redécoupage des circonscriptions électorales sur une base plus équitable et le versement d'une indemnité parlementaire permettant à tous les talents politiques, même dénués de fortune personnelle, de briguer les suffrages des électeurs[36]. L'excès, cette

36. Cf. A. Sanders, *Charles Dickens (Authors in Context)*, *op. cit.*, p. 95 *sq.*

tentation française, engendre l'excès ; c'est parce que l'aristocratie française a oublié que ses privilèges lui imposaient des devoirs envers la société[37] que la liberté revendiquée par les sans-culottes dégénère en licence, qui en est la figure odieusement caricaturale[38].

En fin de compte, le *Conte de deux villes* thématise l'horreur, non exempte de fascination, qu'inspire la populace *(mob)* et l'anxiété qu'inspire une révolution sociale violente comme celle qui a ravagé la France et menacé l'équilibre européen. La peur, enracinée pendant des siècles, de l'invasion française est liée à la conscience d'une identité insulaire soucieuse de profiter en paix de ses droits acquis. L'idée que les racines de cette folie éruptive incontrôlable résident dans le caractère inadapté et intolérable de la société d'Ancien Régime confère à la tragédie une intelligibilité et un sens : l'injustice sociale et l'oppression, qu'elles émanent des classes dirigeantes ou du peuple souverain, enclenchent le cercle vicieux de la vengeance sans fin, ce double dévoyé de la justice. En d'autres termes : si l'oppression et l'injustice du passé portent les germes de l'oppression et de l'injustice présentes et futures, la seule protection possible réside en une monarchie constitutionnelle soucieuse de préserver les contre-pouvoirs parlementaires garants de « liberté », dans l'esprit de la Glorieuse

---

37. Cf. p. 1076 : « Monseigneur avait une noble idée fondamentale par rapport aux affaires publiques : c'était de laisser les choses aller à leur guise. Quant aux affaires privées de l'État, l'autre noble idée de Monseigneur, c'était de faire aller les choses à sa guise, c'est-à-dire d'augmenter sa puissance et sa fortune. Non moins noble était l'idée qui concernait ses plaisirs généraux et particuliers, car il considérait que le monde n'avait été créé que pour cela. »
38. Cf. l'évocation des massacres de septembre 1792 et la scène orgiastique de la Carmagnole déferlant à travers les rues, « tourmente de guenilles et de bonnets rouges » livrée à une bacchanale sanguinaire « changée en moyen de surexciter le sang, d'exaspérer les sens et d'endurcir le cœur » (p. 1251).

Révolution de 1688 qui chassa Jacques II, le tyrannique roi catholique, contraint de se réfugier à la cour de Louis XIV. On reconnaît là un lieu commun de la culture politique victorienne, développé en particulier dans *L'Histoire de l'Angleterre*, ouvrage à succès publié entre 1849 et 1861 par MacCaulay : la France incarne un modèle de souveraineté absolue liée à un catholicisme compromis par les abus de l'Inquisition, tandis que la Grande-Bretagne a su réformer sans révolution violente, grâce à l'élimination de la dynastie catholique Stuart, remplacée par les hanovriens protestants. Ce thème fut d'ailleurs repris par Dickens dans son *Histoire de l'Angleterre à l'usage des enfants (A Child's History of England)* publiée en feuilleton entre 1851 et 1853[39].

La République à la conquête des terroirs

La Révolution introduit une double césure : l'avant et l'après, le citoyen et l'autre que représentent l'aristocrate, le tyran, le traître. On pourrait ajouter qu'une troisième césure, qui englobe les deux premières, s'y ajoute par ricochet : celle du fait national qui dessine la ligne de démarcation entre le dedans et le dehors, l'intérieur et l'extérieur. Le chouan de la fiction historique[40] se situe au cœur de cette problématique. Ennemi de l'intérieur, appuyé en certaines circonstances par l'Anglais, il cristallise le contre-modèle du citoyen républicain, ce prototype d'homme nouveau régénéré par l'œuvre révolutionnaire. Peu importent à cet égard les convictions politiques : le légitimiste Balzac comme le démocrate Hugo se retrouvent, à un demi-siècle de distance – *Les*

39. A. Sanders, *Charles Dickens (Authors in Context)*, *op. cit.*, p. 147.

40. C. Bernard, *Le Chouan romanesque...*, *op. cit.*

Chouans sont publiés en 1829, *Quatrevingt-treize* en 1873 –, pour brosser le portrait fortement contrasté du chouan en sauvage, figure semi-bestiale d'une culture archaïque qui résiste à l'irruption de l'histoire.

Le chouan, c'est tout d'abord le Breton (chez Hugo et Balzac) ou le Normand du Cotentin (chez Barbey d'Aurevilly), c'est-à-dire l'homme des confins : il habite des contrées reculées que n'atteignent pas les mouvements de l'histoire et du progrès. Le pays chouan – bocage, forêt, lande couverte de bruyère et nimbée de brouillard, grève – s'apparente à ces « territoires du vide » où s'abolissent les repères spatiaux et temporels, où l'on s'aventure à tâtons, où se brouille le sentiment d'appartenance. La Bretagne ressemble, géographiquement parlant, à un prolongement de la campagne anglaise ; cette quintessence de Français qu'est le « Parisien » y ressent fortement son altérité. Les romans de Balzac et de Hugo s'appuient tous les deux sur cet effet de contraste entre Paris et la province, les Bleus et les Bretons/chouans, la révolution et la contre-révolution ; Victor Hugo l'inscrit dans la structure même de *Quatrevingt-treize* dont la partie centrale s'intitule « À Paris, où bat le cœur des peuples ». L'apparition, dans la forêt de la Saudraie, de Michelle, mère douloureuse qui, dans une symbolique très hugolienne, figure le peuple dans son enfance, c'est-à-dire une foule, une multitude inconsciente de sa force et de sa mission, amorce le « dialogue de sourds » entre les Bleus ouverts à l'idée de patrie et la paysanne enfoncée dans la glèbe du « pays local » :

> « Quelle est ta patrie ?
> – Je ne sais pas, dit-elle.
> – Comment, tu ne sais pas quel est ton pays ?
> – Ah ! mon pays. Si fait [...]. C'est la métairie de Siscoignard, dans la paroisse d'Azé. »

« Dialogue » qui se conclut par ce constat : « Vous êtes de France, moi je suis de Bretagne[41]. »

Le chouan se définit en effet par son enracinement instinctif et viscéral au terroir ; mais il ressemble bien davantage aux « animaux farouches » dont parle La Bruyère qu'aux bergers des idylles bucoliques chères au XVIIIe siècle. Fanatique, ignorant, superstitieux, il reste fidèle jusqu'à la mort aux structures patriarcales de la société archaïque qui encadre sa survie quotidienne. Vivant « de lait et de châtaignes, borné à son toit de chaume, à sa haie et à son fossé, [...] ne se servant de l'eau que pour boire, [...] respectant son maître dans son bourreau, parlant une langue morte, ce qui est faire habiter une tombe à sa pensée [...], aimant ses rois, ses seigneurs, ses prêtres, ses poux[42] », le chouan est une figure de sauvage, un aveugle ennemi de la clarté qui ignore l'Histoire et jette toute sa force incontrôlée au service d'une révolte dont il ne comprend qu'obscurément les enjeux. « Les tragiques forêts bretonnes reprirent leur vieux rôle et furent servantes et complices de cette rébellion[43]. »

Car seuls valent, pour le paysan breton, le lien affectif consacré par la tradition, le sentiment de fidélité personnelle à un maître dont il exécute les ordres ; son ignorance entrave toute ébauche de réflexion personnelle : il ne peut accéder à l'universalité de l'idée. À cet égard, *Quatrevingt-treize*, roman d'un écrivain qui, au terme de sa carrière, est auréolé de gloire politique et littéraire, paracheva l'évolution amorcée dès *Notre-Dame de Paris*, roman pourtant imprégné de nostalgie romantique pour l'âge d'or

---

41. Victor Hugo, *Quatrevingt-treize, in Romans*, tome III, Paris, Robert Laffont, « Bouquins », 1985, p. 792.

42. *Ibidem*, p. 916.

43. *Ibidem*, p. 917.

médiéval : la foule grouillante dont les soudaines colères grondent en écho de la prise de la Bastille, l'alternance d'images diurnes et nocturnes, de l'ombre et de la lumière, de la danse et du dogme pétrifié suggèrent la forme ébauchée du peuple-enfant dont Quasimodo, la créature fantasmagorique attachée à la cathédrale ténébreuse, constitue la représentation métonymique.

Dès le premier chapitre, le roman de Balzac met en scène l'embuscade, la guérilla, le harcèlement qui s'exercent contre des troupes régulières soumises, malgré leur piètre équipement, à une vraie discipline militaire. La description des paysans bretons réquisitionnés pour la conscription reprend tous les signes emblématiques d'une primitivité quasi bestiale : des hommes « pieds nus, ayant pour tout vêtement une grande peau de chèvre qui les couvrait depuis le col jusqu'aux genoux, et un pantalon de toile blanche très grossière, dont le fil mal tondu accusait l'incurie industrielle du pays[44] ». Les mèches de leurs longs cheveux s'entremêlent aux poils de la peau de chèvre ; enfoncés dans un silence farouche, impénétrables, courbés vers la terre, les paysans bretons que mobilise la chouannerie sont de vivants vestiges des âges archaïques étrangers à la modernité qui fait irruption. Hugo comme Balzac soulignent la permanence du fonds « celte » *(Quatrevingt-treize)* ou « gaulois » *(Les Chouans)* qui fige ces communautés rurales dans l'immuabilité. Dans la religiosité spontanée et fervente, digne des premiers chrétiens, qui inspire la foule rassemblée autour de trois énormes pierres druidiques pour une messe célébrée en plein air, Balzac perçoit la « poésie des anciens temps hardiment jetée au milieu d'une nature capricieuse et bizarre » et le « culte renvoyé par la persécution vers sa source »[45].

---

44. *Les Chouans, in* Balzac, *Œuvres complètes,* tome VIII, Paris, Gallimard, « Bibliothèque de la Pléiade », 1977, p. 905-906.
45. *Ibidem,* p. 1117.

Ce territoire morcelé où se dispersent et se rassemblent au hululement de la chouette les sauvages qui servent Dieu et le roi à la manière des Mohicans[46] est l'enjeu d'un combat entre la Nature et l'Histoire : férocité des deux côtés, mais aussi grandeur. C'est la civilisation, avec son souci d'uniformisation et de rationalisation, qui envahit les vieux pays enfermés dans la diversité de leurs traditions. Les paysans qu'évoque Balzac au début des *Chouans* ont vocation à devenir, grâce à la conscription, des citoyens français et à acquérir l'uniformité d'allure, de langage et de costume qui leur manque si complètement, ainsi, sans doute, que le scepticisme gouailleur d'une modernité désenchantée tel que l'exprime un Bleu à la vue du Sacré-Cœur, emblème chouan tatoué sur la poitrine d'un cadavre : « Comment ne vois-tu pas qu'on a promis à ce coco-là qu'il ressusciterait, et qu'il s'est peint le gésier pour se reconnaître[47] ? » Hugo, quant à lui, confronte le modèle républicain unificateur des diversités et particularismes – la « phalange » des Bleus menée par un « jeune homme » (Gauvain) – à la cohue bigarrée conduite par un « vieillard » (le marquis de Lantenac).

Chez les deux romanciers, le message « patriotique » est clair : le recours à l'or des Anglais, ravis d'aider « comme toujours » aux discordes déchirant la France, discrédite la chouannerie, dont les chefs, à l'exception de Montauran agonisant, n'ont pas su ou pas voulu comprendre que la légitimité dynastique et féodale devait s'effacer devant la souveraineté de la nation. Dans le contexte des débuts bousculés de la IIIe République, Hugo laisse libre cours à ses convictions démocratiques ; le chouan, l'« effroi de la

46. *Ibidem*, p. 918 *sq*.
47. *Ibidem*, p. 940.

civilisation », qui dans son aveuglement « chevaleresque et sauvage », s'est rendu coupable d'un « essai inconscient de parricide »[48], incarne les forces ténébreuses de la réaction, le peuple maintenu sous le joug de l'ignorance et de la sujétion, condamné à la peine de mort, commuée par miséricorde seigneuriale en bastonnade, pour la prise illicite d'un lapin, ou envoyé aux galères par un curé soucieux de ramener les huguenots dans le bon chemin. Le marquis de Lantenac, chef de la « révolte », cette ébauche primitive et imparfaite de la « révolution », ne rêve-t-il pas de poser, « comme un couvercle de tombe, la monarchie sur la République et l'Angleterre sur la France[49] » ?

Dans une perspective proche du messianisme humanitaire à la Michelet, auteur que vénèrent les pères fondateurs de la IIIe République, Hugo ne peut dissimuler sa défiance envers les terroirs « patoisants » qu'il importe de rallier au modèle unitaire jacobin. L'unification linguistique, la centralisation politique et administrative autour d'une capitale « où bat le cœur des peuples[50] » opèrent la résorption des diversités locales au sein du « grand Tout », l'idée patriotique porteuse d'émancipation pour l'humanité entière. L'instruction publique est essentielle : car on ne naît pas peuple, on le devient, comme en témoigne la relation filiale entre Cimourdain, prêtre défroqué roturier qui a versé dans le cerveau d'aristocrate de son élève, le vicomte Gauvain, l'« âme du peuple », principe spirituel qui relève non de l'inné mais de l'acquis, non des déterminations objectives de la filiation mais de l'adhésion volontaire à des principes universels.

---

48. V. Hugo, *Quatrevingt-treize*, *op. cit.*, p. 926.
49. *Ibidem*, p. 1039.
50. *Ibidem*, p. 866.

Le modèle « politique » de la nation à la française est tracé en filigrane : par effet de réciprocité, le roman de Hugo, qui met en scène le peuple acteur de l'histoire, a sans doute contribué au choix du 14 juillet comme fête nationale[51], choix crucial pour la légitimation du régime politique et la constitution d'une mémoire collective. Le consensus n'était pas évident sur ce point décisif car éminemment symbolique : la prise de la Bastille se trouvait en effet en concurrence avec le serment du Jeu de paume (23 juin 1789), la nuit du 4 août 1789 où furent abolis les privilèges, ou encore la fête de la Fédération du 14 juillet 1790. Toutefois, le serment du Jeu de paume mettait en relief des personnages dont on estimait qu'ils avaient « mal tourné », comme Mirabeau ou La Fayette ; quant à l'abolition des privilèges du 4 août, elle jetait un éclairage un peu trop favorable sur la générosité de l'aristocratie et du clergé car elle occultait le rôle décisif du peuple. Dans l'esprit de Michelet et de son *Histoire de la Révolution*, les républicains s'accordèrent sur le choix du 14 juillet, célébré pour la première fois en 1889 ; les historiens constatent généralement que cet événement marque un tournant historique et symbolique dans l'histoire de la IIIe République.

La lecture de l'histoire qu'exprime le choix de la chute de la Bastille, acte inaugural du peuple acteur de l'Histoire et événement fondateur de la nation française, est identique à celle qui inspire le roman de Hugo, cette figure tutélaire de la IIIe République : c'est le principe de liberté qui résume et symbolise la Révolution, incarnée dans cette rupture aveuglante entre un avant et un après. La Tourgue qui se dresse au cœur de la Bretagne chouanne est une figure métonymique de toutes les forteresses

51. Voir Christian Amalvi, « Le 14-juillet », *in* P. Nora (dir.), *Les Lieux de mémoire*, tome I, *op. cit.*, p. 387.

qui emprisonnent les peuples ; renverser les bastilles, c'est délivrer l'humanité, c'est substituer à un passé d'oppression les promesses de l'émancipation[52]. La Tourgue n'est en effet que la « résultante fatale du passé qui s'appelait la Bastille à Paris, la Tour de Londres en Angleterre, le Spielberg en Allemagne, l'Escurial en Espagne, le Kremlin à Moscou, le château Saint-Ange à Rome ».

« Dans la Tourgue étaient condensés quinze cents ans, le Moyen Âge, le vasselage, la glèbe, la féodalité[53]. »

52. V. Hugo, *Quatrevingt-treize, op. cit.*, p. 1037.

53. *Ibidem*, p. 1061.

TROISIÈME PARTIE
LE POUVOIR : IMAGES ET MYTHES

Roman de formation du peuple et des peuples, le roman historique, genre à bien des égards « démocratique », place au premier plan la construction de l'identité nationale, forme privilégiée de l'organisation politique et sociale des sociétés modernes, mais avec des inflexions sensiblement différentes selon les pays. La France se singularise par l'absence significative d'œuvres relatant la geste épique par laquelle le peuple se constitue comme entité à part entière après avoir éliminé, intégré ou amalgamé des apports allogènes. Il est donc supposé homogène, constitué tel qu'en lui-même dès les temps les plus reculés de « nos ancêtres les Gaulois », essence préétablie qu'il importe, au cours du devenir historique, de révéler à elle-même.

Le clivage implicite qui sous-tend les romans canoniques du XIXe siècle se réfère volontiers à la césure révolutionnaire qui trace une ligne de démarcation entre l'avant et l'après, la monarchie absolue et la monarchie constitutionnelle, voire la république. La définition de l'identité nationale pose par conséquent le problème fondamental de la continuité et du rapport à la tradition tel qu'un grand nombre d'historiens, sociologues ou philosophes l'ont envisagé, de Tocqueville à Michelet ou Taine. La thématique du rapport unissant l'individu à l'État prend de ce fait une importance privilégiée ; la culture politique française, qui accorde à un État fort et centralisé un rôle structurant, repose sur une conception « absolue » de la souveraineté qui légitime aisément le recours à la raison d'État, peu soucieuse du droit et de la vie des individus. Il s'agit donc, dans ce modèle français, de montrer comment la nation, innovation proclamée par la Déclaration des droits de l'homme et du citoyen, a dû dans la réalité sociologique et politique s'adosser sur les structures historiquement constituées de l'État monarchique. Définie d'emblée comme État-nation, la France postrévolutionnaire s'est vue contrainte à intégrer l'héritage de la monarchie.

Sans doute cette singularité, pour ne pas dire « exceptionnalité », explique-t-elle, au moins partiellement, pourquoi le roman historique français accorde tant d'importance à la relation entre l'État et l'individu dont le « héros » constituerait une forme sublimée, ce qui le différencie du roman historique européen, souvent centré sur les étapes de la constitution conflictuelle du peuple. Mais par-delà ces colorations spécifiques aux cultures politiques nationales, une convergence s'établit qui a trait à l'affinité profonde unissant la fiction historique et les lectures mythiques de l'histoire. Ainsi que le recours au stéréotype ou à l'archétype, la référence mythologique participe des conventions narratives qui sont la vitrine identitaire du roman historique, mais aussi de la mise en scène du temps ; elle suggère, encore plus fondamentalement, des éclairages sur la nature du pouvoir, de l'autorité et sur le sens de l'histoire qui tracent les points de repère indispensables à l'évaluation du présent et à l'esquisse de perspectives d'avenir.

9. DU BON ET DU MAUVAIS GOUVERNEMENT

Les Rois maudits

La récente adaptation (automne 2005) des *Rois maudits* de Maurice Druon en feuilleton télévisé de prestige, qui, à l'instar de la version « historique » de 1972, réunit une équipe d'acteurs célèbres, manifeste la permanence de l'intérêt suscité par un certain nombre d'ingrédients constitutifs du roman historique « classique » : le choix d'une période tout à la fois tourmentée, riche en événements tragiques et spectaculaires, et mal connue du grand public (la fin du règne de Philippe le Bel, les malheurs dynastiques frappant ses trois fils, privés de descendance masculine, les prémisses et origines de la guerre de Cent Ans), l'accumulation d'intrigues sentimentales et sexuelles (les amours adultères de Marguerite de Bourgogne dans la fantasmatique tour de Nesles), de rivalités féodales et claniques (la guerre familiale que se livrent la comtesse Mahaut et son neveu Robert d'Artois), de supplices et tortures « excentriques » pour l'imaginaire contemporain, enfin l'importance dévolue au thème de la conspiration (les appétits de pouvoir des Templiers) qui déclenche l'engrenage du châtiment et de la malédiction.

L'Histoire fait ainsi l'objet d'une double lecture en surimpression. La lecture « romanesque » déroule l'implacable enchaînement des causes initiales et de leurs effets démultipliés jusqu'à l'accomplissement de la malédiction des Templiers qui s'abat sur la branche aînée des Capétiens, exclue du trône au profit de la branche cadette des Valois. Cette lecture s'attache aux ressorts anecdotiques de l'histoire ainsi qu'aux conséquences imprévisibles et disproportionnées des actions humaines : c'est la jalousie d'Isabelle, fille de Philippe le Bel et épouse malheureuse du roi d'Angleterre, envers sa belle-sœur Marguerite qui enclenche le processus irréversible menant à la crise dynastique. La psychologie – l'amour, le désir, la rancune, l'avidité, passions qui affectent les princes tout autant que les manants –, mais aussi le recours au surnaturel, facteur irréfutable et impérieux de cohérence, occupent une place privilégiée. Cette lecture romanesque se double d'une vision articulée et orientée de l'histoire qui propose une interprétation téléologique de la naissance de la nation France et de la souveraineté étatique aux origines de la culture politique française. L'engagement politique de Maurice Druon aux côtés du général de Gaulle, de la Résistance et du parti gaulliste, sa fidélité non démentie à une conception de l'État-nation unitaire ainsi que du rôle dévolu au « grand homme » dans le devenir historique se lisent en arrière-plan. Le souci pédagogique d'éclairer le lecteur en lui indiquant les enjeux des événements se traduit dans les interventions directes du romancier-narrateur omniscient ; le cycle s'ouvre, dans le premier volume, *Le Roi de fer*, par un prologue qui encadre le récit et en affirme la dimension téléologique : « Tout devait s'incliner, plier ou rompre devant l'autorité royale. Mais l'idée nationale logeait dans la tête de ce prince calme et cruel pour qui la raison d'État[1] dominait toutes les autres. Sous son règne, la France était grande et les Français malheureux. »

D'emblée, le ton est donné : « autorité royale » sans partage, « idée nationale », « raison d'État », accolées à la « grandeur » de la France, notion aux connotations éminemment gaulliennes. Le portrait de Philippe le Bel, le « Roi de fer », accentue un certain nombre de traits qui esquissent le stéréotype politique et

---

1. On peut se demander si l'utilisation du terme n'est pas anachronique...

idéologique des « rois qui ont fait la France » abondamment diffusé par les manuels scolaires[2] et l'imagerie républicaine depuis 1880, tant il importait d'affirmer la légitimité de l'État républicain héritier de la France immémoriale. « Souverain tenace, hautain, intelligent et secret, le roi Philippe avait si bien empli son règne et dominé son temps qu'on eut l'impression, ce soir-là, que le cœur du royaume s'était arrêté de battre. Mais les nations ne meurent jamais de la mort des hommes, si grands qu'ils aient été ; leur naissance et leur fin obéissent à d'autres raisons[3]. »

Préfigurant la figure également en ombre et lumière de Louis XI, la simplicité personnelle du monarque contraste, dans le roman, avec l'obsédant souci de renforcement du pouvoir de l'État, la « modernisation » des fonctions régaliennes confiées à l'administration, dont l'objectif ultime est l'accroissement du territoire et de la puissance de la France. Philippe le Bel s'entoure d'administrateurs compétents, les fameux « légistes » souvent issus de milieux « bourgeois », au grand dam des princes du sang et des potentats féodaux dépités de voir des « hommes sortis du commun », tel Enguerrand de Marigny, accéder aux plus hautes fonctions de l'État. Deux conceptions du pouvoir s'affrontent : celle, nourrie de l'imaginaire féodal du lignage et de la chevalerie avide de prouesses et de croisades qu'incarnent les pairs du royaume, prêts à défendre par les armes leurs prérogatives, et celle, imposée par un roi visionnaire, qui préfigure l'État moderne

---

2. Voir Suzanne Citron, *Le Mythe national. L'Histoire de France en question*, Paris, Éditions ouvrières, « EDI », 1991. Sur Philippe le Bel, voir, outre les travaux de Jean Favier (récemment paru : *Un roi de marbre : Philippe le Bel, Enguerrand de Marigny*, Paris, Fayard, 2005), Colette Beaune et Éric Le Nabour, *Les Rois maudits, l'enquête historique*, Paris, Perrin, 2005.

3. Prologue à Maurice Druon, *La Reine étranglée*, tome II des *Rois maudits*, Paris, Le Livre de poche, 1970, p. 10.

subordonnant intérêts et conflits personnels à l'autorité suprême du monarque dépositaire de l'« intérêt général » et de l'unité du territoire.

Dans la représentation véhiculée par *Les Rois maudits*, Philippe le Bel, qui aime à se promener au milieu de son « peuple », est « moderne » au sens où il anticipe les évolutions qu'il appartiendra à ses successeurs de mener à terme : la distinction entre la personne « humaine » du roi, limitée et mortelle, et sa fonction symbolique – la souveraineté absolue de l'État que souligne l'indispensable magnificence entourant toutes les représentations et manifestations du pouvoir ; la subordination des considérations humaines, telles que rancune, soif de vengeance, à la nécessité de privilégier l'intérêt supérieur du royaume (les relations avec le duc de Bourgogne, les mariages judicieux qui agrandissent le territoire royal) ; la capacité à identifier et à exploiter les compétences individuelles au détriment de la logique du lignage ; enfin le recours à la « raison d'État », insoucieuse des vies humaines et des codes moraux, qui résume le tout. Car si cruel que soit le châtiment infligé aux Templiers, il ne s'en inscrit pas moins, selon Maurice Druon, dans le « sens de l'histoire » : le roi s'emploie à favoriser le progrès économique (les banquiers lombards) et à construire un État doté d'une relative autonomie par rapport au pouvoir religieux[4], il promeut, contre le droit féodal particulariste, la production juridique de ses légistes reprise du droit romain.

---

4. Cette construction de l'État s'inscrit, sur la très longue durée, dans le processus qui conduit la souveraineté universelle (au nom d'un principe religieux) à être remplacée par la souveraineté territoriale, apanage des États-nations ; voir à ce sujet les travaux de Louis Dumont, en particulier *Essais sur l'individualisme. Une perspective anthropologique sur l'idéologie moderne*, Paris, Le Seuil, 1983, et *L'Idéologie allemande. France-Allemagne et retour*, Paris, Gallimard, 1991.

Le « Roi de Fer », dont les historiens ont montré le rôle fondateur dans la constitution du modèle étatique français, convoque, par un jeu automatique et implicite d'associations d'idées et de références scolaires, toute la galerie des figures historiques qui ont « fait la grandeur de la France ». Philippe le Bel, Louis XI, Henri IV, Richelieu, Louis XIV, Napoléon, de Gaulle : l'histoire de France dessine une trame continue que l'auteur se plaît à souligner en rappelant qu'à toutes les époques le parti de la « réaction » et celui du « progrès » se sont heurtés. Or le « progrès », c'est tout ce qui a contribué et contribue à faire advenir dans le réel cette entité prédéterminée qu'est la Nation France. Enguerrand de Marigny et Guillaume de Nogaret, qui ont œuvré pour la centralisation du pouvoir et de l'administration, l'unification des monnaies, l'indépendance de l'État par rapport à l'Église amorçant le gallicanisme[5], la paix intérieure du royaume grâce au renforcement de l'autorité royale, anticipent la figure tutélaire, indissociable de la personne du souverain, du « grand ministre », de « ces rares hommes qui ont fait l'Histoire »[6].

Les Rois maudits racontent l'émergence conflictuelle, en des circonstances tragiques, d'une amorce de sentiment « national », ou du moins de la conscience d'une identité spécifiquement « française » : l'absence d'héritier mâle en ligne directe, phénomène inédit depuis le règne d'Hughes Capet, pose, à deux reprises, le problème de la transmission de la couronne. En 1316, à la mort de Louis X (son fils posthume meurt nourrisson), Philippe, frère cadet du roi, revendique et obtient la couronne, en « oubliant » les droits que pourrait faire valoir Jeanne, la fille de

5. Voir l'épisode de l'expédition organisée par Guillaume de Nogaret, garde des Sceaux, contre le vieux pape Boniface VIII.

6. M. Druon, *La Reine étranglée*, *op. cit.*, p. 58 : « Tant de journées où nous avons travaillé côte à côte ! Nous pensions de même en toutes choses. »

Louis X, dont la légitimité est à vrai dire entachée par l'inconduite de sa mère Marguerite de Bourgogne. En 1328, l'avènement de Philippe VI, cousin des trois fils de Philippe le Bel qui se sont succédé sur le trône, est entériné par les barons : ils préfèrent que la couronne passe à un prince français, si éloigné soit-il en parenté, plutôt qu'au roi d'Angleterre, petit-fils de Philippe le Bel. En l'espace de douze ans, les deux principes fondamentaux de dévolution de la couronne (exclusion des filles, puis des mâles issus des filles) sont successivement et définitivement adoptés. « Le fait commençait à créer le droit[7] »...

Contrairement à ce qui a pu être suggéré ultérieurement, il semble que l'intention misogyne d'écarter les femmes du pouvoir n'ait eu qu'une importance secondaire. Deux logiques s'affrontaient : celle, ancrée dans les représentations culturelles de l'époque, de la légitimité incontestée de la « loi du sang » (le plus proche parent par filiation directe est l'héritier), et celle, relevant d'une construction politique innovante, qui privilégiait la logique de souveraineté territoriale étatique (le royaume de France et le royaume d'Angleterre constituent des territoires et des États distincts) et l'idée que la personne du roi est subordonnée au principe qu'il incarne – une « nation » dont il importe de préserver l'intégrité. La construction de la loi salique, « bricolage » juridique qui s'étire sur environ cent cinquante ans, relève typiquement de l'invention de la tradition. La référence aux lois des Francs Saliens, providentiellement appelés à la rescousse pour fournir les règles de dévolution du trône – les femmes ne peuvent hériter de la couronne, ni les mâles issus des femmes, et la succession échoit donc

7. Paul Viollet « Comment les femmes ont été exclues en France de la succession à la couronne » cité dans Fanny Cosandey, *La Reine de France. Symbole et pouvoir XVe-XVIIIe siècle,* Paris, Gallimard, 2000.

au plus proche parent masculin en ligne directe ou collatérale –, servait admirablement les intérêts français face aux revendications anglaises. Elle combinait en effet les avantages symboliques que confère un enracinement attesté de toute antiquité et l'argumentation juridique imparable qui démontrerait aux États européens et au pape l'illégitimité des prétentions anglaises. Ce n'est qu'à l'orée de la Renaissance, vers 1500, que la loi salique devint une loi fondamentale du royaume, à laquelle les guerres de religion ajouteront une dimension mythique et sacrée ; elle fut invoquée – et finalement imposée – contre certains ligueurs qui étaient prêts à la remettre en question, au nom d'une loi de catholicité « supérieure », pour écarter de la succession l'hérétique Henri de Navarre au profit d'un prince espagnol[8].

Henri le Béarnais

On retrouve cette thématique dans l'un des plus importants cycles romanesques d'Alexandre Dumas, celui des guerres de religion (*La Reine Margot, La Dame de Monsoreau, Les Quarante-Cinq*), qui évoque les étapes conduisant à l'extinction de la branche Valois des Capétiens : les trois fils d'Henri II règnent successivement et meurent sans postérité mâle légitime, ce qui fait pendant, par un effet de symétrie, à la situation décrite dans *Les Rois maudits*, l'avènement de cette même branche Valois. La place dévolue à Henri IV dans l'imaginaire national et le roman historique n'est pas uniquement due au lien organique qui unit à son peuple le « bon roi » soucieux de poule au pot et à son

8. Sur ce sujet, voir F. Cosandey, *La Reine de France…, op. cit.* (chapitre I) et Colette Beaune, *Naissance de la nation France*, Paris, Gallimard, 1985.

génie pacificateur. Henri de Navarre est et reste celui, qui, envers et contre tout, a affirmé sa légitimité d'héritier du trône désigné, non par les princes soucieux d'intérêts particuliers divergents, mais par la loi fondamentale du royaume qui puise ses racines aux origines de la France. La référence à la loi salique, mythe fondateur de la monarchie, mais plus largement de l'État français, cristallise les principes fondamentaux d'une culture politique dominante sur la longue durée historique : le domaine royal, c'est-à-dire le « territoire », n'est pas transmissible par testament, il est inaliénable, conception qui est à la source de l'État moderne, caractérisé par sa pérennité et sa continuité dans l'histoire ; le souverain n'est donc pas le seigneur féodal maître de son fief dont il serait libre de disposer à sa guise, mais le dépositaire d'une couronne dont il ne dispose pas. L'arbitraire du goût personnel, source potentielle de crises successorales, se voit ainsi neutralisé par l'énonciation de principes de droit s'appliquant à tous.

Enfin, la référence à la loi salique, dont la fonction essentielle est bien de « protéger le royaume contre une investiture étrangère[9] », a permis d'encadrer strictement l'exercice de la régence, cette délicate période de transition propice aux troubles (régences mouvementées de Catherine de Médicis, de Marie de Médicis, d'Anne d'Autriche qui se succèdent en un siècle environ). Elle fixe en effet le principe d'instantanéité qui règle les modalités d'application de la régence : il n'y a donc pas vacance du pouvoir ; elle affirme ainsi à la fois la continuité monarchique, mais aussi la limitation de l'autorité des régents qui ne relève que d'une délégation temporaire.

9. F. Cosandey, *La Reine de France...*, *op. cit.*, p. 43.

Il serait vain de tenter un tableau exhaustif des œuvres de fiction, sans oublier l'iconographie, les noms de rues, les monuments commémoratifs, dont la statue équestre ornant le Pont-Neuf, qui célèbrent le bon roi Henri, le plus « populaire », à tous les sens, des monarques français. Héros des temps de troubles soumis à d'incessants et spectaculaires retournements de fortune, qui triomphe des circonstances adverses et de ses ennemis grâce à sa ténacité et à son inébranlable foi en son étoile, personnalité marquée d'humanité dans ses vertus comme dans ses faiblesses, la figure du Béarnais condense tout à la fois le mythe fondateur du grand homme dont l'œuvre marque l'histoire d'une empreinte durable – la tolérance religieuse, la restauration de l'autorité de l'État, le progrès économique – et le conte de fées d'une improbable fortune. L'événement historique dépasse les possibilités créatrices de l'imagination : le récit et la légende, le petit paysan béarnais et le roi de France offrent au regard les facettes successives et superposées d'une même destinée.

Les romans historiques consacrés à cette époque charnière qui prépare l'avènement de la monarchie absolue en France reproduisent fidèlement – comment s'en étonner ? – tous les traits constitutifs de l'imagerie élaborée autour d'Henri : la truculence paillarde, signe irréfutable d'une virilité et d'une humanité propres à susciter la sympathie, la spontanéité, souvent proche de la grossièreté, qui enracine le roi au plus profond du terroir et des mœurs de son peuple, l'entrain et la bonne humeur, enfin la simplicité de manières. Et surtout, Henri IV est le prince qui porte l'inébranlable conviction qu'il doit accomplir une mission politique, la pacification de la France déchirée par les guerres civiles. Que ce soit dans la *Chronique du règne de Charles IX* de Mérimée, dans les romans déjà cités d'Alexandre Dumas consacrés aux guerres de religion, ou plus récemment dans le cycle de Robert Merle doté du titre évocateur *Fortune de France*, la rusticité tout à la fois réelle et surjouée du Béarnais se déploie en contraste de la cour sophistiquée des derniers Valois. On y retrouve la structure antithétique dont les effets dramatiques et spectaculaires ont été mis en évidence : l'authenticité contre le raffinement, l'accomplissement d'un destin individuel, pour le plus grand bien de tous, contre le déchirement, l'intrigue et la guerre civile, la nature brute – le « roi sentant l'ail » – contre les vénéneux parfums et poisons chers à la régente Catherine, la terre de France contre les séductions corruptrices d'une cour italianisante.

Mais c'est à un Henri IV venu d'Allemagne que nous accorderons une attention particulière, celui auquel Heinrich Mann (1871-1950), le frère aîné de Thomas Mann, consacra pendant ses années d'exil en France un vaste roman historique intitulé *Le Roman d'Henri IV. La jeunesse du roi*[10]. Francophile et démocrate convaincu, Heinrich Mann avait signé, en 1932-1933, aux côtés de l'artiste Käthe Kollwitz et d'Albert Einstein, un appel à l'unité d'action entre le Parti social-démocrate et le Parti communiste allemands, seul moyen de contrer la menace nazie. Il prit le chemin de l'exil dès l'arrivée d'Hitler au pouvoir et fut déchu peu après de la nationalité allemande. La rédaction des deux tomes du *Roman d'Henri IV* couvre les années de son séjour en France (1935-1938), elle condense les expériences politiques et personnelles de l'auteur.

Ce qui frappe d'emblée, c'est l'hommage fervent rendu à la culture française tout au long du texte, qui s'inspire par ailleurs des récits historiques relatifs à l'enfance béarnaise d'Henri IV, à son mariage avec la reine Margot, à la nuit de la Saint-Barthélémy, au siège de La Rochelle, à ses abjurations successives, etc. Henri

10. Édité chez Gallimard en 1972.

de Navarre, c'est, au contraire de ses morbides cousins Valois, la joie de vivre et d'agir : « C'était son sentiment naturel que vivre est plus important que se venger et que celui qui agit porte ses regards en avant, non derrière lui, sur des morts chéris[11]. » C'est aussi, et fondamentalement, un prince qui a partagé la vie de son peuple et en comprend intimement les aspirations : « C'est un garçon de la campagne et il est pourtant fils de roi », déclare Margot[12]. Du peuple, il incarne, en une vision rétroprojective appliquée au XVIe siècle, les deux fonctions essentielles, la fonction guerrière et la fonction nourricière, telle qu'elle s'est cristallisée au XIXe siècle dans le mythe politique du « soldat Chauvin », le « soldat-laboureur », vétéran couvert de gloire qui revient au pays cultiver son lopin. « Entre-temps, il avait appris l'élocution de la cour, de l'école, mais avait fini par apprendre celle des soldats et du peuple et c'était celle qu'il préférait avant tout. "Le français est ma langue d'élection", devait-il proclamer plus tard[13]. »

Heinrich Mann, comme plus tard Robert Merle – Henri avait dans sa tournure « je ne sais quoi de fruste qui sentait davantage le laboureur et le soldat que l'homme de cour[14] » –, insiste sur l'apprentissage laborieux des réalités de la vie commune qui façonne le futur roi de France : ce n'est qu'à cette condition que ses privilèges de naissance deviennent des prérogatives, c'est-à-dire l'ensemble des droits et des devoirs attachés au statut conféré par la naissance, ensemble doté d'une haute valeur contraignante : « ... il possède le mot propre par quoi il signale et ses qualités et ses droits. En appuyant sur son titre de *prince du*

---

11. H. Mann, *Le Roman d'Henri IV*..., *op. cit.*, p. 120.
12. *Ibidem*, p. 145.
13. *Ibidem*, p. 59.
14. Robert Merle, *Paris ma bonne ville* (*Fortune de France* III), Paris, Éditions de Fallois/Le Livre de poche, 1991, p. 446.

sang, c'est en réalité sur les prérogatives de sa personnalité morale qu'il insiste[15]. » Le statut implique en effet une obligation de vertu, sous peine de dégénérer en passe-droit : l'« humanisme » que Mann prête à ce prince ne se conçoit que comme l'acceptation de devoirs envers autrui, selon l'adage « Noblesse oblige... »[16].

Ces références à la « vertu », à l'« humanisme » sont puisées dans l'héritage des Lumières et de la loi morale à portée universelle définie par Kant, grand inspirateur de Heinrich Mann. Cette « déclaration d'amour à la France » que les critiques allemands du roman mettent volontiers en évidence[17] s'élabore en contrepoint de circonstances politiques tragiques : le bon roi qui incarne l'esprit de liberté de son peuple, sa tolérance, son idéal de raison préservés malgré tant d'épisodes sanglants, c'est la figure symétriquement inversée du cynique à la Machiavel que représente la Florentine Catherine de Médicis, mais surtout du dictateur haïssable et des « mauvais rêves » nés d'un abîme où s'engloutissent les valeurs de la civilisation. Dans son roman publié en 1918, *Le Sujet de l'Empereur*, Heinrich Mann avait donné une vision très critique du culte exacerbé de l'autorité *(Obrigkeit)* qui constituait le principe fondateur d'organisation politique et sociale du Reich de l'empereur Guillaume II, peu soucieux de pluralisme démocratique et cramponné à une conception hiérarchique verticale de la légitimité politique et de la société.

---

15. H. Mann, *Le Roman d'Henri IV..., op. cit.*, « Moralité », p. 436.
16. « C'est ce qui lui permet d'être généreux et de se réclamer de tout ce que dans l'homme il peut y avoir d'humain. D'ailleurs, l'éducation reçue pendant ses années de captivité l'avait préparé à être humaniste [...] Vous aurez la mesure de ce qu'il pourra faire pour les hommes » (H. Mann, *Le Roman d'Henri IV..., op. cit.*, « Moralité », p. 504-505).
17. Voir le site Wikipédia en langue allemande http ://de.wikipedia.org/wiki/Wiki.Heinrich_Mann

Le Roman d'Henri IV s'inscrit, de ce point de vue, dans une continuité politique ; la France de la IIIe République, régime parlementaire démocratique, apparaît en toile de fond comme l'exemple historique illustrant un mode de souveraineté privilégiant l'adhésion populaire, la volonté de « représenter » le peuple, aux deux sens du terme : lui donner un visage et exercer en son nom un mandat. L'image d'Henri IV développée par ce roman rédigé en exil, dans un contexte difficile pour un homme qui avait toujours rêvé de diffuser dans son pays natal l'idéal démocratique, n'occulte certes pas les zones d'ombre de l'homme et de son temps ; mais elle souligne la nécessité de se battre sans relâche contre la violence brute, la haine de l'autre, le cynisme politique qui s'habille d'apparences séductrices. Les portraits de Catherine de Médicis et du duc de Guise, prototype du démagogue prompt à flatter le peuple crédule, à exciter son besoin d'adulation et de soumission, sonnent comme des avertissements contre les dangers du « mauvais gouvernement » qui privilégie la défense des intérêts particuliers et la manipulation des passions individuelles et collectives.

Derrière les exactions de la Saint-Barthélémy se profilent par ailleurs les réminiscences d'événements contemporains dont les exilés allemands des années 1930 peinent à faire admettre l'horreur à l'opinion internationale ; à travers les complots et les crimes organisés par la faction ligueuse appuyée sur le clan des Guise s'ébauche une vision interprétative de la « monstruosité » politique ; un dixième de lâches et un dixième de « fous furieux » suffisent à ébranler les « lois morales » qui doivent être les principes constitutifs et fondateurs de l'État légitime, monarchique ou républicain. Le bon gouvernant, c'est celui qui sait qu'on peut être « fort en restant humain et qu'on défend les royaumes tout en défendant la saine raison ». Il sait surtout « ce qui est bien et sera admis par la conscience des hommes ses pareils. Cela le met franchement à part. Personne, parmi ceux qui s'agitent dans cette ambiance trouble, n'est aussi sûr que lui des lois morales »[18].

Hommes d'État et favoris du prince

Le bon roi se reconnaît aussi à sa capacité à s'entourer de bons conseillers. Le thème du « grand ministre » joue un rôle central dans l'imagerie du pouvoir royal en France, il constitue le pendant symétriquement inversé du « favori », ce douteux compagnon du monarque fantoche. Guillaume de Nogaret et Enguerrand de Marigny pour Philippe le Bel, le « vertueux Mornay », cet anti-Machiavel, et Sully pour Henri IV, sont indissociables de l'œuvre de consolidation monarchique : la collaboration repose sur une complicité personnelle et une profonde convergence de vues. Le « grand ministre » peut toutefois, dans certains cas, compenser par ses capacités exceptionnelles les déficiences d'un roi trop jeune pour maîtriser une situation politique périlleuse (l'amiral de Coligny sous le règne de Charles IX, tel qu'évoqué chez Mérimée, Dumas, Heinrich Mann, Robert Merle) ou trop apathique (Richelieu pour Louis XIII).

C'est la référence à l'État – principe et structure d'organisation politique doté dans la culture politique française d'une forte symbolique – qui établit et justifie la distinction entre le « grand ministre » et le favori, distinction fondamentale qui plonge ses racines bien avant l'époque d'émergence de la monarchie absolue. Le grand ministre, qui s'honore du titre de « serviteur de l'État », n'est soucieux que du bien supérieur du royaume, cette première

18. H. Mann, *Le Roman d'Henri IV…*, *op. cit.*, « Moralité », p. 567.

forme historique de l'« intérêt général » ; il n'hésite pas à lui sacrifier les intérêts particuliers et les vies humaines. Richelieu, tel que campé par Dumas, incarne une politique fondée sur la conviction que la fin justifie les moyens et qu'elle légitime le sacrifice ou la subordination provisoires des principes politiques, moraux ou même religieux que le gouvernement et le grand ministre ne récusent nullement, mais qu'ils acceptent de mettre entre parenthèses, quels que soient leurs scrupules personnels ; la formulation du sauf-conduit que Richelieu accepte, au chapitre XLIV des *Trois Mousquetaires*, de remettre à la criminelle Milady résume bien cette idée : « C'est par mon ordre et pour le bien de l'État que le porteur du présent a fait ce qu'il a fait. » La raison d'État subordonne les individus à la nécessité supérieure de l'État, elle apparaît ainsi, dans cette représentation très « française », comme une ascèse dont le caractère « désintéressé » atténue le caractère choquant.

Il est significatif, dans cette optique, que les Mousquetaires, qui, l'épée à la main, s'ingénient à contrecarrer les desseins du Cardinal, ne puissent s'empêcher d'éprouver respect et admiration pour ses qualités d'homme d'État. Représentants exemplaires d'une éthique nobiliaire attachée à ses prérogatives statutaires, dont la pratique du duel prohibée par les édits de Richelieu, et d'un esprit chevaleresque peu sensible aux considérations de politique internationale – Anne d'Autriche est bel et bien coupable d'« intelligence avec l'ennemi », mais incarne un idéal féminin qui justifie un dévouement aveugle –, d'Artagnan et ses amis peinent à admettre la nécessité d'un État monarchique fort canalisant à son seul service les énergies individuelles. Il s'avère que c'est la « suite » des *Trois Mousquetaires*, c'est-à-dire *Le Vicomte de Bragelonne*, qui éclaire le message sous-jacent : capitaine blanchi sous le harnais, d'Artagnan désabusé comprend que le jeune souverain qui accède au pouvoir absolu est appelé à parachever l'œuvre de construction étatique amorcée au prix de fortes résistances et convulsions par Richelieu.

De ce point de vue, la vision de Dumas nuance la légende noire du Cardinal dont on trouve un condensé dans les *Mémoires* de La Rochefoucauld : « Il voulut rétablir l'autorité du Roi et la sienne propre par la ruine des huguenots et des grandes maisons du royaume, pour attaquer ensuite la maison d'Autriche et abaisser une puissance si redoutable à la France. Tout ce qui n'était pas dévoué à ses volontés était exposé à sa haine, et il ne gardait point de bornes pour élever ses créatures ni pour perdre ses ennemis[19]. » La littérature romantique (Hugo, Vigny) propage complaisamment l'image ténébreuse de l'« homme rouge » impitoyable qui cache un insatiable appétit de domination sous la pourpre du prince de l'Église. Mais l'image de Richelieu n'est pas exempte d'ambivalence : la Révolution a en effet autorisé une double lecture de son action politique. Richelieu serviteur de la monarchie en a précipité la chute en détruisant et en délégitimant les privilèges de la noblesse, ce qui selon, l'hostilité ou la sympathie que l'on voue à l'œuvre révolutionnaire, est susceptible d'appréciations opposées. L'avènement de la république, après 1870, qui se réfère, au moins partiellement, à l'héritage révolutionnaire, fait glisser à l'arrière-plan la légende noire : Richelieu apparaît alors en père de la France moderne, précurseur génial de la théorie des « frontières naturelles », il représente le « grand politique français, centralisateur avant les jacobins, laïc chanté par les nationalistes », bref, l'homme d'État national générique[20].

Somme toute, le Cardinal garde une place privilégiée et plutôt positive dans l'imagerie nationale française (manuels scolaires, gravures et images d'Épinal, références dans les discours

19. Cité dans « La fortune posthume du cardinal », *in* Françoise Hildesheimer, *Richelieu*, Paris, Flammarion, 2004, p. 520.
20. *Ibidem*, p. 519 *sq*.

politiques), appréciation qu'anticipe le cycle romanesque de Dumas. L'exercice solitaire du pouvoir, qui exige une forte composante de calcul et de cynisme, se justifie comme l'ultime recours lorsque le pouvoir royal n'assume plus ses missions, en particulier l'exercice de l'autorité garantissant l'unité du royaume au-delà des « factions », en vertu d'un trait dominant du modèle politique français, de la monarchie absolue aux jacobins d'hier et d'aujourd'hui. Il constitue aussi un objectif en soi où les considérations personnelles n'interviennent pratiquement pas ; c'est là ce qui oppose Richelieu et le cupide Mazarin, dès la scène d'ouverture de *Vingt Ans après*, intitulée « Le fantôme de Richelieu » :

> À voir cette simarre rouge et ces riches dentelles, à voir ce front pâle et courbé sous la méditation, à voir la solitude de ce cabinet, [...] on eût pu croire que l'ombre du cardinal de Richelieu était encore dans sa chambre.
>
> Hélas ! c'était bien en effet seulement l'ombre du grand homme. La France affaiblie, l'autorité du roi méconnue, les grands devenus forts et turbulents, l'ennemi rentré en deçà des frontières, tout témoignait que Richelieu n'était plus là[21].

L'italianité de Mazarin, perceptible dans sa prononciation, son appétit insatiable de collectionneur d'art, forment, avec sa relation sexuelle avec Anne d'Autriche, à la limite du crime de lèse-majesté, un réseau d'associations implicites mais récurrentes dans le roman qui suggèrent le contraste entre un pouvoir tyrannique suscitant la peur mais aussi le respect, et une domination « étrangère » à ce qui constitue l'essence même de la France, de par son origine, sa nature et ses objectifs. Le Mazarin de Dumas campe

---

21. A. Dumas, *Les Trois Mousquetaires, Vingt Ans après*, Paris, Robert Laffont, « Bouquins », 1991, p. 557.

une figure ambivalente conjuguant les traits du ministre et ceux du favori ; l'italianité, associée au raffinement outré, à la ruse et aux détours de l'artifice, constitue bien le fil conducteur reliant Catherine de Médicis au ministre de la régence d'Anne d'Autriche, figures troubles des époques de guerre civile auxquelles mettra fin l'avènement de « grands rois de France » soucieux de l'autorité de l'État.

Le favori, quant à lui, est une figure emblématique de l'âge féodal des privilèges et d'un arbitraire royal qui ne se préoccupe que d'amusement fondé sur des affinités et appétences personnelles ; l'instauration de la monarchie absolue le reléguera au rang de vestige du passé. Il sera remplacé par le courtisan qui participe de l'élaboration du cadre éminemment civilisateur, car normatif, qu'est la société de cour fondée sur l'intériorisation des émotions et la canalisation de la violence, le respect des codes de civilité et de l'étiquette[22]. La relecture « héroïque » opérée par Vigny du personnage de Cinq-Mars, campé en chevalier d'une cause perdue broyé par l'État, prend tout son sens et sa réelle originalité lorsqu'on la confronte à la réalité factuelle décrite par les historiens : l'extraordinaire ascension sociale du gentilhomme tourangeau n'est due qu'à l'engouement soudain de Louis XIII et constitue à cet égard une survivance de la cour d'Henri III où s'affrontaient en incessants duels et guets-apens les « mignons », favoris du roi – Saint-Luc, Maugiron, Schomberg, Quélus –, et

---

22. Sur ce sujet voir Norbert Elias, *La Société de cour*, Paris, Flammarion, « Champs », 1985, ainsi que Jean-François Solnon, *La Cour de France*, Paris, Fayard, 1987, et *Henri III*, Paris, Perrin, 2001, qui donne de la cour des Valois, en particulier d'Henri III, une analyse subtile tranchant avec les représentations stéréotypées d'un monarque livré à sa passion pour les « mignons » et les occupations futiles.

ceux de son frère rival le duc d'Anjou, Bussy, le comte de Monsoreau. Le roman historique français de la première moitié du XIXe siècle s'est vivement intéressé à Henri III et à Louis XIII, qui, entre autres traits communs (un penchant homosexuel plus ou moins revendiqué, une dévotion tout à la fois sincère et ostentatoire), partagent une humeur mélancolique et une propension insurmontable à l'ennui neurasthénique : telle est du moins l'image, corrigée par les historiens contemporains, que Dumas ou Vigny ont contribué à populariser.

> Sa Majesté le roi Louis treizième, interrogée sur sa santé, répond : « Mauvaise, monsieur, mauvaise, [...] je m'ennuie. »
> C'était en effet la pire maladie de Louis XIII, qui souvent prenait un de ses courtisans, l'attirait à une fenêtre et lui disait : monsieur un tel, ennuyons-nous ensemble[23].

Au-delà du *topos* romantique du spleen existentiel qui n'épargne pas les têtes couronnées, c'est l'atonie d'un pouvoir privé d'énergie régénératrice qui se trouve mise en scène ; le roman historique naît, nous l'avons souligné, d'une vision désacralisée de la monarchie qui s'explique largement par les troubles révolutionnaires. Henri III comme Louis XIII en fournissent une illustration frappante ; ils règnent en des temps troublés de guerre étrangère et/ou de graves discordes intestines ; tous deux peinent à surmonter un désenchantement qui trouve un dérivatif dérisoire dans des activités incompatibles avec les exigences de la situation : goût exacerbé pour la chasse (Louis XIII) et les occupations futiles (modes, bijoux, afféteries, petits chiens, découpage d'images pour Henri III), intrigues compliquées à l'issue le plus souvent calamiteuse. Le pouvoir tourne à vide : les attributions traditionnelles du

---

23. A. Dumas, *Les Trois Mousquetaires*, *op. cit.*, chapitre VI, p. 63.

monarque (chasse, respect des dogmes et rites de l'Église catholique) se dégradent en rituels obsédants, en formes dénuées de sens car elles occupent l'espace en principe dévolu à l'exercice de l'autorité. « Ah, je suis un roi bien malheureux, monsieur de Tréville ! Je n'avais qu'un gerfaut, et il est mort avant-hier. [...] il n'y a plus que moi qui connaisse l'art de la vénerie. Après moi tout sera dit, et l'on chassera avec des traquenards, des pièges, des trappes. Si j'avais le temps encore de former des élèves ! mais oui, M. le Cardinal est là qui ne me laisse pas un instant de repos, qui me parle de l'Espagne, qui me parle de l'Autriche, qui me parle de l'Angleterre[24] ! » Tel est le portrait du roi Louis XIII en « enfant » soumis, par une inversion des hiérarchies naturelles, à son « maître » Richelieu, malgré quelques bouffées sporadiques de rébellion, portrait auquel fait pendant celui d'Henri III en extravagant pénitent vêtu d'un sac et les pieds nus, flagellé à travers les rues de Paris : « À quatre heures du soir, la promenade lugubre était terminée, les couvents avaient reçu de riches aumônes, les pieds de toute la cour étaient gonflés, les dos de tous les courtisans étaient écorchés ; la reine avait paru en public avec une énorme chemise de toile grossière, le roi avec un chapelet de têtes de morts. Il y avait eu larmes, cris, prières, encens, cantiques[25]. »

Le bouffon Chicot, qui exerce sur Henri III une influence tutélaire, constitue une variation originale sur le thème du bon ministre qui, malgré les déficiences du pouvoir légitime et les circonstances périlleuses, assure une continuité dans l'exercice de l'autorité de l'État et de la sauvegarde des intérêts du royaume. Chicot – gentilhomme de naissance, ce qui lui confère autorité et

---

24. *Ibidem.*

25. A. Dumas, *La Dame de Monsoreau*, *op. cit.*, chapitre VI, p. 584.

légitimité, et en outre Gascon, ce qui l'apparente à d'Artagnan, autre serviteur infatigable de la monarchie – parle, en sa qualité de fou du roi, le langage de la dure vérité à un souverain qu'il raille et tance, mais qu'il aime et protège ; sa mission auprès d'Henri de Navarre *(Les Quarante-Cinq)*, alors que la dynastie Valois chancelle (1585), anticipe le ralliement des bons serviteurs de l'État à l'héritier désigné par la loi salique, mais aussi par ses qualités intrinsèques.

Chicot est aussi un double du roi[26], ce qui s'inscrit dans le schéma stéréotypé des représentations du pouvoir, fondé sur une dualité des figures et des fonctions, celle du « décideur » et celle de l'« exécutant » : le roi et son ministre (Philippe le Bel et ses légistes, Henri IV et Sully, Louis XIII et Richelieu), le ministre et son conseiller occulte (Richelieu et le père Joseph) ou son agent ténébreux (Catherine de Médicis et son astrologue Ruggieri, Richelieu et Milady), les bons (Chicot) et les mauvais (le duc d'Anjou, Guise) conseillers. Son apparition aux noces de Saint-Luc relève de la parodie bouffonne d'un pouvoir dont il souligne ainsi les faiblesses et les limites : « Mais au moment où apparaissait à l'une des portes le roi Henri III, un autre roi Henri III, exactement pareil au premier, vêtu, chaussé, coiffé, fraisé et godronné de même, apparaissait par la porte d'en face. De sorte que les courtisans, un instant emportés vers le premier, s'arrêtèrent comme le flot à la pile de l'arche et refluèrent en tourbillonnant du premier au second roi[27]. »

---

26. Voir à ce sujet Marie-Christine Natta, « La représentation du favori du prince dans *La Dame de Monsoreau* », *in* M. Arrous (dir.), *Dumas, une lecture de l'histoire, op. cit.*, p. 41 *sq.*

27. A. Dumas, *La Dame de Monsoreau, op. cit.*, chapitre I, p. 542.

Mais le dédoublement parodique n'exerce pas qu'une fonction critique, il masque et protège la personne du roi en la soustrayant à ses ennemis ; caché sous la défroque du roi-pénitent réfugié dans l'abbaye Sainte-Geneviève que les ligueurs veulent persuader de signer un acte d'abdication, Chicot opère un spectaculaire coup de théâtre : le document signé que brandissent triomphalement le duc de Guise et ses complices sûrs de leur succès arbore, à la lumière d'une lampe tardivement apportée, le paraphe « Chicot premier » qui fait sombrer dans le ridicule l'entreprise sacrilège des ennemis de la monarchie chancelante mais légitime. L'apostrophe affectueuse et protectrice « mon fils » dont le bouffon honore volontiers le roi reproduit l'inversion de l'ordre naturel opérée par le mauvais gouvernement ; le ministre (Richelieu) ou le favori (Chicot) assument le plein exercice d'une autorité qui ne leur est, en réalité et en principe, dévolue que par délégation et partiellement. La continuité de l'État et de la monarchie perdure lorsque le « double » subordonne son intérêt au bien commun, elle vacille lorsque le « favori » impose le règne de l'arbitraire.

La dualité des figures et des fonctions dans la représentation du pouvoir constitue l'un des motifs centraux d'un roman historique célèbre du XXe siècle, *Le Juif Süss* de l'Allemand Lion Feuchtwanger (1884-1958), qui fut publié en 1925. Son auteur, journaliste, combattant de la Première Guerre mondiale, engagé aux côtés de la révolution allemande avortée de novembre 1918, a connu comme Heinrich Mann l'expérience de l'exil après 1933, en France puis aux États-Unis. D'abord ébauchée sous forme de pièce de théâtre en pleine guerre, puis réécrite en fiction romanesque, l'histoire véridique du « Juif de cour » Süss Oppenheimer n'intéressa guère les premiers éditeurs pressentis, qui alléguèrent le côté « démodé » du roman historique et le caractère potentiellement « choquant » du sujet. Toutefois, le succès international que rencontrèrent le roman[28] puis son adaptation cinématographique sous l'égide de la Gaumont British (1934) dépassa toutes les espérances.

Lion Feuchtwanger raconte la spectaculaire carrière, à la cour du duc de Würtemberg Karl Alexander, d'un séduisant aventurier, le juif Süss Oppenheimer, arrivé à Stuttgart vers 1735, exécuté le 4 février 1738. Élégant, brillant, esthète, il fascine le duc dont il devient le favori tout-puissant. Plus sophistiqué que le peuple souabe encore fruste et bien éloigné de tous les raffinements de la civilisation à la française, Süss exauce promptement tous les vœux d'un souverain qui rêve d'avoir un magicien à son service ; ainsi sera-t-il dispensé de s'occuper des affaires de l'État et libre de s'adonner à ses débauches. Süss n'obtient pas le titre de Premier ministre, mais il dirige les finances de l'État et contrôle l'administration. Il flatte les caprices du souverain, lui procure argent, soldats, femmes, mais son action comporte des aspects positifs que la population ne veut ni ne peut admettre : Süss procède à la modernisation de l'armée et de l'administration avec l'idée d'augmenter massivement les recettes fiscales, ce qui explique son impopularité croissante, jointe aux préjugés raciaux envers les Juifs prétendument « puants » et couverts de poux, cibles désignées des insolences des grands et des persécutions de la populace. La mort subite de Karl Alexander provoque la chute du favori, pendu et exposé aux regards du peuple dans une cage de fer.

---

28. En 1958, à la mort de Feuchtwanger, deux millions d'exemplaires avaient été vendus. Le roman aurait relancé, d'après des sources citées par Feuchtwanger en annexe de son roman, la mode du roman historique : quatre fois plus de romans relevant de ce genre auraient été publiés l'année suivant la parution du *Juif Süss* en Grande-Bretagne qu'au cours de la décennie précédente.
Pour l'édition française : Lion Feuchtwanger, *Le Juif Süss*, Paris, Belfond, 1999.

En Allemagne, le livre fut interdit et brûlé en 1933 : mais sur ordre de Goebbels, une version « nazifiée » vit le jour. Confiée au cinéaste Veit Harlan, elle fut présentée à la Biennale de Venise en 1940. Ce film devint l'un des instruments les plus efficaces de la propagande antisémite ; techniquement très réussi, il réunissait d'excellents acteurs. Le message de tolérance et la critique des théories raciales suggérés par le roman de Feuchtwanger – il s'avère que le « Juif Süss » est le fils naturel d'un aristocrate de pure « souche » allemande, ce qui sous-entend qu'on ne naît pas juif, mais qu'on le devient dans le regard des autres – étaient détournés et remplacés par une représentation haineuse du financier juif en vampire affameur du peuple, créature lubrique à l'affût des occasions de « polluer » le sang allemand. Tous les stéréotypes de la propagande antisémite, omniprésents dans *Mein Kampf* et dans *Le Mythe du XX*e siècle d'Alfred Rosenberg, visaient à renforcer la conviction que les juifs représentaient pour l'existence même du peuple allemand une menace obsédante ; il suffit de rappeler, pour faire comprendre le rôle que joua ce film, que tous les personnels travaillant dans les camps de concentration et d'extermination reçurent l'ordre d'assister à la projection.

10. HÉROS ET FEMMES FATALES

Dans *Le Mythe de l'éternel retour*[1], Mircea Eliade s'interroge sur les phénomènes de « mémoire populaire » : cette expression peut s'appliquer, semble-t-il, à la mémoire individuelle – ce que chacun retient de l'histoire, de ses lectures et de la transmission orale –, façonnée par les « cadres sociaux » de l'éducation et de la famille au sens défini par Maurice Halbwachs, mais aussi à la mémoire collective d'une société donnée, telle que l'illustrent et la célèbrent les commémorations officielles, les noms de rues et les monuments ou encore les manuels scolaires. Quels sont les mécanismes de sélection qui opèrent dans la constitution de cette mémoire, quels critères entrent en jeu lorsqu'il s'agit de perpétuer le souvenir de tel événement, telle bataille, tel homme politique ? La réponse d'Eliade fait appel aux notions d'archétype et de mythe, structures mentales dont chaque individu dispose, au sein d'une société donnée, pour définir ses relations au monde.

À la différence du stéréotype, susceptible d'évolution car ancré dans des situations et des circonstances déterminées et datées, l'archétype, ainsi que le mythe, système dynamique d'archétypes, de symboles et d'images articulé en récit, se définit par son caractère anhistorique, bien que les lectures qu'il inspire au fil du temps puissent faire apparaître des modulations et des variantes. Il se présente comme une représentation collective stylisée de l'humain qui annule toute particularité historique et personnelle ; le « héros » ou les « ancêtres », pour se borner à ces archétypes courants, reproduisent, à travers l'histoire et la

1. Mircea Eliade, *Le Mythe de l'éternel retour*, Paris, Gallimard, « Idées », 1969.

diversité des sociétés et des circonstances, un certain nombre de traits caractéristiques, épurés à l'extrême, qui permettent une identification et une reconnaissance immédiates. La relation que Mircea Eliade établit entre la mémoire et l'archétype se réfère à la tradition grecque antique selon laquelle les morts perdent leur individualité historique, c'est-à-dire leur « mémoire », pour être réintégrés dans l'archétype impersonnel de l'« ancêtre ». Seuls les héros conservent après la mort leur personnalité (leur « mémoire ») ; ce qui subsiste, c'est le souvenir des actions exemplaires de leur vie, puisque, d'un certain point de vue, ces actions ont été impersonnelles. Elles constituent en effet des illustrations de gestes et de comportements relevant de l'archétype, comme par exemple le guerrier invincible, le demi-dieu, le respect des morts, etc. Eliade trace de ce fait une démarcation entre la mémoire, relevant de l'archétype, et l'histoire, relevant d'événements circonstanciés et de personnages individualisés.

Toujours selon Eliade, la mémoire « populaire » opère par réduction des événements aux catégories et des individualités aux archétypes, elle restitue au personnage historique des temps modernes sa signification d'imitateur de l'archétype et de reproducteur des gestes archétypaux, ce qui implique que les événements et les personnages historiques ne peuvent survivre dans la mémoire populaire que dans la mesure où ils se rapprochent d'une forme archétypique. Eliade donne l'exemple de la bataille de Borodino (1812) dont l'importance militaire et politique fut éclipsée par la stylisation de la figure de Koutouzov en sauveur de la patrie[2]. Son analyse rejoint ainsi les travaux réalisés autour de la notion de mythe ou d'événement fondateur ; la défaite ou le succès importent peu dans la lecture et l'interprétation des

2. *Ibidem*, p. 58 *sq*.

événements historiques appelés à accéder à ce statut, comme la canonnade de Valmy, non-événement historique mais mythe fondateur de la Nation. De ce point de vue, les analyses d'Eliade, comme celles de Gilbert Durand consacrées aux « structures anthropologiques de l'imaginaire », contribuent à la compréhension des processus de formation de l'identité ; la transmission et la réception de signes, images et représentations immédiatement et spontanément « interprétables » y occupent, nous l'avons souligné, une place stratégique car elles définissent les structures, à l'intersection de l'individuel et du collectif, qui établissent les codes permettant aux individus et aux groupes d'interpréter les événements les affectant.

La relation entre les phénomènes de mémoire et la littérature n'échappe pas à Eliade ; il s'intéresse à ce qu'il appelle « littérature de colportage », qui pourrait inclure des romans historiques à large diffusion, bien qu'il n'en fasse pas mention, et aux romans policiers dont il souligne la dimension volontiers mythologique, fondée sur la polarité manichéenne entre le Bien et le Mal, le héros et le démon. On peut aisément prolonger les analyses d'Eliade en montrant que cette polarité, liée à la dimension archétypique de la mémoire, imprègne, avec d'infinies variations, un nombre important de personnages récurrents du roman historique, parmi lesquels domine le « héros sans peur et sans reproche ». Ces représentations archétypiques relèvent d'un parti pris esthétique, mais aussi d'une représentation de l'imaginaire culturel doté de structures anthropologiques particulières, telles que définies par Gilbert Durand[3]. Ce qui signifie que les traits individuels et « vraisemblables », selon les

3. Gilbert Durand, *Les Structures anthropologiques de l'imaginaire. Introduction à*

critères du quotidien, de ces personnages se trouvent à ce point accentués et isolés qu'ils en deviennent des « types idéaux », offrant ainsi une condensation stylisée de la réalité qui tout à la fois stimule la fantaisie du lecteur et offre un modèle explicatif à forte portée idéologique ou symbolique.

Ce schéma fonctionne d'ailleurs pour un grand nombre de personnages de romans ne relevant nullement du genre historique, bien que l'on puisse toutefois déceler dans ce dernier une inflexion particulière qui tient à un élément déterminant : qu'il soit un personnage historique, « ayant vraiment existé », ou un pur produit de l'imagination, le personnage archétypique du roman historique pousse à l'extrême le processus de construction, reproduisant ainsi une spécificité du genre, l'amplification et l'exagération des traits qui relèvent des structures et symboles constitutifs de l'imaginaire culturel. Ces symboles s'organisent en constellations d'images fortement polarisées (la mère/la séductrice, le favori/le grand ministre), ce qui se traduit, dans la trame romanesque, par la multiplication de figures ambivalentes (la femme fatale) et/ou dédoublées (le héros et son inséparable *alter ego*, qui fait écho au ministre et à son conseiller, au roi et à son ministre). Le dédoublement de l'image, qui accompagne souvent la représentation du « grand homme », personnage tout à la fois historique et légendaire, présence réelle et mémoire statufiée, tel Napoléon, successeur de Charlemagne et Ogre de Corse, fait partie des artifices stylistiques propres au langage des archétypes et des mythes[4].

---

l'archétypologie générale, thèse pour le doctorat ès-lettres présentée à l'université de Paris, Imprimerie Allier, Grenoble, 1960.

4. Raoul Girardet, *Mythes et mythologies politiques*, Paris, Seuil, 1986, p. 16 *sq*.

Le héros « à la française »

Dans la galerie des grands héros qui peuplent l'imaginaire romanesque, d'Artagnan figure en première place ; caractère aventureux, courage, capacité d'initiative inépuisable, tout promet au lecteur une intrigue riche en rebondissements et signale immédiatement à son attention l'entrée en scène du personnage clé, autour duquel se positionnent peu à peu les figures satellites des auxiliaires, des opposants et de l'héroïne ; c'est précisément cette exemplarité de vertus obligées qui constitue le code de reconnaissance. La lecture des signes condensés en archétypes invite à constater que souvent le héros apparaît donc lui aussi affublé d'une ombre portée, celle du serviteur fidèle (d'Artagnan et Planchet, le baron de Sigognac et son antique valet gardien du fief familial, Cinq-Mars et Grandchamp), ou accompagné d'un *alter ego* (les mousquetaires, Cinq-Mars et de Thou), voire « dupliqué » en couple – les deux frères *(Chronique du règne de Charles IX, Fortune de France)*, le maître et l'élève *(Quatrevingt-treize)*.

D'Artagnan et ses amis mousquetaires semblent bien, au vu de leur popularité transcendant les frontières, avoir durablement codifié la figure du héros à la française, dont le Lagardère de Paul Féval *(Le Bossu*, 1857), le Pardaillan de Michel Zévaco ou Pierre de Siorac *(Fortune de France)* sont les descendants directs, et le capitaine Fracasse *(alias* baron de Sigognac) le frère spirituel : homme d'action, doté de tous les attributs de la jeunesse et de la séduction, maîtrisant en virtuose la technique des armes, gentilhomme de naissance ou de cœur, c'est-à-dire prompt à défendre l'éthique chevaleresque, bon vivant et spirituel, toujours prêt à distribuer saillies autant que coups d'épée, à railler les sots et à pourfendre les méchants.

Animé par un soin aristocratique de l'honneur, le héros est perpétuellement sans le sou, à la recherche des subsides indispensables à son équipement militaire et à sa survie ; mais il parvient toujours à redresser *in extremis* une situation apparemment désespérée en se procurant l'invisible crédit nécessaire à sa liberté d'action[5]. La possession matérielle ou l'acquisition d'un patrimoine, valeurs essentiellement bourgeoises, sont à ses yeux dénuées de sens car antinomiques avec les principes qui inspirent sa vie : l'homme de cœur vaut par ce qu'il est et fait, et non par ce qu'il a. « Heureux de l'accomplissement libre de leur mission, toujours en mouvement, marchant dans les rues de Paris, chevauchant sur les routes, ferraillant sur le pré[6] », les héros romanesques incarnent un idéal de vie où le respect des principes et des loyautés, des serments et des amitiés l'emporte sur les contraintes de la vie quotidienne[7].

Comment s'étonner du succès remporté auprès des lecteurs de tous âges ? Décalés par rapport aux normes et aux habitudes imposées par les nécessités matérielles et sociales, emportés dans un tourbillon d'actions et de passions, les héros à la d'Artagnan comblent à bon compte les désirs d'évasion et d'identification, ainsi que ce fantasme de toute-puissance qui colore volontiers les

---

5. Marie-Christine Natta, « La représentation du favori du prince dans *La Dame de Monsoreau* », *in* M. Arrous (dir.), *Alexandre Dumas, une lecture de l'histoire*, *op. cit.*, p. 53.

6. *Ibidem.*

7. Pour illustrer cette codification des mousquetaires en archétypes de héros transcendant les frontières, on rappellera l'article de Théodore Katsikaros, « Alexandre Dumas et la Grèce » (*in* M. Arrous (dir.) *Alexandre Dumas, une lecture de l'histoire*, *op. cit.*, p. 573), qui précise que le terme grec correspondant à « garde du corps », choisi par le premier traducteur du roman en 1849 pour transcrire « mousquetaire », a pris depuis cette date le sens de gardien des serments, de l'amitié et des valeurs.

jeux et les rêveries des enfants. Là encore, le témoignage de Sartre s'impose ; les héros nés de l'imagination de ses auteurs préférés, Zévaco en première ligne – mais les propos de Sartre ont valeur plus générale –, « faisaient et défaisaient les empires, prédisaient dès le XIVe siècle la Révolution française, protégeaient par bonté d'âme des rois enfants ou des rois fous contre leurs ministres, souffletaient les rois méchants[8] ». Revanche contre les frustrations de la réalité morose, la fuite dans l'imaginaire déclenche un enchaînement cyclique où s'enferme l'enfant : rejet qui exacerbe le recours compensatoire à la lecture, qui à son tour nourrit le rejet. Face au monde réel et aux autres, l'évasion est en même temps protection et exclusion ; sur les terrasses du jardin du Luxembourg, des enfants jouaient : « Comme ils étaient forts et rapides ! comme ils étaient beaux ! Devant ces héros de chair et d'os, je perdais mon intelligence prodigieuse, mon savoir universel, ma musculature athlétique, mon adresse spadassine ; [...] j'avais rencontré mes vrais juges, mes contemporains, mes pairs, et leur indifférence me condamnait[9]. »

Le rêve compensatoire d'héroïsme satisfait un besoin psychologique ; il rencontre aussi, remarque Sartre, les aspirations d'une société qui projette dans le feuilleton d'aventures historiques son désir de revanche militaire : d'Artagnan, le capitaine Fracasse, le Bossu et consorts protestent, de par leur existence même, contre les entraves imposées par la normalité bourgeoise d'un siècle désenchanté ; Pardaillan, enfant de la IIIe République, est le vengeur de la défaite, de la « déculottée » de 1870. Tous sont des projections fantasmées où prévaut l'association implicite « héroïque » égale « Français », tant sont accentués les codes de

8. J.-P. Sartre, *Les Mots*, *op. cit.*, p. 114.

9. *Ibidem*, p. 115.

reconnaissance permettant l'identification au caractère national tel qu'il se plaît à s'autoreprésenter, du coq gaulois à Astérix : gai, belliqueux, prompt à la réplique verbale ou armée, avec une petite tendance à l'exagération et à la vanité...

« Héros à la française », donc : force est de constater qu'il s'agit bien d'une invention nationale du XIXe siècle en forme d'autoreprésentation dont on peine à trouver l'équivalent étranger, sauf sous forme de calque directement transposé du « genre Dumas ». Personnages enfoncés dans une normalité assez moyenne chez Scott et Dickens – Ivanhoé ou Quentin Durward campent plutôt le type du chevalier médiéval que celui du « héros » –, figures christiques du sacrifice rédempteur chez Gogol ou Sienkiewicz, révoltés sans foi ni loi chez Pouchkine, les figures clés des romans historiques classiques européens autorisent une typologie un peu plus diversifiée. Peut-être pourrait-on risquer l'idée que le modèle français a favorisé une lecture spécifique, possible avatar de l'« exception française », de l'avènement du peuple sur fond de révolution et de clivage entre la « nation » et les « privilégiés » : cette lecture accentue l'importance de la relation entre l'État, les puissants et l'individu qui peu à peu apprend que la soumission à l'intérêt général constitue une forme perfectionnée de liberté ou qui, en exerçant en temps de détresse la fonction de justicier, pallie les défaillances d'un pouvoir empêché dont il prépare ainsi la restauration de légitimité. Peut-être pourrait-on aussi y déceler cet autre trait spécifique du modèle politique et sociologique français que constitue la survivance, après la Révolution et jusqu'à l'époque contemporaine, de la « logique de l'honneur », principe générateur de l'aristocratie selon Montesquieu. Conscience intériorisée des droits et devoirs attachés à chaque état, social ou professionnel, la logique de l'honneur prescrit à chacun d'accomplir « ce qui se doit » compte tenu de son statut. Le héros à la française serait donc une « forme mixte » combinant les qualités de l'aristocratie et celles du peuple défini comme l'ensemble de ceux qui ne sont pas nobles, ou, dans une formulation inspirée des travaux de Philippe d'Iribarne[10], il exprimerait la paradoxale diffusion à travers la société française, après la destruction des privilèges statutaires opérée par la Révolution, de l'ethos aristocratique.

Descendant de d'Artagnan dont il exagère l'essence héroïque, le Pardaillan né de l'imagination de Michel Zévaco, auteur « républicain » influencé par Victor Hugo, est à double titre un archétype : champion infatigable et invulnérable des faibles et des opprimés, il perpétue l'ordre établi qu'il purge de ses monstres. Car ce qui se dégage en fin de compte, c'est la vision d'une société qui reste, aux yeux de l'adulte qu'est devenu le jeune lecteur évoqué dans *Les Mots*, foncièrement conservatrice en dépit des révoltes sporadiques et individuelles qu'elle autorise et qui la confortent dans sa stabilité : « Champion de l'ordre établi, j'avais placé ma raison d'être dans un désordre perpétué ; j'étouffais le Mal dans mes bras, je mourais de sa mort et ressuscitais de sa résurrection ; j'étais un anarchiste de droite[11] »...

Étouffer le Mal, faire triompher le Bien : tout à la fois moral et politique, l'archétype du héros suggère une vision du pouvoir et de l'ordre social architecturée autour de valeurs fortement contrastées, la liberté contre le pouvoir établi, et sa variante, la raison d'État. Il s'agit, là encore, d'une figure que les auteurs canoniques évitent, contournent, enrichissent ou modulent à leur gré, mais qui traverse l'ensemble des œuvres considérées tant il apparaît difficile de représenter le passé, les grands personnages

---

10. *La Logique de l'honneur*, Paris, Le Seuil, 1989 ; *L'Étrangeté française*, Paris, Le Seuil, 2006.

11. J.-P. Sartre, *Les Mots*, *op. cit.*, p. 99.

qui ont fait l'histoire sans projeter sur le récit une lecture, voire une grille d'interprétation des relations sociales et politiques. Les romans du XIXe siècle, âge d'or de l'histoire téléologique, et les œuvres du XXe siècle qui prolongent cette tradition sont particulièrement révélateurs à cet égard : ils mettent inlassablement en scène le conflit entre la liberté, celle de l'individu ou d'une caste, et le pouvoir, même si les conclusions – le « message » délivré au lecteur – peuvent diverger. La liberté s'entend tout d'abord comme la liberté à courte vue du gentilhomme pour lequel le droit de se battre en duel est un « privilège », un droit statutaire et inviolable qu'aucune loi ne saurait limiter. Ce motif, qui apparaît de manière récurrente chez Dumas ou Mérimée, s'insère dans un thème beaucoup plus central et général, l'érosion des libertés aristocratiques qu'un pouvoir monarchique évoluant vers l'absolutisme autoritaire tient de plus en plus étroitement en lisière, considérant que l'application de la loi s'impose à tous. La liberté s'inscrit alors dans une revendication protestataire qu'illustre le roman de Vigny, véritable manifeste de la réaction nobiliaire : le personnage de De Thou, l'ami de Cinq-Mars dévoué jusqu'au sacrifice, le magistrat épris d'intellectualité et de rigueur morale, défend les droits traditionnels de la noblesse et des parlements, ces corps intermédiaires qui s'interposent entre le roi et ses sujets. La citation de Montesquieu qui figure en exergue du chapitre XVII – « Nous allons chercher, comme dans les abîmes, les anciennes prérogatives de cette noblesse qui, depuis onze siècles, est couverte de poussière, de sang et de sueur » – a valeur clairement programmatique.

Le « héros » offrirait ainsi la représentation idéalisée et sublimée du « Français » face aux puissants (sources de déchirement, de conflit, de guerre civile, d'injustice) et à l'État (l'instance normative contraignante mais civilisatrice). Cette hypothèse s'appuie sur l'idée que dans la grande majorité des romans historiques français, le conflit alimentant l'intrigue est un conflit interne à la France qui oppose des conceptions différentes du pouvoir et de la légitimité, tandis que dans les romans cités de l'espace européen, il est projeté sur l'antagonisme séparant les communautés ethniques et le récit généalogique de la naissance du peuple en lutte contre la domination de l'étranger. Le postulat implicite, c'est que l'existence du peuple français comme entité « donnée de soi » n'offre pas matière à transposition littéraire car elle constitue un fait acquis.

On peut en parallèle se demander pourquoi les controverses sur l'apport respectif des Gallo-Romains et des Francs, de l'élément latin et de l'élément germanique dans la formation de l'identité française – polémique amorcée dans le premier tiers du XVIIIe siècle, entre « romanistes » et « germanistes » et prolongée en écho après la défaite de 1871 – n'ont pas inspiré de grand roman historique, ni au XIXe ni au XXe siècle. Le sujet a alimenté pendant près de deux siècles travaux et débats d'historiens ; mais il est resté cantonné aux cercles restreints d'érudits et de pamphlétaires qui l'ont d'ailleurs interprété dans une perspective sociologique (les nobles seraient issus des Francs et le peuple des Gallo-Romains, selon la thèse de Boulainvilliers) autant que strictement « nationale ». En dépit des clivages entre chapelles et écoles de pensée, l'historiographie du XIXe siècle n'a pas manqué d'insister sur la fusion des deux apports grâce à l'action unificatrice de l'État monarchique, définitivement consacrée par la Révolution.

Parmi les figures de héros, la surreprésentation des « Gascons », terme à emploi parfois générique qui assimile sans trop de souci du détail la population du Sud-Ouest, Béarn, Périgord et Quercy, est flagrante. D'Artagnan, Chicot, les Quarante-Cinq qui forment la garde rapprochée d'Henri III, Sigognac,

Pierre de Siorac, mais aussi les maréchaux Lannes et Murat évoqués dans *La Guerre et la Paix* comme « Gascons typiques », n'échappent pas à l'assignation caractérologique qui s'opère presque automatiquement : le Gascon est, dans ses qualités et ses défauts (toujours sympathiques), une quintessence de Français. Ils sont « spirituels et braves, mais fanfarons avec cela, et si portés à se faire valoir et à tirer vanité de tout, que les bons contes que l'on fait en France roulent en partie sur leur sujet. Il se pourrait pourtant que le caractère gascon ne fût que le caractère français outré[12]... » Par ses « gasconnades », le Gascon suscite chez ses compatriotes un affectueux amusement ; en témoignent, entre autres, les sonores « capdedious », « sandious », « mordious », « parfandious » qui accompagnent le folklore gascon cher à Dumas.

Cette surreprésentation du « Gascon » n'est pas dénuée de base historique et sociologique[13]. Province reculée, pauvre, à l'écart des courants d'échanges, théâtre de rudes batailles opposant Français et Anglais, foyer des guerres pyrénéennes de Béarn, Foix, Comminges et Armagnac, la Gascogne d'Ancien Régime se distinguait de surcroît par un fort particularisme juridique en matière de droit des successions. La part légitime des « cadets », mot d'origine gasconne signifiant « petit chef », y était très réduite, ce qui ne laissait pas d'autre choix à ces « déshérités » que la carrière des armes, seule chance de survie à condition d'accepter l'aventure et le déracinement. D'Artagnan ou Sigognac correspondent

12. Ce jugement est extrait des *Lettres sur les Anglais et les Français et sur les voyages* du Suisse Béat de Muralt (écrites vers 1695, publiées en 1725), citées *in* Dominique Bertrand, « Les relations doubles ou la politesse comparée : Muralt et Labat », *in* A. Montandon (dir.), *L'Europe des politesses...*, *op. cit.*, p. 63.

13. Ces analyses reprennent l'article de Yves-Marie Bercé « Les cadets de Gascogne », *L'Histoire*, n° 35, juin 1981.

donc point par point à la réalité historique à laquelle furent soumis ces jeunes hobereaux « excédentaires » sur leur terre natale. Leur aventure s'insère dans la phase d'expansion nobiliaire qui s'étend des guerres de religion à la Fronde. L'histoire des Quarante-Cinq rappelle à la mémoire que les premiers régiments royaux organisés dans la seconde moitié du XVIe siècle furent peuplés de Gascons que commandaient d'autres Gascons. L'assimilation « Gascon » et « carrière des armes » s'opéra définitivement grâce à la spectaculaire carrière d'Henri de Navarre : son avènement en 1589 permit aux compatriotes qui avaient accompagné les mauvais jours d'accéder enfin aux honneurs et aux dignités.

Le succès dans la carrière des armes pouvait même faire oublier une origine sociale médiocre, en tout cas avant 1660 : Troisville, capitaine des mousquetaires sous Louis XIII, transposé en Tréville chez Dumas, était fils de marchands. Des réseaux d'entraide et d'influence se constituèrent à la cour comme à l'armée, ce qui, dès les années 1630, ne manqua pas de susciter les sarcasmes, teintés d'envie, sur le thème des Gascons « arrivistes, hâbleurs »... Ces derniers, soupçonnés de s'organiser en « mafias », prenaient ainsi la suite des « Italiens » formant l'entourage des reines Médicis. La vindicte contre leur supposée vantardise creuse ne dura guère, si l'on s'en rapporte à la bienveillance amusée qui prévaut dans les représentations romanesques de ces personnages associés à la vivacité d'esprit et au sens de l'aventure.

Mais l'importance accordée à ce thème invite à approfondir la réflexion. Le roman historique français met en scène l'intégration des Gascons, c'est-à-dire d'« Occitans » dotés d'un particularisme linguistique, au service de l'État. La France ne constitue pas une exception dans l'utilisation de populations « périphériques » dans les corps de maintien de l'ordre, armée ou police. Les prétoriens à Rome, les janissaires dans l'Empire ottoman, les légionnaires corses, les marins et soldats irlandais et écossais ont illustré cette règle systémique des États et empires qui pratiquent le déplacement des forces armées hors de leurs provinces d'origine. Déracinées et donc dépourvues de liens affectifs avec les populations sur lesquelles elles exercent l'autorité pour le compte de l'État ou de l'empire, ces troupes ont tendance à développer un fort esprit de solidarité (l'« esprit de corps »), tout en adoptant à l'encontre des populations soumises à leur contrôle l'attitude distanciée et « objective » convenant au bras armé du pouvoir central. C'est plutôt dans les modalités de cette mise en scène qu'il convient de chercher une inflexion particulière. Le roman historique français évoque l'intégration des « peuples » de la périphérie territoriale et linguistique au sein d'une entité homogène appelée « peuple français » partageant une langue et des valeurs communes que corsète un État centralisé. Or il est significatif que cette mise en scène soit implicite : l'hétérogénéité linguistique et anthropologique des populations ne peut et ne doit pas, dans la culture politique dominante en France, faire débat.

Le pouvoir au féminin : reine et régente en « femmes fatales »

Le détective désabusé cogitant dans un local miteux empestant la cigarette, le policier corrompu, la femme fatale : autant d'archétypes familiers aux lecteurs de romans policiers et de films « noirs ». L'élaboration de portraits subtilement différenciés n'y est pas une préoccupation essentielle ; la fiction historique n'échappe pas à cette tendance caractéristique des sous-genres romanesques. Les auteurs se plaisent souvent à assigner les personnages féminins à des rôles bien identifiés et à deux fonctions primordiales, l'amour et la maternité. Ingénue (Isabelle dans *Le Capitaine Fracasse*, Lygie dans *Quo vadis ?*) ou épouse vertueuse (Constance Bonacieux dans *Les Trois Mousquetaires*, Mrs Darnay dans *Un conte de deux villes*), l'héroïne inspire au héros une soif illimitée de dévouement qui se déploie dans de spectaculaires sauvetages et actes de bravoure. Dans tous les cas, la femme incarne la source de vertu qui guide le héros sur le bon chemin : inspiratrice, certes, mais passive, l'héroïne est d'abord une victime dont le rôle se réduit souvent à celui de faire-valoir.

Autre cas archétypique : l'intrigante corruptrice et fertile en manigances, dont Milady, âme damnée de Richelieu, représente le cas le plus célèbre. Femme en rupture avec sa sphère « naturelle » d'activité, elle transgresse toutes les normes sociales et morales. Le châtiment est exemplaire car il n'existe pas de moyen terme ; la femme est vertueuse ou scélérate. Mais là encore, la femme reste cantonnée à la fonction d'« opposant » qui met en valeur les capacités de défense et de réaction des personnages principaux et du héros. On remarque par ailleurs que la redoutable force de nuisance de Milady s'appuie sur le besoin irrépressible et mécanique d'assouvir ce qui ne saurait être considéré que comme des instincts vils et bestiaux ; l'ambition, l'orgueil, la soif de pouvoir, vertus contestables mais « nobles », demeurent l'apanage viril des héros. Les romanciers historiques du XXe siècle s'efforceront de corriger cette image de la femme en montrant, avec une volonté parfois appuyée de « réhabilitation », que la femme de ces temps jadis, qu'il s'agit bien sûr de peindre sous des couleurs séduisantes, n'était nullement une pauvre créature ignorante et passive...

Les figures féminines réellement « marquantes », au sens où elles offrent un contraste avec ces représentations très convenues de la féminité, se distinguent dans le roman historique du XIXe siècle par un trait commun qui, au-delà des différences, les apparente : leur puissance d'action et leur relation forte avec le pouvoir dont elles sont, à titres divers, les dépositaires. Pouvoir, symbolique et réel, qui s'ancre dans une séduction plus ou moins maléfique et une volonté d'influencer le cours des événements. De ce point de vue, elles constituent des variations sur le thème de la femme fatale, dont relève également, mais de manière plus schématique, Milady, qui agit dans l'ombre, à l'abri d'un pouvoir masculin qu'elle utilise ou manipule sans souci d'occuper le devant de la scène. Deux figures à double face qui occupent une place de premier plan dans de nombreux romans historiques cristallisent cette représentation ambivalente de la féminité au pouvoir, déployée autour de constellations d'images « diurnes » et « nocturnes » selon les catégories de l'imaginaire définies par Gilbert Durand : Catherine de Médicis, la mère et la sorcière (Dumas, Heinrich Mann, Mérimée, Robert Merle), et Marie-Antoinette, la femme séduisante et la reine de France hautaine (le cycle *Joseph Balsamo, Le Collier de la reine, Ange Pitou, La Comtesse de Charny*, ou *Le Chevalier de Maison-Rouge* de Dumas, et récemment, *Les Adieux à la reine* de Chantal Thomas, paru en 2002, sans compter les journaux intimes apocryphes et autres fictions consacrées à la souveraine guillotinée[14]).

La légende noire de Catherine de Médicis, reine (1547-1559), puis « gouvernante de France », enfin régente[15], s'est alimentée à

---

14. À titre d'exemples : *Marie-Antoinette, journal d'une reine* d'Évelyne Lever, Paris, Robert Laffont, 2005 ; *Les Diamants de la guillotine* de Pierre Combescot, Paris, Robert Laffont, 2003 ; *Au nom de la reine* de Patricia Bouchenot-Déchin, Paris, Plon, 1998 ; *Les « Larmes » de Marie-Antoinette* de Juliette Benzoni, Paris, Plon, 2006.

15. C'est en effet le titre qu'à la mort de son fils aîné François II (décembre 1560), Catherine adopte, jusqu'à la majorité de Charles IX en 1563. Son pouvoir est pratiquement illimité : elle préside les conseils, dispose des droits d'initiative et de contrôle, procède aux nominations et attributions de charges, dirige la politique intérieure et extérieure du royaume. En 1574, elle exerce les fonctions de régente, entre la mort de Charles IX et le retour de Pologne de son frère et successeur Henri III.

des sources multiples, relayées par la littérature et les pamphlets politiques ; elle s'articule, nous semble-t-il, autour d'un axe central : la perversion de la relation entre maternité et souveraineté. La reine, ou la régente de France, est en effet une figure du pouvoir circonscrite par une double relation, la relation roi/reine et la relation mère/fils ; si elle accède au pouvoir, c'est par la seule vertu du couple qu'elle forme avec le roi son époux – elle acquiert ainsi la majesté –, mais aussi avec le ou les fils qu'elle doit enfanter pour accomplir sa mission sur terre. La maternité constitue donc le maillon essentiel qui lie un roi à son successeur ; la reine participe du pouvoir, mais sur le mode ambivalent de l'« agent de liaison » ; elle est tout à la fois sujette et royale, souveraine et dépendante, maternelle et soumise[16]. Or Catherine de Médicis, épouse d'Henri II mort accidentellement au cours d'un tournoi, mère de quatre fils prématurément emportés par la maladie ou victime d'assassinat, brouille les repères communément admis. Sa maternité durement éprouvée ne lui attire aucune sympathie, tout au contraire : elle semble porter les stigmates d'une malédiction que l'opinion commune est prompte à assimiler à un châtiment mérité.

Catherine, sous couvert d'exercer le pouvoir en lieu et place de ses fils mineurs, inexpérimentés ou absents, occupe le devant de la scène politique pendant deux décennies au moins. Un regard distancié serait enclin à admirer un parcours où la passion de la politique s'accompagne, en des circonstances périlleuses, d'une réelle volonté de conciliation (les traités et armistices, certes provisoires et souvent inspirés par des considérations tactiques, entre belligérants catholiques et protestants) et d'efforts ininterrompus pour maintenir l'unité du royaume. À plusieurs reprises, la reine

16. F. Cosandey, *La Reine de France*..., *op. cit.*, p. 328-329.

entreprend de longs et fastidieux déplacements à travers les provinces, assumant le rôle de « commis voyageur royal ». Par ailleurs, le goût qu'elle manifeste pour les arts et les fêtes de cour participe de la conception exigeante qu'elle se fait des fonctions royales, « métier » à part entière qui suppose un travail assidu ; en témoigne sa correspondance, riche d'environ sept mille lettres[17]. Mais la mémoire populaire n'a conservé que l'image tout à la fois fascinante et repoussante de la marâtre, la méchante reine des contes, la sorcière dont l'apparition, drapée dans des voiles noirs de veuve maléfique, exorcise la mauvaise conscience collective de la Saint-Barthélémy.

La « Reine noire », l'une des femmes « les plus méprisées de l'histoire[18] », cumule les traits et attributs d'une agressive antiféminité que font ressortir, par effet de contraste, les jolies filles de son « escadron volant » enrôlées au service des plus basses manœuvres. Les portraits qui agrémentent les apparitions de la reine dans les romans cités plus haut s'appesantissent à l'envi sur la silhouette trapue de « vieille femme », le visage bouffi, les yeux globuleux de batracien, les mains « courtes et grasses »[19], la voix mielleuse, bref, insistent sur une laideur repoussante censée révéler la méchanceté de l'âme. Comment donc s'étonner que le roi son époux ait préféré à la « méchante fée[20] » la délicieuse Diane de Poitiers, parangon des grâces et séductions féminines, comme le rappelle Michel Zévaco dans *L'Épopée d'amour* ? À ce chœur unanime ne manque qu'une voix, celle de l'ironique Mérimée : « C'est une grosse femme encore fraîche, et, comme l'on dit, assez

17. Janine Garrisson, « Catherine de Médicis, “un grand roi” », *L'Histoire*, n° 22, avril 1980.

18. *Ibidem*

19. H. Mann, *Le Roman d'Henri IV…, op. cit.*, p. 59.

20. *Ibidem*, p. 130 *sq.*

bien pour son âge. [...] Elle a les yeux à demi fermés, elle bâille à tout moment ; sa voix est monotone, et dit du même ton : “Ah ! qui me délivrera de cette odieuse Béarnaise ?” et “Madeleine, donnez du lait sucré à mon chien de Naples[21].” »

Déconsidérée comme femme, Catherine l'est aussi comme mère : elle est accusée de susciter et d'attiser les rivalités entre ses enfants afin de mieux asseoir sa domination. Dans *La Reine Margot*, Dumas exacerbe le motif de la mère dénaturée dont les ruses criminelles, conçues pour protéger les prérogatives de sa progéniture, en précipitent la fin lamentable : le livre empoisonné destiné à Henri de Navarre tombe accidentellement entre les mains de Charles IX. L'artifice, produit d'un cerveau tortueux incapable de vision à long terme, est, à la différence de la raison d'État, impossible à justifier, il est voué à l'échec car contraire au « sens de l'histoire ». Catherine, la mère « déviante », à tous les sens du terme, qui refuse de céder son droit d'assister le roi son fils à ses derniers moments, « droit de reine » et « droit de mère », est démasquée par l'agonisant : « ... cette mère dénaturée ôte ce qu'elle donna[22] ». Déviante, Catherine l'est dans la mesure où elle laisse son appétit de pouvoir contrecarrer et étouffer sa fonction maternelle, en violation de la norme prescrite aux souveraines ; la maternité entre dès lors en conflit avec les attributs de la royauté : « La mère avait un remords ; la reine avait une terreur ; l'empoisonneuse avait un retour de haine[23]. »

C'est précisément en cette perversion des fonctions de la maternité royale que réside l'« usurpation » du pouvoir, d'après

---

21. P. Mérimée, *Chronique du règne de Charles IX, op. cit.*, p. 135.

22. A. Dumas, *La Reine Margot, op. cit.*, p. 514.

23. *Ibidem*, p. 516.

la légende noire qui se nourrit aussi des circonstances liées à la difficile accession de la reine au plein exercice de l'autorité : nécessité de négocier âprement sa place à la tête du gouvernement, habileté à brouiller les cartes et à exploiter les divisions de ses adversaires. La vision véhiculée par Dumas, Robert Merle ou Heinrich Mann s'inspire des libelles publiés à foison au cours des guerres de religion ; l'image de la sinistre veuve noire constitue un pendant trop exactement symétrique au sémillant monarque qu'un « panache blanc » signale à l'attention bienveillante pour ne pas inspirer quelques réserves quant à sa véracité... S'y ajoute le fait que le caractère par définition nébuleux du pouvoir de régent-e et la considérable marge d'interprétation et d'action qu'il autorise jettent la suspicion sur une autorité qui n'existe que par délégation royale et reste intrinsèquement contestable, à la différence de la souveraineté et de l'autorité du roi sacralisées par l'onction divine du sacre. Si la reine mène en maîtresse quasi absolue les affaires de la France, c'est parce que le roi lui a accordé sa confiance, mais s'il lui maintient sa confiance, c'est parce qu'elle le manipule : le mécanisme de délégitimation se referme sur la souveraine qui, par sa longévité politique et l'ampleur de sa sphère d'activité, outrepasse des droits étroitement encadrés et facilement contestés. Tous les régents et régentes de France se sont vu reprocher une gestion calamiteuse des affaires du royaume. Mais lorsque le pouvoir est exercé par une femme, Catherine de Médicis ou Anne d'Autriche – par définition reine, mère et issue d'une dynastie étrangère, italienne ou espagnole dans les cas cités –, il fournit une cible évidente aux accusations d'usurpation qui varient le motif de la « séquestration du roi[24] ». Dans cette perception, le détournement de la fonction maternelle et l'abus d'autorité, joints

24. F. Cosandey, *La Reine de France...*, *op. cit.*, p. 325.

à l'atavisme étranger, sont aggravés par la soumission à une influence masculine plus ou moins teintée de dépendance sexuelle. Le portrait d'Anne d'Autriche en femme à tous égards dominée par *il signor Mazarini (Vingt Ans après)* fait écho, *mutatis mutandis*, à celui de Catherine flanquée de son complice et mentor Ruggieri.

L'italianité de Catherine constitue en effet une circonstance aggravante, pour ne pas dire déterminante ; les manœuvres politiques plus ou moins licites (acheter ses ennemis pour les neutraliser) relèvent, selon qu'il s'agit de la Florentine ou du Béarnais, d'un machiavélisme cynique mais étriqué, à l'échelle d'une principauté italienne, ou du souci de pacification d'un grand État menacé par les factions[25]. Sous l'influence de Michelet, apôtre du génie national de la France et auteur très sensibilisé à toutes les formes de persécutions religieuses, l'historiographie romantique a activement contribué à forger l'image violemment péjorative – le « mufle Médicis » dont parle Michelet – de l'étrangère dotée d'un accent italien prononcé qui semble bien être une invention xénophobe tardive, appuyée sur les textes d'époque, tel ce libelle protestant de 1579 qui déplore : « L'Italien nous a vomi une racaille infinie que ceste femme a favorisée et enrichie des trésors de la France[26]. »

L'usurpation paraît d'autant plus choquante que la dimension maternelle de la reine est dotée d'une forte aura religieuse. L'historienne Fanny Cosandey rappelle en effet que l'image de la reine a servi de référence à la construction iconographique de la mère du Christ représentée au tympan des cathédrales en reine des cieux, sceptre en main, couronnée par le Père et le Fils[27]. À la fin

---

25. Voir J. Garrisson, « Catherine de Médicis, "un grand roi" », *op. cit.*

26. *Ibidem.*

27. F. Cosandey, *La Reine de France...*, *op. cit.*, p. 278 *sq.*

du XVe siècle se dessine une évolution : à la Vierge conçue à l'image de la reine se substitue la reine conçue à l'image de la Vierge. La reine des cieux est alors transfigurée en modèle dont est censée s'inspirer la souveraine terrestre ; comme Marie, elle est l'intermédiaire entre le Père et le Fils. La valorisation croissante de l'image mariale donne naissance à une « forme conceptuelle et métaphorique de l'idéal féminin où les vertus et la vie de la Vierge servent de référence à des princesses dont la position sociale impose un comportement irréprochable[28] ». La maternité royale, incarnation terrestre de la maternité de Marie, place la succession dynastique sous le signe du sacré : la naissance d'un « fils de France » relève d'une vision mythique de la dévolution statutaire du royaume[29].

L'effritement du modèle dû au processus de privatisation de la personne royale féminine, sous la poussée de l'absolutisme monarchique qui, concentrant toute l'attention sur le roi, rejette les deux dernières reines de France (Marie Leszczynska, Marie-Antoinette) dans la sphère domestique de la famille, renforce la tension entre la souveraineté de la reine, ancrée au cœur d'un système immuable, et l'insistance sur ses fonctions d'épouse et de mère. Cette tension n'est pas totalement inédite, elle est cependant exacerbée par l'évolution des mentalités au siècle des Lumières qui met au goût du jour les joies du cercle familial, y compris chez les souverains (Louis XV, Louis XVI), volontiers enclins à apprécier l'intimité de leurs « petits appartements ». De Marie-Thérèse en permanence soumise à un lourd cérémonial de

28. *Ibidem*, p. 283.

29. Voir toutes les représentations liées à la maternité tardive et « miraculeuse » d'Anne d'Autriche.

cour à Marie Leszczynska qui se voit accorder une existence retirée proche des normes de la sociabilité « bourgeoise », on assiste à une mutation du modèle, parachevée dès l'arrivée en France de Marie-Antoinette[30]. La reine se trouve alors enfermée dans une inconfortable situation en porte-à-faux, écartelée entre des exigences contradictoires mais également impérieuses ; la préservation de son rôle d'épouse et de mère, qui lui confère un droit à la jouissance d'un espace privé, droit appréciable mais dangereux car il minore son importance politique et estompe l'aura de majesté la séparant du commun des mortels, entre nécessairement en conflit avec la dimension souveraine qui exige une présence publique constante la plaçant au cœur même de ce lieu de pouvoir qu'elle ne doit pas approcher[31].

C'est la force de la monarchie qui crée la faiblesse des reines : la présence de Marie-Antoinette aux comités ministériels pose problème, ce qui n'était pas le cas au XVIIe siècle pour Marie de Médicis. Or cet effacement politique ne diminue en rien son capital symbolique d'« actrice principale du spectacle de majesté[32] ». La reine se trouve placée au cœur d'un réseau de relations de pouvoir où elle ne peut agir qu'à titre personnel, comme dispensatrice de faveurs et de prébendes ; elle donne inévitablement l'impression de défendre des intérêts personnels et des coteries courtisanes. En se réfugiant dans l'espace privé du Trianon, elle alimente les rumeurs calomnieuses : si elle se soustrait aux regards, c'est qu'elle se livre à la débauche, si elle est mère, c'est d'un bâtard. Mais si elle affirme son rôle de représentation à la cour, elle outrepasse ses

30. F. Cosandey, *La Reine de France...*, *op. cit.*, p. 376 *sq*.

31. *Ibidem*, p. 376.

32. *Ibidem*.

attributions et mène le royaume à sa perte. Cette dégradation de l'image de la reine s'explique tout autant par la dévalorisation progressive de son statut, paradoxale conséquence de la curialisation et de l'absolutisme monarchique, que par les propres inconséquences de Marie-Antoinette. L'engrenage qui conduit à la chute de la royauté est enclenché : les accusations d'infidélité et de trahison remettent en cause la légitimité de la succession et des principes de dévolution. « Plus le roi est puissant, plus la reine est absente ; plus elle est absente et plus elle est fragile ; plus la reine est fragile, plus le roi est menacé. [...] La privatisation de la personne royale, amorcée de longue date, trouve sur l'échafaud son point d'aboutissement[33]. »

Ces considérations éclairent la nature et les arrière-plans de la fascination exercée par la dernière reine de France, thème central du roman de Chantal Thomas, *Les Adieux à la reine*, mais aussi du cycle d'Alexandre Dumas qui embrasse la fin de l'Ancien Régime et les débuts de la Révolution jusqu'à la chute de la monarchie. La Marie-Antoinette qui, successivement, apparaît à la sortie du bal de l'Opéra, puis en patineuse enjouée sur la pièce d'eau des Suisses, puis en imposante souveraine *(Le Collier de la reine)* porte à l'incandescence l'ambivalence constitutive de la majesté au féminin, déjà perceptible dans la figure d'Anne d'Autriche, femme amoureuse et reine, puis régente de France *(Vingt Ans après)*. Marie-Antoinette, doublée dans le cycle de Dumas par Andrée de Taverney, son amie rivale en amour, s'impose aux regards, tant elle est « belle de cet éclat royal qui confondait autour de son trône les amis de la royauté et les adorateurs de la femme ; elle avait la puissance de la beauté, et qu'on nous pardonne cette

33. *Ibidem*, p. 382-383.

inversion de l'idée, elle avait aussi la beauté de la puissance[34] ». À travers les péripéties de l'affaire du collier qui entache définitivement sa réputation (1784-1786), puis les événements révolutionnaires *(Ange Pitou, La Comtesse de Charny)*, la Marie-Antoinette de Dumas oscille entre le souci d'affirmer son droit au bonheur privé et à l'amour (sa liaison avec Olivier de Charny, transposition d'Axel de Fersen) et ses prérogatives de souveraine ; impuissante à concilier l'humanité et la majesté, vaincue, dépossédée, déchue, elle perd sur tous les tableaux. Femme « fatale » en dépit d'elle-même, elle échoue, en dépit de sa bonne volonté, de sa grâce et de son charme, à conjurer le mauvais sort qui semble s'attacher à elle : l'arrivée de la Dauphine sur le sol français s'accompagne d'inquiétants présages et les réjouissances populaires orchestrées le 20 mai 1770 à l'occasion de son mariage se terminent en incendie et en bousculade, causant des centaines de morts, épisode largement décrit dans *Joseph Balsamo*[35] qui prend valeur prémonitoire.

Le roman *Les Adieux à la reine* met brillamment en scène cette polarité entre la femme et la reine, doublée d'un jeu d'alternances entre le présent (le Vienne natal de Marie-Antoinette où survit, en 1810, un petit cercle d'émigrés nostalgiques) et le passé (Versailles, au cours des trois décisives journées encadrant la prise de la Bastille). En surimpression, des constellations d'images antithétiques contrastant la règle et le chaos, le luxe de la vie de cour

---

34. A. Dumas, *Le Collier de la reine*, tome I, chapitre VIII, « Le petit lever de la reine », Paris, Le Livre de Poche, 1968, p. 167.

35. A. Dumas, *Joseph Balsamo*, chapitre XV, « Magie », et chapitres LXVII et LXVIII, « Le feu d'artifice » et « Le champ des morts ». À rapprocher de Chantal Thomas, *Les Adieux à la reine*, Paris, Le Seuil, 2002 ; au lendemain du 14 juillet, la reine dit adieu à ses amis Polignac sur le point de quitter la France : « Adieu. Je porte malheur à ceux que j'aime » (p. 232).

et la crasse du palais infesté de rats et de punaises, le sentiment de « temps immense » et l'irruption de la débâcle, l'« ÉVÉNEMENT » qui s'impose brutalement et emporte sans retour un art de vivre, une société, un régime[36], les couloirs et les espaces de passage des anonymes (la ménagerie, la petite Venise) et les lieux de la mise en scène du pouvoir, le salon de Jeu, la Grande Galerie, les grands appartements et le « Grand Degré », cet escalier qui hante les rêves de l'exilée, métaphore architecturale du cérémonial hiérarchique où s'ordonnancent les titres et fonctions, Grand Fauconnier, Grand Louvetier, Grand Veneur, Grand Écuyer.

Tour à tour objet de vénération et cible vilipendée des pamphlétaires qui la couvrent de boue[37], l'image de Marie-Antoinette en femme fatale qui concentre sur sa personne les séductions de la femme et la fascination du pouvoir se démultiplie en facettes contrastées, reflétées dans les miroirs des cabinets et des galeries d'apparat et les réminiscences du temps perdu où s'absorbe la narratrice : la silhouette « immense, énorme » de la femme enceinte en négligé qui prend de l'exercice en arpentant la galerie des Glaces, l'insomniaque « angoissée, mal réveillée, complètement inattentive », la coquette passionnément absorbée par son « Cahier d'atours », la figure hautaine qui arbore au balcon du château, dans l'après-midi du 15 juillet, un air dur et fermé, avec cette moue qui lui donne l'air méprisant, l'idole parée des bijoux rassemblés pour la fuite, semblable à une déesse barbare, qui, « hypnotisée, fixait dans un miroir de sa coiffeuse cette vision d'elle étincelante », la souveraine déjà déchue en robe grise, tout

---

36. C. Thomas, *Les Adieux à la reine, op. cit.*, p. 50 et p. 78. Dans une interview à *L'Humanité* (17 octobre 2002), Chantal Thomas note que le souvenir de *La Semaine sainte* d'Aragon l'a accompagnée pendant la rédaction de son roman.

37. Spécialiste du XVIIIe siècle, Chantal Thomas est, entre autres, l'auteur de *La Reine scélérate. Marie-Antoinette dans les pamphlets*, Paris, Le Seuil, 1989.

unie, avec une mèche qui lui tombe sur le front[38]. La scène des bijoux revêt une importance symbolique qui suggère l'ambivalence de la figure de la reine, illustrée par la confusion entre ses biens privés – les joyaux lui appartenant en propre – et les marques ostentatoires de sa souveraineté – les bijoux de la couronne qu'elle se doit d'arborer à l'occasion des cérémonies officielles pour remplir sa fonction de représentation[39].

Souveraine d'un « royaume de la Beauté » où tout n'est que douceur et extrême élégance, Marie-Antoinette subjugue ses fidèles, sans jamais les contraindre : elle évite de donner des ordres et préfère indiquer, suggérer, demander chaque chose « comme un service qu'on voudrait bien lui rendre et pour lequel elle serait infiniment reconnaissante[40] ». Elle survit dans le souvenir ébloui de la narratrice comme un être d'une essence exceptionnelle dont la fragilité et la vulnérabilité affective attestent toutefois l'émouvante humanité. Cette divinité, qui « se mêlait à nous par complaisance, par bonté ; en réalité, elle relevait d'un autre ordre de mesure, elle se mouvait dans une autre sphère, celle des statues du parc et des déesses qui émergeaient des bassins », ressent durement la solitude du pouvoir. L'amie de cœur, Gabrielle de Polignac, trahit l'amitié de la reine : à l'image des courtisans, elle invoque Fidélité, Dévouement, Sacrifice tout en activant les préparatifs de fuite.

Mais le regard du « peuple » fixe l'image déformée de l'Autrichienne corruptrice semant la destruction et le malheur ; les

38. C. Thomas, *Les Adieux à la reine, op. cit.*, p. 17, p. 30, p. 36, p. 65, p. 101 et p. 103.

39. F. Cosandey, *La Reine de France…, op. cit.*, p. 88.

40. C. Thomas, *Les Adieux à la reine, op. cit.*, p. 30-31.

huissiers censés monter la garde sous les fenêtres de la chambre de la reine se laissent aller, dans l'atmosphère croissante de déliquescence de l'ordre ancien, à des propos qui colportent les calomnies et les insultes répandues dans les libelles, reproductions fidèles des stéréotypes plaqués sur le pouvoir au féminin.

> C'est fou ce qu'elle est autrichienne.
> Tout en elle. Ses cheveux orange, son nez coupant
> Ses cheveux carotte, son nez de Polichinelle.

Femme et étrangère, donc souveraine déficiente qui manque à son devoir de représentation en laissant prévaloir ses appétences et goûts personnels : de ses « lèvres dégoûtées », Marie-Antoinette « fait semblant » de manger et de boire lors de la cérémonie dite du Grand Couvert, ce qui revient à « tromper la Nation » et à décevoir le peuple qui veut voir manger sa reine. Épouse royale, elle est soupçonnée d'exercer une influence délétère et de pratiquer la sorcellerie :

> Elle le rend malade (le roi). Elle l'empoisonne à petites doses. Elle a du poison caché dans ses bagues. Elle utilise aussi le verre pilé. Médicis !

Mère d'un Dauphin emporté par la maladie, la reine « marâtre » est aussitôt accusée d'avoir empoisonné son propre fils. Pas de châtiment trop dégradant pour la criminelle « autrichienne, lesbienne, même chose » : elle sera marquée au fer rouge, enchaînée avec des « charretées de salopes, ses consœurs, jetée sur un bateau et envoyée à l'île de Tahiti, chez les sauvages, elle y sera pêcheuse » ou, mieux encore, on lui rasera la tête et on l'obligera à balayer les rues de Paris, « à poil, pourquoi continuer de lui payer des vêtements ? »[41].

---

41. C. Thomas, *Les Adieux à la reine*, *op. cit.*, p. 128 *sq.*

Trop femme en reine, trop reine en femme, Marie-Antoinette est le bouc émissaire voué à la stigmatisation collective : frivolité, coquetterie, hauteur, indifférence à autrui, elle concentre et exacerbe les stéréotypes de la féminité et du pouvoir. Peu importe, en effet, que le piètre état des finances du royaume soit imputable, non aux prodigalités de la reine mais aux dépenses engagées pour soutenir la guerre d'Indépendance américaine : « Avec les femmes au pouvoir, on en vient toujours aux paires de chaussures[42]... »

---

42. Chantal Thomas, entretien, *L'Humanité*, 17 octobre 2002.

11. LECTURES MYTHOLOGIQUES

La fiction historique se plaît à accumuler les épisodes mouvementés et à dresser le tableau d'époques de cataclysmes ou de bouleversements ; elle se nourrit de l'évocation d'événements mémorables ou spectaculaires, vit de et dans la pléthore. Quel meilleur contrepoids à une modernité désenchantée, sans aspérités, de passions tièdes et de mœurs uniformisées ? La fuite hors du présent trivial, la recréation d'un passé rêvé ou perversement attirant par ses excès concrétise un fantasme de toute-puissance : le romancier se fait démiurge, maître évocateur de réalités qu'il a la puissance de ressusciter, inventeur génial d'une machine à remonter le temps. Les personnages, célèbres ou anonymes, s'animent, ils parlent une langue qui est aussi la nôtre : le temps du roman s'identifie au temps d'une illusion offerte et acceptée, d'un trompe-l'œil qui abolit la succession des générations. Le temps du roman historique, c'est, selon les œuvres et les auteurs, celui de l'histoire événementielle, mais aussi celui de mœurs étrangères aux usages contemporains, et enfin celui du temps transhistorique des mythes.

Mythe et fiction historique entretiennent une relation de parenté étayée par des affinités électives : l'ancrage dans la fiction, la hiérarchisation sélective des éléments du récit et le rapport au temps. Récit fondateur opérant par mise en scène de personnages, de décors et d'objets chargés de « prégnance symbolique » (Gilbert Durand), le mythe transpose et transfigure la réalité en la soumettant au filtrage d'une lecture paradigmatique : il est doté d'une logique propre qui vise à extraire une vérité essentielle de tout acte humain existentiel, naissance, prise et légitimation du pouvoir, formation d'une communauté identifiée, relation à la mémoire et accès à l'immortalité. En parlant par détours et en se parant de masques, le mythe rend le réel intelligible. Par ailleurs, il vit sous le signe du sacré, tout d'abord parce qu'il relate souvent un événement ancré dans un temps primordial, le temps fabuleux des « commencements[1] » qui inaugure une histoire parée de tous les éblouissements de cette origine prestigieuse. Le récit mythique est doté d'un caractère dilemmatique : il met en scène des tensions et des antagonismes auxquels il fournit des réponses incantatoires et simplificatrices. Comme il participe tout à la fois du réel et du sacré, de l'archaïque et du moderne, il est exemplaire et donc répétable, car il propose un modèle et une justification aux actions humaines ainsi qu'un schéma interprétatif transposable à tous les événements, quel qu'en soit le contexte : il les inscrit ainsi dans une double perspective, fondamentalement transhistorique, d'irréversibilité et de reproductibilité. De ce fait, le mythe appréhende l'homme comme un être placé sous le double signe de la finitude et de l'immortalité.

Les mythes liés à la fuite du temps se déclinent en plusieurs versions qui se répondent et se complètent : l'âge d'or, l'éternel retour, la conspiration, l'âge de la décadence et de la chute, le mythe millénariste du sauveur. Ainsi le mythe des origines qui rattache un groupe national à la vision idyllique d'un passé intemporel – les Germains aux mœurs pures des forêts impénétrables, les Slaves vivant dans de paisibles communautés sans pouvoir politique – forme-t-il une variante de l'inépuisable mythe de l'âge d'or. Temps cyclique ou succession des âges, le temps du mythe déroule les phases qui dessinent la trame d'un plan invisible de la Providence ; il transforme la pluralité des événements

1. Mircea Eliade, *Aspects du mythe*, *op. cit.*, p. 15. Voir aussi, du même auteur, *Mythes, rêves et mystères*, Gallimard, 1957.

historiques en unité dotée de sens, exerçant ainsi une double fonction, conciliatrice et conservatrice, répressive et libératrice.

La nostalgie de l'âge d'or

Le roman historique n'atteint pas, par définition, ce que Raoul Girardet appelle le « troisième palier[2] » de la construction mythique, celui de la non-histoire, c'est-à-dire un temps de référence non daté, non répertorié, non comptabilisable qui n'est plus lié à une périodisation et qui se présente comme un absolu libéré de toute dimension chronologique, le temps de l'innocence et du bonheur de l'état de nature, du paradis originel. Mais le choix des périodes que le romancier historique s'emploie à ressusciter doit se lire comme une superposition de significations et de desseins rassemblée autour d'une constante : la société recréée possède une unité organique qui est, indissociablement, celle du récit clos sur lui-même et celle d'événements organisés en une entité temporelle cohérente. Cette unité, cette cohérence se dessinent en contrepoint du monde qui forme le cadre de l'existence de l'auteur et des lecteurs, la société moderne née de l'industrialisation, de la révolution politique et de l'avènement d'une société égalitaire des individus. La vulgate sociologique du XIXe siècle, abondamment relayée par le discours des élites intellectuelles (de Tocqueville à Taine, Renan ou Nietzsche) et artistiques (le mouvement romantique européen, Flaubert, Baudelaire), s'est complu à fustiger le nivellement des conditions et des productions de l'esprit, fruit déplorable d'une société disloquée, dominée par le souci du

2. Raoul Girardet, *Mythes et mythologies politiques*, *op. cit.*, p. 101.

matériel et de la rentabilité quantitativement mesurable[3]. Le roman historique participe de ce mouvement de fond : la mise en scène du passé suggère, clairement quoique implicitement, la volonté de se distancier d'un présent désenchanté, si bien qu'on pourrait se demander si le romancier historique n'est pas, fondamentalement, un conservateur qui, selon les cas, s'ignore ou se revendique comme tel.

Les auteurs classiques, Vigny, Dumas, Mérimée, Gautier, se délectent à faire revivre l'âge révolu de l'éthique aristocratique, incompréhensible aux « boutiquiers » de l'âge bourgeois, raisonnable et pondéré. La naissance du héros chevaleresque prompt à dégainer pour défendre son honneur ne se conçoit guère indépendamment de ce contexte qui autorise cependant un traitement littéraire plus ou moins distancié. À cet égard, la complaisance admirative, teintée d'effroi, pour les duels, enlèvements, crimes passionnels ou politiques qui s'exprime à longueur d'épisodes ne relève pas exclusivement du souci de respecter des codes narratifs destinés à divertir et à « dépayser » le lecteur ; elle témoigne aussi de la vigueur avec laquelle s'exprime le sentiment d'étrangeté face aux mœurs du passé. Ce face-à-face qui contraste, voire oppose les temps de passions affadies et les temps de fougueuses pulsions, la « douceur » démocratique et la « barbarie » sanguinaire, n'est pas exempt de nostalgie, car c'est précisément de

3. Parmi la très abondante littérature consacrée au sujet, voir par exemple : Mona Ozouf, *Les Aveux du roman. Le XIXe siècle entre Ancien Régime et Révolution*, Paris, Fayard, 2001 ; Antoine Compagnon, *Les Antimodernes de Joseph de Maistre à Roland Barthes*, Paris, Gallimard, 2005 ; ou Peter Gay, *Une culture bourgeoise, 1815-1914. Londres, Paris, Berlin : biographie d'une classe sociale*, Paris, Autrement, 2005. L'ouvrage de Nathalie Heinich, *L'Élite artistique. L'excellence et la singularité en régime démocratique*, Paris, Gallimard, 2005, fournit également des éléments intéressants.

contraste et de démesure que se nourrit le roman historique. On touche à un paradoxe constitutif de la « muse démocratique », selon l'expression de Mona Ozouf : la littérature du XIXe siècle, en particulier la fiction, s'attache à représenter l'érosion des hiérarchies et la massification sociale. Ce faisant, elle participe, tout en s'en démarquant, du désenchantement du monde.

Le paradoxe est peut-être plus profond encore dans le cas du roman historique : roman du peuple et des peuples, fruit de la démocratisation, il est voué à la recréation d'époques « intéressantes », c'est-à-dire placées sous le signe de la singularité, et à la résurrection de héros individuels ou collectifs que leur exemplarité dans le bien ou le mal extrait de la condition commune et de la plate existence dévolue à l'*homo democraticus*, englué dans le souci de bien-être et de bonheur tranquille. Genre « démocratique », au sens étymologique du terme, le roman historique voue un intérêt passionné à l'âge aristocratique et monarchique, qu'il représente et évalue à l'aune du temps présent – et réciproquement –, en une recomposition implicite mais éclairante du mythe de l'âge d'or. Mérimée, qui pourtant affiche une lucidité distanciée envers les temps de « barbarie » et plaide pour une appréciation différenciée et relativiste des normes de comportement, glisse une allusion à la « décadence des passions énergiques[4] » caractéristique des mœurs contemporaines : le progrès produit un homme policé, mais affadi.

Plus généralement, la démarche nostalgique, voire « conservatrice » ou « antimoderne » de la fiction historique trouve une

4. P. Mérimée, préface (1829) à la *Chronique du règne de Charles IX*, *op. cit.*, p. 36. « C'est ainsi que vers 1500 un assassinat ou un empoisonnement n'inspiraient pas la même horreur qu'ils inspirent aujourd'hui. [...] Ce qui est crime dans un état de civilisation perfectionné n'est que trait d'audace dans un état de civilisation moins avancé, et peut-être est-ce une action louable dans un temps de barbarie. »

formulation exemplaire dans cette confidence de Flaubert, à l'époque de la rédaction de *Salammbô* : il dit ressentir le « besoin de sortir du monde moderne, où ma plume s'est trop souvent trempée et qui d'ailleurs me fatigue autant à reproduire qu'il me dégoûte à voir[5] ». Rares sont toutefois les œuvres qui mettent explicitement la protestation antimoderne, nourrie de nostalgie pour un monde englouti par l'histoire, au cœur même du projet romanesque. Les exemples les plus célèbres sont *Cinq-Mars* ou *Le Chevalier des Touches*, texte dans lequel Barbey d'Aurevilly laisse percer son dégoût d'une époque matérialiste qui veut défricher, niveler, domestiquer les terroirs comme l'âme humaine[6] ; la chouannerie, c'est la « guerre de sublimes dupes[7] », l'ultime sursaut d'une société où prévalait l'éthique aristocratique des preux prêts à mourir pour Dieu et le roi.

Dans la représentation de l'« âge d'or aristocratique », un certain nombre de constantes demeurent ; au premier chef, le mépris de l'argent et de l'accumulation de richesses propre au « galant homme », tels le noble Athos qui, en une parodie burlesque de la bataille de Salamine, met à mal l'aubergiste dont la roture éclate dans la cupidité doublée de couardise *(Les Trois Mousquetaires)* ou le gentilhomme qui propose spontanément au héros désargenté de la *Chronique du règne de Charles IX* : « Tenez, mon cher ami [...], faites état de moi comme de votre trésorier[8]. » L'éthique aristocratique se nourrit d'un autre ingrédient indispensable, l'héroïsme, inné à qui s'inscrit dans un lignage sans tache. Ainsi, le baron de Sigognac

---

5. T. Ferraro, *Flaubert. Études de Madame Bovary, Salammbô, l'Éducation sentimentale, op. cit.*, p. 214.
6. Voir la préface de Jacques Petit dans l'édition Folio (1976), p. 16.
7. Barbey d'Aurevilly, *Le Chevalier des Touches*, Paris, Gallimard, « Folio », p. 116.
8. P. Mérimée, *Chronique du règne de Charles IX, op. cit.*, p. 85.

reste sous sa défroque de capitaine Fracasse le « seigneur » qui, même réduit à l'état de baladin, proclame dans toutes ses attitudes que bon sang ne saurait mentir : « Quand le traitant s'habille de toile d'or, la noblesse a des trous à son manteau, mais par ces trous, on voit l'honneur[9]. » De même, la modestie et la délicatesse « innées » d'Isabelle, surprenantes chez une enfant de la balle, trouvent avec le dénouement qui établit sa naissance aristocratique leur explication. *A contrario*, le triste dénonciateur Bonacieux *(Les Trois Mousquetaires)* incarne le prototype de la trivialité boutiquière qui conjugue bassesse, esprit de lucre, couardise et hypocrisie.

C'est dans la pratique du duel que la logique de l'honneur trouve son extériorisation la plus ostentatoire, ainsi que ses limites. Peu soucieux de gaspiller le sang quand il s'agit de défendre les prérogatives d'un statut et d'un art de vivre, le duelliste condamné par la rationalité étatique – les édits de Richelieu prohibant cette pratique – incarne ces « passions énergiques » devenues incongrues. L'intériorisation de normes de comportement conformes aux exigences d'un État fort contrôlant les pulsions individuelles crée en effet un gouffre d'incompréhension entre l'homme « moderne » et le « raffiné » de l'âge baroque, « un galant homme dans la perfection, un homme qui se bat quand le manteau d'un autre touche le sien, quand on crache à quatre pieds de lui, ou pour tout autre motif aussi légitime[10] ».

Le mythe de l'âge d'or se pare donc, dans le contexte français, d'une coloration particulière qui met l'accent sur la rupture entre

9. T. Gautier, *Le Capitaine Fracasse, op. cit.*, p. 63.

10. P. Mérimée, *op. cit.*, p. 92. Voir aussi, dans les premiers chapitres des *Trois Mousquetaires*, les circonstances des duels qui permettent à d'Artagnan de faire connaissance avec ses amis (le mouchoir d'Aramis, le baudrier de Porthos et l'épaule d'Athos).

l'état passé de la société et l'état présent, la France d'Ancien Régime et la France née de la Révolution. Le « bon vieux temps » où prévalaient les liens d'interdépendance personnelle – le maître et son valet, couple inégalitaire uni par un lien affectif fort – inspire toutefois des sentiments mélangés. Plus que le regret d'un Ancien Régime condamné par l'évolution historique, la représentation de la société aristocratique suggère le désenchantement qu'inspire une modernité dont on reconnaît les bienfaits en termes de progrès, mais aussi la morne platitude, peu propice à l'enthousiasme et aux sentiments exaltés. Le souci d'établir, fût-ce implicitement, la filiation entre la France monarchique et la France postrévolutionnaire rejoint par ailleurs une préoccupation qui traverse l'histoire du XIXe siècle français : définir son identité, c'est se situer par rapport à l'héritage partagé, c'est évaluer le poids de la tradition et les apports du présent, ce n'est pas, comme dans d'autres pays d'Europe, défendre son droit à l'existence comme nation indépendante dotée d'un État.

La résurgence du mythe de l'âge d'or parcourt la trame du cycle de *La Chambre des dames* de Jeanne Bourin, dont le premier volume, publié en 1979 et préfacé par l'historienne Régine Pernoud, a inauguré une vague de relectures, en forme de réhabilitation, du « bon vieux temps » du roi saint Louis, et plus généralement du Moyen Âge, période qui dans la production des vingt dernières années se taille une part privilégiée. Cette prédilection pour l'imagerie médiévale ne constitue pas, à dire vrai, un phénomène inédit ni spécifiquement français. Le roman historique des précurseurs avait ouvert la voie, avec une complaisance marquée pour tous les « marqueurs de médiévalité[11] » censés

---

11. Isabelle Durand-Le Guern, « Lecture et écriture du Moyen Âge », *in* M. Arrous (dir.), *Dumas, une lecture de l'histoire, op. cit.*, p. 33.

souligner l'excentricité temporelle, les usages « rudes et barbares » souvent figés en stéréotypes hérités de Walter Scott, preux chevaliers et croisés, tournois, banquets égayés de jongleurs et de ménestrels. Dumas, qui avait lui-même sacrifié à la mode du moment, relevait avec humour : « Aussitôt la foule se précipita sur le minerai, et pendant quelques années, il y eut un grand gaspillage de pourpoints, de chaperons et de poulaines ; un grand bruit d'armures, de heaumes et de dagues[12]... »

Chez Jeanne Bourin, la représentation porte beaucoup plus nettement la marque d'une lecture filtrée par une vision mythifiée. L'insistance apportée à la description des pratiques d'hygiène corporelle, des rites de sociabilité et des pratiques culinaires s'inscrit dans la vogue contemporaine de l'« histoire des mentalités » et du quotidien, y compris trivial, mais cela ne constitue que le point de départ préalable à la volonté de réhabilitation du temps des cathédrales. Le tableau qui se dégage de l'évocation minutieuse de la vie quotidienne chez des bourgeois de Paris au XIIIe siècle met en évidence un extrême raffinement qui contraste avec la vision romantique. Point de cour des Miracles ni de gibet de Montfaucon portant les squelettes embrassés de Quasimodo et d'Esméralda, pas de serfs écartelés par des seigneurs brutaux, de famine ni de peste, mais des hôpitaux et hospices propres et accueillants, en tout point dignes de leur fonction sociale de protection des humbles et souffrants...

Mais surtout, le cycle de romans exalte l'harmonie qui régit des rapports sociaux pacifiés par la hiérarchie – le roi en père de

12. Alexandre Dumas, préface à *La Comtesse de Salisbury*, cité in I. Durand-Le Guern, « Lecture et écriture au Moyen Âge », *op. cit.*, p. 38. Cette représentation est bien loin d'une vision idéalisée de ce que Scott appelle dans *Ivanhoé* une époque « de ténèbres et d'ignorance ».

famille bienveillant au sommet de la pyramide – et par la tripartition des fonctions qui assigne à chacun une place et une identité fixes. Le règne de saint Louis, à l'instar de l'âge d'or, illustre la pérennité d'un rythme de vie scandé par l'apaisante succession des travaux et des jours qui fonde un ordre du monde que rien, pas même l'incursion momentanément déstabilisatrice de la violence des « goliards » (l'enlèvement et le viol d'une sœur de l'héroïne), ne peut durablement ébranler. Désireuse de toucher un public contemporain soucieux d'hygiène, de tolérance et d'émancipation féminine, la romancière insiste sur l'influence des femmes au sein de la famille et de la société, sur leur capacité à exercer les fonctions de médecin ou d'artisan, et projette sur les pratiques religieuses médiévales une vision nettement anachronique. Le cycle de *La Chambre des dames* met en scène un temps mythifié, c'est-à-dire soumis à la sélection et à la hiérarchisation du souvenir, et doté d'une valeur d'exemplarité. Tout à la fois système explicatif et message mobilisateur, le « frémissement d'émotion, esthétique et sentimental[13] » d'un passé nimbé de l'aura des commencements prestigieux contribue à tracer les repères mesurant la distance qui nous sépare du paradis perdu : les « rapports d'homme à homme » déterminant un groupe social clos, hiérarchisé et homogène car lié par des valeurs de solidarité et d'appartenance, suggèrent une volonté de distanciation par rapport à la société contractuelle de l'individualisme libéral, mêlée de suspicion à l'égard de l'argent et des hiérarchies fondées sur le critère matériel. L'exaltation de la patience et de la grandeur des travaux de l'artisan, des soins minutieux apportés à la confection de recettes médicinales à base de « simples », bref, de l'humble

13. R. Girardet, *Mythes et mythologies politiques, op. cit.* Sur le mythe de l'âge d'or, voir p. 97 *sq*.

labeur d'antan s'inscrit en contrepoint d'un monde dominé par la production de masse et la standardisation des procédés de fabrication.

Conspirateurs et initiés

Valeurs et passions nivelées, vacillement de l'ordre du monde, effritement des liens personnels d'interdépendance : la fuite du temps, expérience existentielle qui confronte individus et sociétés à leur finitude et à leur identité, peut être vécue et pensée comme un exil, la perte d'un paradis originel qui fournit un point de repère – « c'était mieux avant » – dans l'évaluation du présent. La recherche de principes d'intelligibilité permettant de conférer un sens à une histoire qui semble se résumer à une succession chaotique et imprévisible d'événements intervient alors pour conjurer les peurs. Le mythe de la conspiration, dont les phases de revitalisation correspondent à des périodes de mutations sociales et politiques, inscrit la logique de causalité au cœur même des événements qu'il permet de réduire à une suite organisée et cohérente de facteurs identifiables dessinant un plan préétabli par une « main invisible ».

C'est alors que le bruit et la fureur de l'Histoire s'ordonnent dans un enchaînement de faits calculés et pensés par une volonté souveraine, le plus souvent maléfique, mais dont la puissance, d'autant plus redoutable qu'elle est occulte, est malgré tout susceptible d'être identifiée et combattue. Se convaincre que le malheur présent résulte de sombres machinations est somme toute plus facile que s'accommoder d'une réalité opaque dépourvue de sens. Dans un certain nombre de situations, mythe de l'âge d'or et mythe de la conspiration se complètent et se renforcent : la désagrégation des mœurs et du tissu social est imputable, au moins partiellement, aux conspirateurs qui visent à une transformation radicale de l'ordre des choses. « C'était mieux avant » parce qu'une société secrète toute-puissante, bénéficiant d'un réseau de complicités dans tous les milieux, tire les fils pour asseoir son emprise... Le complot franc-maçon en fournit un excellent exemple.

Raoul Girardet souligne dans *Mythes et mythologies politiques* le rôle important joué par la fiction romanesque dans la diffusion du mythe de la conspiration à la fin du XIXe siècle, période où la hantise du complot juif mondial fournit au nationalisme de droite confronté à la généralisation du suffrage universel un thème puissamment mobilisateur[14]. Il se réfère à trois œuvres éditées sous forme de feuilleton : deux d'entre elles relèvent du roman populaire, *Biarritz*, publié à Berlin en 1868 par un fonctionnaire prussien révoqué écrivant sous pseudonyme[15], et *Le Juif errant* d'Eugène Sue, paru peu avant la révolution de 1848 ; la troisième est un classique du roman historique, le *Joseph Balsamo* d'Alexandre Dumas, dont l'introduction transporte le lecteur sur la rive gauche du Rhin le 6 mai 1770. Dans les ruines d'une forteresse juchée au sommet du mont Tonnerre se rassemble une étrange compagnie : « Aussitôt et tout autour de la salle des dalles se soulevèrent et des fantômes sans nombre [...] apparurent, armés chacun d'une épée à double tranchant et prirent place sur des gradins de même forme que la salle où se reflétait particulièrement la lueur verdâtre des trois lampes et où ils semblaient,

14. Voir à ce sujet les travaux de Zeev Sternhell, par exemple *Maurice Barrès et le nationalisme français*, Bruxelles, Complexe, 1982.

15. L'une des scènes de *Biarritz*, qui se déroule dans un cimetière juif, a servi d'inspiration aux *Protocoles des Sages de Sion*, instrument de la propagande antisémite. Cf. R. Girardet, *op. cit.*, p. 25 *sq.*

confondus avec la pierre par leur froideur et leur immobilité, des statues sur leurs piédestaux. » Ces trois cents fantômes « dont chacun représente dix mille associés ; trois cents épées qui valent trois millions de poignards », jurent d'accomplir en l'espace de vingt ans la destruction de la monarchie de droit divin. « La France est la clef de voûte de l'édifice ; que les six millions de mains qui se lèvent à un signe du cercle suprême déracinent cette pierre, et l'édifice monarchique s'écroulera, et le jour où l'on saura qu'il n'y a plus de roi en France, les souverains de l'Europe les plus insolemment assis sur leur trône, sentiront le vertige leur monter au front, et d'eux-mêmes ils s'élanceront dans l'abîme qui aura creusé ce grand écroulement du trône de Saint Louis. »

Ces trois romans présentent une construction morphologique identique ; ils insistent sur le culte du secret, de la structure hiérarchique occulte, le recours obsessionnel aux mots de passe et signes de connivence ainsi qu'aux rites initiatiques. Les affidés, tels les francs-maçons de *Joseph Balsamo*, se réunissent dans des lieux ténébreux, souterrains, caveaux, ruines enfouies au cœur de forêts impénétrables. Leur puissance repose sur l'obéissance aveugle à la volonté du chef suprême à laquelle ils se soumettent ; aucun pouvoir terrestre ne saurait résister à cette entreprise de domination mondiale qui ignore frontières et contraintes matérielles. Les affidés sont partout et contrôlent tout, ils exécutent mécaniquement la mission assignée, tel le corps aux ordres du cerveau ; la référence au *perinde ac cadaver* des jésuites, ordre fréquemment accusé de complot et de manipulation des autorités temporelles, est évidente[16].

Le mythe de la conspiration apparaît fréquemment dans les romans consacrés à la Révolution française, *Les Dieux ont soif*

16. L'ouvrage rédigé par Michelet et Edgar Quinet *Des Jésuites* (1841) constitue une

d'Anatole France[17] ou *Un conte de deux villes*, sans oublier *Les Chouans* ou *Quatrevingt-treize* qui font abondamment référence aux intrigues des « agents de Pitt ». À toutes les étapes de la Révolution, le recours presque obsessionnel à la rhétorique du complot a en effet fourni aux acteurs de tout bord un principe explicatif universel permettant de conjurer l'angoisse et d'exorciser les malheurs en les attribuant à un agent multiforme et insaisissable, mais qu'on pouvait s'efforcer de démasquer et d'anéantir. Le mythe de la conspiration a ainsi le mérite de fournir tout à la fois un système d'interprétation fondé sur une causalité diabolique d'autant plus opératoire qu'elle fonctionne selon un schéma manichéen – l'esprit de vie/l'esprit de mort, la liberté/le despotisme –, un principe d'action politique – identifier et dénoncer les conspirateurs – et une raison d'espérer et de se rassurer : point n'est besoin en effet de s'interroger sur ses propres erreurs et responsabilités dans les calamités de l'époque ni sur les enjeux et définitions de la morale, le Mal n'étant qu'une simple inversion du Bien. Par ailleurs, les éléments spectaculaires du mythe se prêtent aisément à une transposition romanesque : pour rendre

---

illustration remarquable du mythe de la conspiration dont il cristallise les principaux éléments. Revenus en France en 1815 dans les fourgons de l'étranger, les jésuites auraient été les premiers bénéficiaires de la défaite et de l'invasion ; soumis à une autorité extérieure à la souveraineté nationale et populaire, agents d'une puissance supraétatique aux ramifications internationales, ils mettent en péril la patrie (cf. R. Girardet, *Mythes et mythologies politiques*, *op. cit.*, p. 42-43).

17. « L'esprit d'Évariste, naturellement inquiet et scrupuleux, s'emplissait, aux leçons des Jacobins et au spectacle de la vie, de soupçons et d'alarmes. Il croyait voir par chaque soupirail la planche aux faux assignats, au fond de chaque boutique vide, les vivres accaparés, il croyait entendre les propos des agioteurs préparant la ruine de la France en vidant force bonnes bouteilles, croyait voir les filles de joie fouler aux pieds la cocarde tricolore aux applaudissements de la jeunesse dorée. » (*Les Dieux ont soif*, Paris, Livre de Poche, 1970, p. 139).

compte de la Révolution, le complot maçonnique est évidemment plus facile à mettre en scène que la révolution industrielle et l'influence des mutations politiques, sociales et culturelles à la fin du siècle des Lumières.

Le succès mondial qu'ont connu le roman de Dan Brown *Da Vinci Code*[18], traduit dans une quarantaine de langues – seize millions d'exemplaires vendus à travers le monde, dont plus d'un million en France –, et ses « produits dérivés », version cinématographique, contre-enquêtes, création de « Da Vinci tour-opérateurs » soucieux de satisfaire la demande de la clientèle, peut s'interpréter comme une résurgence contemporaine du mythe de la conspiration. À l'opacité du présent tout à la fois « mondialisé » et « atomisé » répond la fascination exercée par une autorité tutélaire qui s'impose, à travers le temps et l'espace, à tous ceux qu'unissent mêmes serments et mêmes engagements ; l'idéal communautaire d'une secte aux ramifications internationales qui prescrit le sacrifice des individualités à un objectif commun apparaît en contrepoint d'une modernité déstabilisée par la perte des repères et le foisonnement de revendications individuelles contradictoires.

On retrouve là un motif caractéristique de l'âge démocratique où prévaut la logique régulatrice du contrat et de l'échafaudage de normes juridiques définissant ce « monstre froid » qu'est l'État de droit ; la nostalgie pour les époques prémodernes se concentre sur une vision largement idéalisée de relations humaines fondées sur des réseaux d'appartenance et de solidarités personnelles, inégalitaires mais stables, à l'exemple de la relation maître-valet. Elle s'accompagne d'une conception autoritaire d'un pouvoir potentiellement arbitraire, tyrannique, indéchiffrable, mais qui, à la

---

18. La traduction française a paru chez Jean-Claude Lattès en 2004.

différence de ce « lieu vide » qu'est le pouvoir en régime démocratique, est incarné par une ou plusieurs volontés humaines susceptibles d'inspirer des sentiments passionnés, allégeance ou rejet.

En 1986, le philosophe Marcel Gauchet notait, dans la revue *L'Histoire*, que l'engouement pour la théorie du complot accompagnait le processus de désenchantement du monde ; car adhérer à l'idée d'une conspiration aux innombrables ramifications revient implicitement à dessaisir la Providence de toute influence sur le cours de l'histoire et à affirmer le poids de l'action des hommes. À terme, soulignait Marcel Gauchet, la stabilisation de la démocratie éradiquerait ce type de fantasmes. En 2002, le contexte se présentait différemment, et le même Gauchet se ravisait, constatant son erreur d'appréciation : la prolifération du mythe du complot, réactivé à la suite des attentats du 11 septembre 2002, témoigne d'un remodelage du sacré, émancipé des structures institutionnelles de l'Église et du dogme. *Da Vinci Code* s'inscrit par ailleurs dans un courant très contemporain visant à protester contre le refoulement du féminin opéré par le monothéisme[19]. Plus profondément, le succès de l'œuvre témoigne d'une revitalisation de l'ésotérisme[20], ou de « l'ésotéro-complotisme » qui promet l'accès à des savoirs immémoriaux engloutis par l'irruption de la rationalité bureaucratique et des technologies. Ce que Pierre-André Taguieff appelle le « bazar de l'ésotérisme », c'est-à-dire tout ce qui exhale un vénéneux parfum de mystère, exprime le besoin compensatoire de croire hors du domaine religieux

19. Frédéric Lenoir et Marie-France Etchegoïn, *Code Da Vinci : l'enquête*, Paris, Robert Laffont, 2004.

20. Pierre-André Taguieff, *La Foire aux illuminés : ésotérisme, théorie du complot, extrémisme*, Paris, Mille et une nuits, 2005.

institutionnel et, à l'heure de l'uniformisation des pratiques culturelles, de se parer du prestige dévolu aux initiés qui, eux, « savent ». L'engouement pour l'Égypte antique, perceptible dans l'affluence aux expositions consacrées au sujet et dans la prolifération d'ouvrages de vulgarisation ainsi que de romans historiques plus ou moins bien documentés, relève, à bien des égards, de cette fascination pour les savoirs occultes.

Les mystères d'Isis

> Vous avez soulevé devant moi le voile de la mystérieuse Isis et ressuscité une gigantesque civilisation disparue. L'histoire est de vous, le roman est de moi ; je n'ai eu qu'à réunir par mon style, comme par un ciment de mosaïque, les pierres précieuses que vous apportiez[21].
>
> Théophile GAUTIER.

L'« égyptomanie » est une passion dotée d'une longue histoire jalonnée par des périodes de revitalisation : la conquête romaine, dont la mémoire collective a surtout retenu les amours de Cléopâtre, l'expédition de Bonaparte qui ouvre la voie à la création des écoles archéologiques et aux fouilles systématiques, le déchiffrement des hiéroglyphes grâce à l'œuvre pionnière de Champollion (1822), l'inauguration du canal de Suez (1867), enfin la découverte de la tombe de Toutankhamon en 1922, source inépuisable de légendes sur la splendeur d'une civilisation disparue et la

---

21. Lettre dédicace à Ernest Feydeau qui précède le *Roman de la momie* (Paris, Librairie générale française, Le Livre de poche, 1985).

« malédiction des pharaons[22] ». Tous les ingrédients se sont conjugués pour alimenter la ferveur qui touche, au-delà des savants, un large public friand d'expositions, de documentaires et d'œuvres de fiction. Il n'est besoin, pour s'en convaincre, que de jeter un regard à la quatrième de couverture de l'édition de poche du roman de Christian Jacq, *L'Affaire Toutankhamon*, qui explicite parfaitement les raisons de cet engouement : le lecteur est convié à pénétrer dans un monde « inviolé », « étrange et grandiose » dans lequel la vie est inséparable de la mort ; le récit lui promet « drames, folies au long d'épisodes plus hallucinants et plus vrais les uns que les autres [...], où rayonnent l'amour, la soif d'absolu, l'or et l'éternité ».

La fin irrévocable de l'Égypte ancienne après les conquêtes de l'islam (641) a donné, en un apparent paradoxe, naissance à une Égypte imaginaire, universelle et immortelle[23] qui s'est superposée et substituée à l'Égypte historique grâce à un ensemble d'associations et d'assimilations d'autant plus fécond que les colonnes, tombeaux et monuments se recouvraient de sable et que l'incapacité à déchiffrer les hiéroglyphes posait, pour de longs siècles, les scellés sur leurs messages. Mystère et séduction de l'Orient, tels sont donc les mots clés qui résument la fascination et l'obsession pour une civilisation dont le goût pour la monumentalité défiant l'échelle humaine frappe l'imagination. Du *Roman de la momie* (1858) de Théophile Gautier, classique du

22. Christian Jacq en a tracé un récit romancé dans *L'Affaire Toutankhamon*, Paris, Grasset et Fasquelle, 1992.

23. Voir à ce sujet *Égyptomania. L'Égypte dans l'art occidental, 1730-1930*, catalogue de l'exposition présentée à Paris, Ottawa et Vienne, Réunion des Musées nationaux, 1994, p. 8-9. Cf. également Jurgis Baltrusaitis, *La Quête d'Isis. Essai sur la légende d'un mythe. Introduction à l'égyptomanie*, Paris, Olivier Perrin Éditeur, 1967.

genre « roman historique égyptien[24] », aux fresques à succès de Christian Jacq, l'Égypte antique inspire une vision du passé qui marie les contrastes violents, l'eau du Nil et les sables des déserts, l'aridité et la luxuriance, le tout sous le signe du sacré. Depuis l'Antiquité, le souvenir des dieux égyptiens Isis et Osiris imprègne un certain nombre de croyances populaires, et ce non seulement dans les provinces romaines où ils furent réellement connus, mais dans des contrées lointaines qu'on aurait pu croire inaccessibles à de telles influences (Inde, Chine, Mexique, Germanie, France, Espagne, etc.). Mais surtout l'Égypte ancienne, avec ses rites funéraires, ses symboles, sa démesure architecturale, son pouvoir théocratique, c'est un monde insolite et extravagant, avec sa débauche de couleurs restées miraculeusement vives et fraîches, de pierreries et d'or, de fresques colorées, ses formes et ses matériaux caractéristiques.

Sous ses dehors excentriques, l'Égypte apparaît comme l'un des berceaux de la civilisation ; plus exotique que la Grèce ou Rome, elle comble, dans la plupart des pays européens, le besoin de se référer à un univers plus mystérieux et bien plus ancien. La fascinante opacité des codes culturels est renforcée par le système hiéroglyphique, écriture sacrée qui, excluant toute notion phonétique, induit une vision du monde éminemment symbolique et métaphorique. S'y ajoute l'exaltation propre à la découverte, au prix de périls hautement romanesques, du tombeau inviolé, épisode qui constitue le point de départ du *Roman de la momie* ainsi

24. À la même époque (1864), un autre « best-seller » mondial, *Ägyptische Königstochter (Princesse d'Égypte)* de Georg Moritz Ebers, égyptologue professeur à Leipzig, s'attache à la recréation du cadre de vie et des rites quotidiens des Égyptiens.

que de nombreuses fictions historiques et qui s'accompagne de passages obligés : description minutieuse du labyrinthe menant au saint des saints, qui figure la quête initiatique récompensée par l'impression fulgurante d'abolir en un éclair la distance temporelle, insistance sur l'incomparable profusion de richesses et d'ornementation, présence palpable du sacré qui estompe le caractère irrémédiable de la mort. Une émotion qui renouvelle celle des premiers visiteurs de Pompéi étreint lord Evandale lorsque, à l'entrée du tombeau de Tahoser, il aperçoit sur la couche de poussière « aussi éternelle que le granit » qui s'est accumulée depuis des millénaires l'empreinte d'un pied, celui du dernier prêtre ou ami qui s'était retiré à la fin des rites funéraires. À ce moment, la roue du temps sort de son ornière ; « une main invisible avait retourné le sablier de l'éternité, et les siècles, tombés grain à grain comme des heures dans la solitude et la nuit, recommençaient leur chute. L'Histoire était comme non avenue : Moïse vivait, Pharaon régnait, et lui, lord Evandale, se sentait embarrassé de ne pas avoir la coiffe à barbes cannelées, le gorgerin d'émaux, et le pagne étroit bridant sur les hanches, seul costume convenable pour se présenter à une momie royale[25] ».

De là aussi la conviction que la civilisation égyptienne est dépositaire d'une sagesse immémoriale dont les hommes n'auraient conservé que les traces et les reliques ; on reconnaît en filigrane le mythe de la perfection des origines, variante du paradis perdu de l'âge d'or, qui sous-tend une conception de l'histoire comme processus de déperdition, largement répandue jusqu'à la fin du XVIIIe siècle puis battue en brèche par les visions téléologiques du progrès. Partir à la découverte de ce monde enchanté en marge des normes et mesures de la civilisation

25. Théophile Gautier, *Le Roman de la momie*, *op. cit.*, p. 58-59.

gréco-latine[26], plus proche des premiers âges de l'humanité, c'est donc s'initier à un savoir ésotérique dont la vérité s'est désagrégée au fil du temps, mais aussi se distancier par rapport à l'idéologie du progrès et à l'individualisme des Lumières. Ainsi que le proclame Gautier, notre civilisation n'est qu'une décadence qui a perdu jusqu'au souvenir des gigantesques sociétés disparues. « Nous sommes stupidement fiers de quelques ingénieux mécanismes [...] ; à côté des Égyptiens, nous sommes vraiment des barbares ; emportés par une vie brutale, nous n'avons plus le sens délicat de la mort. [...] Nous avons la vapeur ; mais la vapeur est moins forte que la pensée qui élevait les pyramides, creusait les hypogées, taillait les montagnes en sphinx, en obélisques [...] et savait défendre contre le néant la fragile dépouille humaine, tant elle avait le sens de l'éternité[27] ! »

La légende égyptienne apparaît donc comme une « logique implacable qui côtoie la déraison, et une érudition mise au service du songe[28] ». Le mystère des hiéroglyphes, qui suggère l'existence

26. Cette volonté de souligner l'excentricité temporelle et spatiale n'exclut pas le souci, propre à de nombreux romans historiques, d'atteindre un point d'équilibre entre la distanciation et la familiarité. Ainsi retrouve-t-on aussi un procédé analysé en première partie, la superposition des époques et la lecture rétroprojective de l'histoire, comme par exemple dans le cycle de Christian Jacq, *La Reine-liberté*, qui évoque la conquête de l'Égypte par les Hyksos. Le thème de la traîtrise et de la « collaboration » avec la puissance occupante est explicitement développé, comme en témoigne la déclaration de l'auteur figurant en exergue : « Je dédie ce livre à toutes celles et tous ceux qui ont consacré leur vie à la liberté en luttant contre les occupations, les totalitarismes et les inquisitions de toute nature. » Une vision cyclique de l'histoire, proche du mythe de l'éternel retour, s'en dégage implicitement ; elle repose sur la constatation d'un retour périodique d'événements similaires.

27. T. Gautier, *Le Roman de la momie*, *op. cit.*, p. 73-74.

28. *Égyptomania. L'Égypte dans l'art occidental, 1730-1930*, *op. cit.*, p. 284.

de sciences cachées au profane, a inspiré les codes de reconnaissance d'un grand nombre de sociétés secrètes, Rose-Croix, franc-maçonnerie dont on trouve des échos dans *La Flûte enchantée* de Mozart. Dans les arts décoratifs et les bâtiments publics, en particulier les gares – les références exotiques étaient censées aider les voyageurs à oublier leurs appréhensions – et les palais de justice, la prolifération de motifs égyptiens montre le souci de se situer dans la filiation d'une civilisation dont on oubliait opportunément qu'elle fut dans la réalité une théocratie despotique et cruelle ainsi qu'une grande puissance militaire pour n'en retenir, par le processus d'assimilation et de traduction propre aux transferts culturels, que les vertus de justice, de sagesse et d'ordre. Ainsi les architectes du second Empire s'extasiaient-ils sur la « durabilité » des « grandioses et mystérieuses pyramides », la « justice et la vérité » symbolisées par l'obélisque, l'« amitié » et la « bonté » associées au portique[29]. Autre élément essentiel : l'architecture funéraire caractéristique et les rites d'embaumement des momies qui confortent un rêve d'immortalité, comme en témoigne la vogue des portiques à l'égyptienne érigés à l'entrée des cimetières construits au XIXe siècle.

Le lecteur du *Roman de la momie* ne peut manquer d'être frappé par la fréquente répétition d'un certain nombre de termes dont la liste, à peu près similaire dans la plupart des romans historiques « égyptiens », résume les éléments de la fascination : « mystérieux », « funèbre », « dédale », « éternité », « antique », « énigme », « sacré », « sacrilège » « énorme », « gloire », « splendeur ». Le « sacrilège » appelle irrésistiblement l'idée de profanation et de viol de sépulture : la quête initiatique qu'entreprend l'explorateur imprégné des normes de la civilisation chrétienne de l'Europe

29. *Ibidem*, p. 252 *sq*.

moderne provoque le frisson de la transgression. Le raffinement de l'ornementation, la profusion de richesses enfouies dans un caveau scellé dépouillent la mort du caractère sinistre qui s'attache aux tombeaux. Cette vision de l'Égypte pharaonique se nourrit également d'admiration envers une civilisation où le savoir et la culture, symbolisés par la bibliothèque d'Alexandrie, occupent une place privilégiée ; médecins, architectes, artistes, savants y sont honorés. Les auteurs se plaisent aussi à décrire longuement les rites d'un quotidien embelli par les chants, la musique instrumentale et la danse. Jardins fleuris, récoltes abondantes, beauté et sensualité des femmes, l'Égypte est le pays de la fécondité, de l'abondance et d'une voluptueuse douceur de vivre que la volonté de domination de l'Empire romain et le monothéisme juif, puis chrétien ont condamné à mort. *Le Roman de la momie* met en scène la défaite politique et religieuse du pouvoir pharaonique face à Moïse et au peuple élu ; dans le roman de Christian Jacq *Pour l'amour de Philae*[30], ce sont les derniers soubresauts des « mystères d'Isis » menacés par le christianisme qui forment la trame du récit.

L'appel du sauveur

La déréliction du temps présent, qui porte en germe un appel et l'espoir d'un possible salut, fait surgir l'image du sauveur-messie qui instaurera un âge de paix, d'ordre et d'harmonie. Éclat de l'action immédiate et piété du souvenir transmis de génération en génération : le sauveur cumule ces deux fonctions primordiales qui se résorbent en une seule, la restauration de l'unité perturbée par les désordres de l'Histoire. Le héros ou le grand homme

30. Publié chez Grasset et Fasquelle en 1990.

démiurge du devenir historique peut revêtir diverses identités, celle du prophète, du réformateur, du révolutionnaire, du martyr de la foi ou de la liberté des peuples, du chef charismatique qui guide son peuple sur les chemins de l'avenir ; il représente toujours une forme sécularisée du messie dont la venue incarne l'espérance d'une rénovation universelle et de la restauration de l'unité d'une communauté, celle de la nation polonaise, par exemple, autour du roi Jean Casimir dans *Le Déluge* de Henryk Sienkiewicz, ou du royaume de France pacifié par Henri IV (Alexandre Dumas, Heinrich Mann, Robert Merle). Le *Taras Boulba* de Gogol participe également de cette veine messianique à forte coloration oblative : le sacrifice de l'homme providentiel qui se retrouve victime de ses ennemis constitue la condition douloureuse mais nécessaire du salut...

Dans sa version sécularisée (le bon roi Henri IV assassiné par Ravaillac, Napoléon cloué, tel Prométhée, sur le rocher de Sainte-Hélène) ou religieuse (le Seigneur ou son envoyé sur terre), le messianisme apporte, sur le mode de l'affectivité, une réponse à une crise de légitimité : lorsque le gouverné cesse de se reconnaître dans ses élites et ses institutions, que la légitimité traditionnelle – le principe du droit divin et de l'autorité de la tradition – vacille, sans que soit instaurée la légitimité « bureaucratique » de la modernité, dotée d'institutions stables et acceptées constituant un système « régulier » et « rationnel », selon les critères définis par Max Weber, le messianisme trouve un terreau propice[31]. Parfois associé au millénarisme dont le but ultime est l'instauration du royaume de Dieu sur terre, il donne un visage aux valeurs

31. R. Girardet, *Mythes et mythologies politiques, op. cit.*, p. 88-89. Voir aussi M. Eliade, *Aspects du mythe, op. cit.*, p. 211 *sq.*

fondamentales d'une communauté qui, de ce fait, se trouvent sanctifiées et érigées en fins suprêmes de l'humanité.

Quo vadis ?, le roman le plus célèbre de Sienkiewicz (1846-1916)[32], qui détermina l'attribution du prix Nobel de littérature à son auteur en 1905, s'inscrit directement dans cette problématique. Publié en feuilleton à partir de mars 1895 dans des journaux polonais de Poznan (ville faisant partie du royaume de Prusse), Varsovie (ville de la Russie tsariste), Cracovie (Autriche-Hongrie), le roman met en scène les persécutions exercées par Néron contre les chrétiens accusés à tort d'avoir provoqué l'incendie de Rome en l'an 64. Le récit repose sur l'effet de contraste entre un pouvoir impérial corrompu, arbitraire et tyrannique et une communauté religieuse resserrée autour de l'apôtre Pierre, figure christique de la rédemption par la foi et l'amour ; il est doublé par une intrigue romanesque entre le Romain Vinicius et la chrétienne d'origine lygienne Lygie qui réussira au terme de multiples péripéties dramatiques à convertir son fiancé. Le titre *(Où vas-tu, Seigneur ?)* fait référence au dialogue entre le Christ et Pierre sur le point de quitter Rome livrée aux désordres et exactions : « Puisque tu abandonnes mon peuple, je vais à Rome [...] pour qu'une fois encore on me crucifie. » L'apparition divine convainc l'apôtre de demeurer parmi les chrétiens et d'accepter le martyre en témoignage de la foi.

Plusieurs romans historiques avaient déjà abordé ce sujet propice à des récits spectaculaires où apparaissent des personnages « monstrueux » comme Néron, où le lecteur vibre d'émotion à la description des massacres de martyrs chrétiens perpétrés dans les

32. Réédité chez Garnier Flammarion en 2005, avec une éclairante préface de Daniel Beauvois.

arènes, sur fond d'incendie de Rome et de scènes d'orgies « romaines ». Citons sans prétention d'exhaustivité *Les Martyrs* de Chateaubriand (1809) et surtout *Acté* d'Alexandre Dumas, publié en 1839. Mais l'originalité de *Quo vadis ?* réside ailleurs : Sienkiewicz avait à plusieurs reprises séjourné à Rome où il s'était imprégné de l'esprit des lieux ; à l'instar de nombreux Polonais exilés ou en visite, il avait effectué le pèlerinage jusqu'à la chapelle commémorant l'apparition du Christ à saint Pierre. L'assimilation aux martyrs chrétiens des Polonais soumis au joug de trois empires oppresseurs et celle de la Pologne dépecée à la chrétienté persécutée n'est pas une invention du romancier ; elle traverse toute la littérature nationale polonaise depuis le début du XIXe siècle, illustrée en particulier par le messianisme du poète national Adam Mickiewicz, relayé en France par les libéraux. Dès 1832 *L'Avenir*, publication de Lamennais, exprimait son soutien à la Pologne « Christ des nations » dans la plus pure veine messianique : c'est précisément l'état d'abandon et de détresse extrêmes qui confère l'exemplarité et porte au peuple souffrant la promesse d'une résurrection anticipant la rédemption de l'humanité tout entière.

Les publicistes polonais n'ont cessé de varier ce thème puissamment mobilisateur en s'appuyant sur les références classiques familières à l'élite lettrée : l'assimilation plus ou moins voilée de Néron au tsar de Russie était d'autant plus tentante que le conflit religieux entre l'empire orthodoxe et la Pologne catholique constituait une pomme de discorde permanente, encore plus sensible après les persécutions exercées en 1878 contre les catholiques uniates que l'on voulait convertir à l'orthodoxie. Le rôle joué autour de l'apôtre Pierre, représentant du Christ sur terre et fondateur de la sainte Église catholique romaine, par la communauté lygienne – Sienkiewicz place le territoire habité par ce peuple entre l'Oder et la Vistule – souligne la vocation messianique d'un peuple qui souffre et a souffert dans l'histoire pour défendre la foi catholique aux confins de l'Europe occidentale. Il s'agit par là même, à l'époque la plus sombre, de galvaniser le patriotisme polonais grâce à une « grande épopée chrétienne » peinte avec les « couleurs pastel d'images de communiants[33] ». Le messianisme, rêve de pureté et de régénération du vieux monde corrompu, offre refuge et consolation contre la misère présente grâce à la projection qu'il opère vers un avenir meilleur ; il tire sa force de l'alliance qu'il réalise entre le volontarisme porteur d'espérance et la conception organique de la nation, souffrante mais immortelle, immortelle parce que souffrante, qu'il véhicule. Le présent ne constitue donc qu'un passage obligé, temps de pénitence et d'attente, entre un passé mythifié et un futur glorieux.

Le peuple lygien/polonais qui incarne tout à la fois la vertu, la spiritualité chrétienne (Lygie) et la force (le géant Ursus) ouvre la voie du salut par l'exemple, ce qui permettra aux nations de surmonter la tentation matérialiste, le rejet de la foi et des valeurs religieuses. Sienkiewicz déplorait l'influence en France de la libre-pensée, de l'incroyance, de l'anticléricalisme et, en littérature, fustigeait le naturalisme de Zola, accusé de se vautrer dans la description de l'ordure et de « vendre la France aux Allemands » en la dénaturant. Ce qui explique pourquoi le roman reçut tout d'abord un accueil réservé en France ; le camp hostile à l'intervention de l'Église dans les affaires publiques railla une œuvre qu'Anatole France qualifia d'« idiote » et définit comme l'expression du « néocatholicisme polonais[34] ». Cependant, le succès populaire se trouva assez vite au rendez-vous : *Quo vadis ?* fut à plusieurs reprises adapté au théâtre dans les premières années du XXe siècle,

33. Daniel Beauvois dans la préface à H. Sienkiewicz, *Quo vadis ?, op. cit.*, p. 7.
34. Daniel Beauvois, *op. cit.*, p. 22.

préfigurant ainsi les versions cinématographiques, dont le film éponyme de Mervyn LeRoy, avec Deborah Kerr, Robert Taylor et Peter Ustinov, remarquable réussite du genre « péplum ». Les Polonais ont, quant à eux, gardé une place de choix à Sienkiewicz dans leur panthéon littéraire et national. L'auteur de très nombreux romans historiques patriotiques, en particulier la grande trilogie consacrée aux guerres du XVIIe siècle, dont n'existent que des traductions françaises tronquées et difficilement accessibles *(Par le fer et par le feu, Le Déluge, Messire Wolodyjowski)*, a en effet suscité après 1989 et l'effondrement du communisme « internationaliste » un culte fervent ; l'« écrivain mage » qui figure toujours en tête des lectures du Polonais moyen inspira une « vague d'adoration » qui déferla en Pologne sous forme de colloques, expositions, commémorations[35]...

Il est intéressant de comparer le roman de Sienkiewicz avec une œuvre contemporaine, la trilogie de Jane Stevenson, *Astraea* (2001), *The Pretender* (2002), *The Empress of the Last Days* (2004)[36], qui illustre parfaitement le goût des Britanniques, et plus généralement des Anglo-Saxons, pour un type de fiction historique élaborée par des universitaires, nourrie d'érudition et moins attachée au « message » qu'à la reconstitution documentée des mœurs et mentalités d'époque, type dont relèvent aussi les romans de Rose Tremain *(Le Don du roi, Music and Silence)* et le policier historique de Ian Pears *Le Cercle de la croix*. Les auteurs britanniques font preuve d'une prédilection pour le XVIIe siècle, période charnière de troubles politiques et sociaux qui prépare l'entrée de

35. *Ibidem*, p. 35.

36. *Astraea, Le Prétendant, L'Impératrice des derniers jours*. Ces romans n'ont pas été traduits en français.

l'Angleterre dans la modernité avec la révolution de 1688, l'avènement de la dynastie hanovrienne, et la diffusion du libéralisme politique, économique et intellectuel destiné à jouer un rôle de précurseur dans l'Europe des Lumières.

Astraea met en scène la reine Élisabeth Stuart, fille du roi Jacques Ier et épouse de l'Électeur palatin qui fut couronné roi de Bohême, puis chassé de son trône au début des troubles de la guerre de Trente Ans. Surnommée la « Reine des Neiges » car son règne ne dura qu'un seul hiver, la souveraine déchue se retira aux Pays-Bas et se consacra à une abondante activité épistolaire avec les têtes couronnées d'Europe, dont son frère Charles Ier d'Angleterre, pour essayer de faire valoir les droits de son fils aîné à l'électorat du Palatinat. L'autre personnage principal, véritable protagoniste du roman, est quant à lui purement imaginaire : il s'agit d'un prince africain, Pelagius, victime d'une cabale politique et vendu comme esclave dans les Indes néerlandaises. Grâce à son goût pour l'étude et à sa foi protestante qui se conjuguent avec un don pour la divination hérité de son ascendance africaine, Pelagius, installé aux Pays-Bas pour poursuivre des études de théologie, entre en contact avec la reine dont il devient l'époux secret. Un fils naît de cette union, il sera ce prétendant au trône dont les aventures formeront la substance du deuxième volume de la trilogie. Ses descendants, installés à La Barbade, sont les héritiers légitimes du trône d'Angleterre.

Le roman retrace la vie de la petite cour de La Haye avec un souci minutieux de véracité dans l'évocation des normes de sociabilité et d'étiquette, la description des paysages urbains avec leurs maisons soigneusement entretenues et leurs canaux pris par les glaces. Lourds vêtements engonçant le corps, obsession de la propreté, allusions bibliques lancinantes au Déluge menaçant, tout témoigne de la prégnance de l'« éthique protestante » dans la société de ces Pays-Bas sillonnés de digues censées juguler le péril des eaux et corsetés de normes morales encadrant les comportements individuels. La proximité avec *La Jeune Fille à la perle* de Tracy Chevallier est renforcée par les références picturales présentes dans les deux romans, même si elles sont plus diffuses dans *Astraea* que dans *La Jeune Fille à la perle*, dont Vermeer est le protagoniste principal.

Dans le roman de Jane Stevenson figure un épisode significatif qui suggère la force, dans la société du XVIIe siècle, de l'espérance messianique, thème irriguant le déroulement de l'intrigue à travers les trois volumes : la reine de Bohême fait l'acquisition d'un tableau de Jérôme Bosch, *L'Adoration des Mages*, et constate que le personnage peint figurant le Roi mage Balthazar est le parfait sosie de Pelagius. Le mariage secret et la naissance de l'enfant surnommé Balthazar couronnent tout à la fois une passion humaine défiant les codes sociaux et la foi en un monde meilleur sauvé par la foi protestante. Le mythe millénariste et sotériologique où se condensent croyances populaires et exégèse érudite fait partie intégrante de la vision du monde que Jane Stevenson s'attache à reconstituer : la naissance de cet enfant du miracle, car né d'une union improbable, représente pour l'humanité un événement qui renouvelle la naissance du Christ. La rénovation du vieux monde s'effectuera par l'union de tous les peuples au sein de la même chrétienté. Le motif messianique et millénariste renvoie implicitement au mythe du roi légitime qui vit dans l'anonymat, ignoré de tous ; il esquisse en surimpression le thème de l'imposteur qui se flatte d'une légitimité usurpée. Il se conjugue aussi avec le mythe de l'âge d'or, suggéré par le titre d'*Astraea*, du nom de cette déesse de la Justice qui fut la dernière à abandonner les hommes tombés dans la corruption et le mal. Comme dans le roman de Sienkiewicz, la confusion du temps présent se transfigure grâce au retour nostalgique vers le passé mythifié – l'âge d'or – et à la projection vers l'avenir radieux annoncé par la venue du Messie. En fin de compte, la rivalité entre la dynastie catholique des Stuarts et la dynastie hanovrienne protestante se résorbe en la personne d'un Stuart protestant : le mythe transfigure la réalité prosaïque des luttes dynastiques, il aide l'histoire à se transfigurer en littérature.

CONCLUSION. DU HÉROS AU TÉMOIN ?

La naissance et le spectaculaire succès du roman historique en Europe participent d'un mouvement de fond marqué par une prolifération de la « catégorie histoire[1] ». L'invention du « progrès » et la sécularisation de l'ordre politique et social ont consacré l'historicité comme un principe essentiel d'intelligibilité et une catégorie épistémologique qui a envahi tous les domaines de la connaissance : le roman historique, rejeton de la « muse démocratique », constitue une traduction littéraire et esthétique de ce phénomène, amorcé dès la seconde moitié du XVIIIe siècle. Dans la perspective d'une histoire-processus dotée de sens, le passé se lit à la lumière du futur espéré ; le « grand homme » ou le « héros » incarnent les destinées des peuples promus en acteurs de l'histoire, ils prêtent leur visage à la collectivité qui trouve ainsi les ressources affectives préalables à la construction de son identité et à la mobilisation des énergies.

Si la dimension de vulgarisation de la connaissance historique, si importante dans la naissance et le succès du roman historique, n'a pas disparu, y compris dans les œuvres contemporaines qui privilégient explicitement le divertissement du lecteur grâce à un cadre historique souvent réduit à un décor de « bal costumé », notre rapport à l'histoire, ce que François Hartog appelle « régime d'historicité », c'est-à-dire le mode d'appréhension du passé qui imprègne toutes les représentations du temps, a subi des mutations si profondes qu'on peut parler d'une véritable cassure.

---

1. François Hartog, *Régimes d'historicité. Présentisme et expériences du temps*, Paris, Le Seuil, 2003 ; « L'art du récit historique », *in* Jean Boutier et Dominique Julia (dir.), *Passés recomposés. Champs et chantiers de l'histoire*, Paris, Autrement, 1995, p. 185-193.

L'influence croissante exercée par les sciences humaines, psychologie, sociologie, économie, qui s'attachent non tant à l'individu, fût-il exemplaire ou héroïque, qu'aux groupes sociaux et qui s'efforcent d'appréhender le « fait social global » et non plus la continuité des événements, a contribué au désenchantement de cette histoire téléologique. Dès les années 1920, l'école des Annales amorce le tournant pris par les études historiques : les critiques que Lucien Febvre adresse à l'histoire-récit ou « histoire-batailles » fondée sur l'événementiel sont symptomatiques de cette mutation qui privilégie la prise en compte de la longue durée chère à Fernand Braudel, des structures susceptibles d'être dégagées grâce à la quantification statistique, à la construction de courbes, cycles, modèles et séries. Le national se voit supplanté par le social, le récit de l'événement par l'analyse de la « conjoncture », expression desdites structures.

Parallèlement s'opère une « révolution copernicienne » dans la compréhension des phénomènes de mémoire opérée grâce à Freud et à Proust, mais aussi à l'approche sociologique de Maurice Halbwachs (*Les Cadres sociaux de la mémoire*, 1925) qui ébranle la toute-puissance des schémas explicatifs globaux et des principes d'intelligibilité de l'histoire dominant depuis les Temps modernes, dont le progrès et la décadence. La croyance en une continuité du devenir, ancrée sur l'idée fondatrice d'une genèse, d'une source originelle dont la recherche généalogique et archéologique détermine l'identité des individus et des peuples, s'estompe, dans la deuxième moitié du XXe siècle, devant la montée en puissance des mémoires individuelles appréhendées sous le mode de la fragmentation et de la démultiplication. L'érosion des structures collectives de la construction des identités, partis politiques, syndicats, Églises, qui s'appuyaient sur des corps de doctrine fermement élaborés et diffusés et assuraient la transmission de la tradition, accélère la valorisation de la mémoire de l'individu, cette valeur de référence ultime dans les sociétés démocratiques individualistes.

Enfin, la crise des idéologies délégitimées par les totalitarismes du XXe siècle accélère et aggrave la crise que subit l'histoire téléologique ; dans *La Crise de la culture*[2], Hannah Arendt, citant René Char – « Nous ne sommes les héritiers d'aucun testament » –, anticipe cette déconstruction d'une histoire qui, privée de sa finalité, se réduit désormais à un éternel présent. La mémoire éclatée tend alors à supplanter l'histoire ; faute de transmettre les valeurs d'un héritage, elle inventorie et commémore les traces infimes du passé, interroge, en l'absence de héros dorénavant dépouillés de toute aura, les « témoins » porteurs d'authenticité. C'est précisément l'anonymat du « témoin », homme ou femme dont la mémoire ne survit, au mieux, que par une mention, un nom figurant sur un testament, un registre, un contrat, qui garantit la valeur mémoriale qui s'attache à lui ; il n'est pas soupçonnable, à l'inverse du grand homme ou du personnage historique, d'avoir inspiré ni alimenté le discours falsificateur, hagiographique ou dénonciateur. « Faire parler le témoin », c'est accepter un examen critique du récit historique surplombant à la Michelet, renoncer aux jugements de valeur idéologiques et moraux, c'est, en fin de compte, reconstituer la « lenteur des jours et la saveur des choses » dans une « mémoire-miroir » où ce que l'on cherche est surtout l'Autre, sa différence, « et dans le spectacle de cette différence, l'éclat soudain d'une introuvable identité. Non plus une genèse, mais le déchiffrement de ce que nous sommes à la lumière de ce que nous ne sommes plus[3] ».

De là cette quête inlassable et obstinée de l'expérience « vécue », « authentique », ce recours au « témoignage », joints à la ferveur commémorative et muséale qui à travers l'Europe ne se dément pas et qu'illustre, en France, la vogue d'institutions comme le Mémorial

---

2. Hannah Arendt, *La Crise de la culture*, Paris, Gallimard, 1972.

3. P. Nora, « Entre mémoire et histoire », présentation des *Lieux de mémoire, op. cit.*, tome I, p. 36.

de Caen, l'Historial de Péronne, les reconstitutions historiques du Puy-du-Fou en Vendée et les innombrables « sons et lumières ». Comme l'a montré Pierre Nora dans le chapitre introductif de la somme des *Lieux de mémoire*, c'est la hiérarchisation, ou l'absence de hiérarchisation, des éléments du souvenir qui constitue un critère essentiel pour différencier les modes de représentation du passé et de relation à l'histoire. Pour nos contemporains, l'histoire est d'autant plus présente, voire obsédante, qu'on est bien en peine d'opérer un tri entre événements porteurs de sens et événements secondaires, faute de points de repère idéologiques. L'histoire imprègne nos sociétés, mais c'est d'une histoire éclatée qu'il s'agit, qui délégitime et proscrit, faute de cadre fortement architecturé en « vision du monde », ce recours à la fresque ordonnée et ordonnancée. Pour les contemporains de Dumas ou de Michelet, de Hugo ou de Tolstoï, la résurrection du passé impliquait une mise en scène qui triait, sélectionnait, hiérarchisait les éléments en une perspective cohérente porteuse de sens pour le présent. Lorsque l'avenir se fait opaque et indéchiffrable, les traces – révélées grâce à l'« éclairage ponctuel », à la « multiplication de prélèvements sélectifs » et à la collecte d'« échantillons significatifs »[4] – prolifèrent et s'accumulent, en l'absence de critères opératoires pour en effectuer la hiérarchisation.

Tout vestige est donc promu au rang et à la dignité de « mystère historique », il fonctionne comme la vitrine identitaire d'une mémoire particulière, et irremplaçable comme telle, comme celle par exemple de ce personnage si représentatif du roman historique contemporain qu'est Grete, la « jeune fille à la perle », ce témoin anonyme de la vie d'un grand artiste saisie dans son quotidien trivial[5].

4. P. Nora, *Les Lieux de Mémoire, op. cit.*, p. 35.

5. Tracy Chevallier, *La Jeune Fille à la perle* (*Girl With an Earring*, 1999), Paris, Gallimard, « Folio », 2002, p. 114.

Dans « les chopes, les verres, les assiettes en céramique, les cruches, les casseroles en cuivre, les poêles à crêpes, les grils et les broches, les cuillers, les louches... » qu'elle astique, les « chemises, robes, bonnets, cols, mouchoirs, coiffes, tabliers » qu'elle plonge jour après jour dans la lessiveuse, nous lisons cette sacralisation du quotidien qui s'est substituée à la célébration des grandes vérités et à l'affirmation des convictions. En poussant un peu plus loin le raisonnement, ne pourrait-on pas supposer que le roman historique, dans ses multiples formes qui cohabitent dans les catalogues éditoriaux, n'est pas près de passer de mode, tant l'« hallucination artificielle du passé » qu'il opère est précieuse à nos contemporains en mal de repères ? Car « jamais on n'a voulu de manière aussi sensuelle le poids de la terre aux bottes, la main du Diable de l'an mil, et la puanteur des villes au XVIIIe siècle[6] ».

À l'évidence, le roman historique n'a pas échappé à l'hypermnésie de sociétés hantées par un problématique « devoir de mémoire » qui, de fait, consacre la fin de l'Histoire telle que l'avaient léguée le XIXe et le premier XXe siècle. La mode actuelle de la généalogie, le succès du genre biographique, la démultiplication, la décentralisation et la démocratisation des institutions de conservation de la mémoire, le succès non démenti de la fiction historique sous toutes ses formes participent du même souci : affirmer l'égale légitimité des mémoires particulières qui réclament leur propre histoire, mais aussi souligner la place qu'occupe la mémoire dans les processus de formation de l'identité, individuelle et collective. Peu importe à cet égard que la jeune fille à la perle supplante ou non d'Artagnan, le héros exemplaire qui plonge le lecteur dans l'univers des grands hommes et de la grande histoire ; l'identité d'une communauté, sociale ou nationale, repose sur la consolidation d'un lien,

---

6. P. Nora, *Les Lieux de Mémoire, op. cit.*, p. 35.

de rituels et de signes de communication fondés sur une culture partagée, où lieux communs, mythes, stéréotypes, symboles fonctionnent comme les indispensables médiations entre les individus, le groupe et les événements qui les affectent.

Le souci de redonner vie à ce qui n'est plus, trait constitutif de ce sous-genre romanesque qu'est le roman historique, illustre, avec plus ou moins de bonheur, le désir de prolonger et d'influencer la constitution d'une mémoire. La narration romanesque classique – personnages individualisés, omniscience du narrateur – et le rapport à l'histoire ont été parallèlement remis en question ; la quête du sens, la certitude « surplombante » de l'auteur, romancier, historien, ou romancier historique, ont perdu leur légitimité. Une histoire désacralisée est notre « imaginaire de remplacement », note judicieusement Pierre Nora : le succès du roman historique, la vogue du document de témoignage s'expliqueraient ainsi comme le « relais de la fiction défaillante », condamnée aux expérimentations de style et aux introspections narcissiques qui déçoivent un public en quête de « belles histoires ». « L'intérêt pour les lieux où s'ancre, se condense et s'exprime le capital épuisé de notre mémoire collective relève de cette sensibilité-là. Histoire, profondeur d'une époque arrachée à sa profondeur, roman vrai d'une époque sans vrai roman. Mémoire, promue au centre de l'histoire : c'est le deuil éclatant de la littérature »[7]. Conservatoire de la mémoire, le roman historique réinvente la tradition en ancrant le temps présent sur la résurrection d'un passé que les mots font accéder à une vie factice, mais fascinante. Il assure la survie de cette forme littéraire dévalorisée par la critique littéraire professionnelle et l'institution académique, la narration décomplexée, innocente et heureuse...

7. *Ibidem*, p. 43.

BIBLIOGRAPHIE

Romans de référence

ARAGON, LOUIS, *La Semaine sainte* (2 tomes), Paris, Le Livre de Poche, 1970.

BALZAC, HONORÉ DE, *Les Chouans (Scènes de la vie militaire)*, in *Œuvres complètes*, Paris, Gallimard, coll. « Bibliothèque de la Pléiade », tome VIII, 1977.

BARBERO, ALESSANDRO, *La Belle Vie ou les Aventures de M. Pyle, gentilhomme*, Paris, Gallimard, 1998.

BARBEY d'AUREVILLY, *Le Chevalier des Touches*, Paris, Gallimard, coll. « Folio », 1976.

BOUCHENOT-DÉCHIN, PATRICIA, *Au nom de la reine*, Paris, Plon, 1998.

BOURIN, JEANNE, *La Chambre des dames*, Paris, La Table ronde, 1979.

BOURIN, JEANNE, *Le Jeu de la tentation*, Paris, La Table ronde, 1981.

BULWER-LYTTON et EDWARD GEORGE, *Les Derniers Jours de Pompéi*, in *Pompéi. Le rêve sous les ruines* (Textes choisis, présentés et commentés par Claude Aziza), Paris, Presses de la cité, 1992.

CHANDERNAGOR, FRANÇOISE, *L'Allée du Roi. Souvenirs de Françoise d'Aubigné, marquise de Maintenon, épouse du roi de France*, Paris, Julliard, 1981.

CHEVALLIER, TRACY, *La Jeune Fille à la perle*, Paris, La Table ronde, 2000.

COMBESCOT, PIERRE, *Les Diamants de la guillotine*, Paris, Robert Laffont, 2003.

DICKENS, CHARLES, *Un conte de deux villes/La Petite Dorrit*, in *Œuvres complètes*, Paris, Gallimard, coll. « Bibliothèque de la Pléiade », 1970.

DICKENS, CHARLES, *Barnabé Rudge. Roman sur les émeutes de 1780/Le Magasin d'antiquités*, in *Œuvres complètes*, Paris, Gallimard, coll. « Bibliothèque de la Pléiade », 1963.
DIWO, JEAN, *Les Dîners de Calpurnia*, Paris, J'ai lu, 1996.
DRUON, MAURICE, *Les Rois maudits* (6 tomes), Paris, Le Livre de Poche, 1970.
DUFREIGNE JEAN-PIERRE, *Le Dernier Amour d'Aramis*, Paris, Grasset, 1993.
DUMAS, ALEXANDRE, *Les Trois Mousquetaires/Vingt Ans après*, Paris, Robert Laffont, coll. « Bouquins », 1991.
DUMAS, ALEXANDRE, *Le Vicomte de Bragelonne*, Paris, Omnibus, 1998.
DUMAS, ALEXANDRE, *La Reine Margot/La Dame de Monsoreau/Les Quarante-Cinq*, Paris, Mercure de France, 1988.
DUMAS, ALEXANDRE, *Joseph Balsamo*, Paris, Robert Laffont, coll. « Bouquins », 1990.
DUMAS, ALEXANDRE, *Le Collier de la reine* (3 tomes), Paris, Le Livre de Poche, 1968.
DUMAS, ALEXANDRE, *La Comtesse de Charny/Le Chevalier de Maison-Rouge*, Paris, Robert Laffont, coll. « Bouquins », 1990.
DUMAS, ALEXANDRE, *La San Felice*, Paris, Gallimard, coll. « Quarto », 1996.
FEUCHTWANGER, LION, *Le Juif Süss*, Paris, Belfond, 1999.
FÉVAL, PAUL, *Le Bossu*, Paris, Garnier Flammarion, 1997.
FÉVAL, PAUL (Fils), *D'Artagnan contre Cyrano de Bergerac/D'Artagnan et Cyrano de Bergerac réconciliés*, Paris, Omnibus, 2002.
FLAUBERT, GUSTAVE, *Salammbô*, Paris, Gallimard, coll. « Folio », 1970.
FRANCE, ANATOLE, *Les dieux ont soif*, Paris, Le Livre de poche, 1970.
GAUTIER, THÉOPHILE, *Le Roman de la momie*, Paris, Le Livre de poche, 1985.

GAUTIER, THÉOPHILE, *Le Capitaine Fracasse*, Paris, Garnier Flammarion, 1967.

GOGOL, NICOLAS, *Taras Boulba*, in *Œuvres complètes*, Paris, Gallimard, coll. « Bibliothèque de la Pléiade », 1966.

GROSSMANN, LEONID, *Mémoires d'Archiac. Chronique pétersbourgeoise de l'année 1836*, Paris, L'Esprit des Péninsules, 1999.

HAASSE, HELLA S., *La Récalcitrante*, Paris, Le Seuil, 2003.

HUGO, VICTOR, *Notre-Dame de Paris*, in *Romans* I, Paris, Robert Laffont, coll. « Bouquins », 1985.

HUGO, VICTOR, *Quatrevingt-treize*, in *Romans* III, Paris, Robert Laffont, coll. « Bouquins », 1985.

JACQ, CHRISTIAN, *La Reine-Soleil. L'Aimée de Toutankhamon*, Paris, Julliard, 1988.

JACQ, CHRISTIAN, *Pour l'amour de Philae*, Paris, Grasset et Fasquelle, 1990.

JACQ, CHRISTIAN, *L'Affaire Toutankhamon*, Paris, Grasset et Fasquelle, 1992.

JACQ, CHRISTIAN, *La Reine-Liberté* (cycle en trois volumes), Paris, Presses Pocket, 2003.

JACQ, CHRISTIAN, *Le Juge d'Égypte* (cycle en trois volumes), *La Pyramide assassinée*, Paris, Plon, 1993, *La Loi du désert*, Plon, 1993, *La Justice du vizir*, Plon, 1994.

LEVER, ÉVELYNE, *Marie-Antoinette, journal d'une reine*, Paris, Laffont, 2002.

MANN, HEINRICH, *Le Roman d'Henri IV. La jeunesse du roi*, Paris, Gallimard, 1972.

MARGERIT, ROBERT, *La Révolution* (cycle en 4 tomes), Paris, Gallimard, 1963-1968.

MARGERIT, ROBERT, *La Terre aux loups*, Paris, Éditions Phébus, 1986.

MÉRIMÉE, PROSPER, *1572. Chronique du règne de Charles IX*, Paris, Gallimard, coll. « Folio », 1970.

MERLE, ROBERT, *Fortune de France* (11 volumes), Paris, Le Livre de poche (Éditions de Fallois).
POUCHKINE, ALEXANDRE, *La Fille du capitaine/Le Nègre de Pierre le Grand*, in *Œuvres*, Paris, Gallimard, coll. « Bibliothèque de la Pléiade », 1973.
RAMBAUD, PATRICK, *La Bataille*, Paris, Bernard Grasset, 1997.
RAMBAUD, PATRICK, *Il neigeait*, Paris, Grasset et Fasquelle, 2000.
RUFIN, JEAN-CHRISTOPHE, *L'Abyssin. Relations des extraordinaires voyages de Jean Baptiste Poncet, ambassadeur du Négus auprès de Sa Majesté Louis XIV*, Paris, Gallimard, coll. « Folio », 1997.
SCOTT, WALTER, *Ivanhoé* (2 tomes), Paris, Gallimard, coll. « Folio Junior », 1998.
SCOTT, WALTER, *Waverley/Rob Roy/La Fiancée de Lamermoor*, Paris, Robert Laffont, coll. « Bouquins », 1981.
SCOTT, WALTER, *Quentin Durward*, Oxford University Press, 1992 (en traduction française abrégée, Paris, L'École des loisirs, 1979).
SIENKIEWICZ, HENRYK, *Quo vadis ? Roman des temps néroniens*, Paris, Garnier Flammarion, 2005.
SIENKIEWICZ, HENRYK, *Les Chevaliers Teutoniques*, Paris, Parangon, L'Aventurine, 2002.
STEVENSON, JANE, *Astraea*, Londres, Vintage Editions, 2002.
STEVENSON, JANE, *The Pretender*, Londres, Vintage Editions, 2003.
THACKERAY, WILLIAM, *Mémoires de Barry Lyndon du royaume d'Irlande*, Paris, Flammarion, 1990.
THOMAS, CHANTAL, *Les Adieux à la reine*, Paris, Le Seuil, 2002.
TOLSTOÏ, LÉON, *La Guerre et la Paix*, Paris, Gallimard, coll. « Bibliothèque de la Pléiade », 1952.
TREMAIN, ROSE, *Le Don du roi (Restoration)*, Paris, Éditions de Fallois, 1993.
TREMAIN, ROSE, *Musique et Silence*, Paris, Omnibus, 2000.
VIGNY, ALFRED DE, *Cinq-Mars*, Paris, Gallimard, coll. « Folio », 1980.

YOURCENAR, MARGUERITE, *Mémoires d'Hadrien*, Paris, Gallimard, coll. « Folio », 1982.
YOURCENAR, MARGUERITE, *L'Œuvre au noir*, Paris, Gallimard, coll. « Folio », 1981.

Autres ouvrages

Études littéraires

ANGENOT, M., *Théorie littéraire*, Paris, PUF, 1989.
ARROUS, MICHEL (dir.), *Dumas, une lecture de l'histoire*, Paris, Maisonneuve et Larose, 2003.
BENNETT, JAMES M., *Walter Scott, Waverley : Imaginaire romantique et réalité historique*, Paris, Éditions Messene, 1998.
BERNARD, CLAUDIE, *Le Chouan romanesque. Balzac, Barbey d'Aurevilly, Hugo*, Paris, PUF, 1989.
BERNARD, CLAUDIE, *Le Passé recomposé. Le roman historique français du XIXe siècle*, Paris, Hachette, 1996.
CONSTANS, ELLEN, *Parlez-moi d'amour. Le roman sentimental, des romans grecs aux collections de l'an 2000*, Limoges, Presses de l'université de Limoges, 1999.
DUCHET, CLAUDE, « L'illusion historique : l'enseignement des préfaces (1815-1832) », *Revue d'histoire littéraire de la France*, n° 2-3, mars-juin 1975.
LUKÁCS, GEORG, *Le Roman historique*, Paris, Payot et Rivages, 2000.
MOLINO, JEAN, « Qu'est-ce que le roman historique ? », *Revue d'histoire littéraire de la France*, n° 2-3, mars-juin 1975, p. 195-234.
MOLINO, JEAN, « Histoire, roman, formes intermédiaires », revue *Mesure, L'Histoire comme genre littéraire*, n° 1, Paris, José Corti, 1989, p. 57-75.
Nouvelle Revue française, n° 238 consacré au roman historique, octobre 1972.

PEYRACHE-LEBORGNE, DOMINIQUE et COUÉGNAS, DANIEL (dir.), *Récit et histoire*, Nantes, Éditions Pleins Feux, 2000.
Recherches sur le roman historique en Europe, XVIIIe-XIXe *siècle* (2 tomes), Annales littéraires de l'université de Besançon, Les Belles Lettres, Paris, 1977.
ROMAN, MYRIAM, « Victor Hugo et le roman historique », communication présentée devant le groupe interuniversitaire de recherches sur Victor Hugo (université de Paris VII, 25 novembre 1995, disponible sur Internet).
SANDERS, ANDREW, *Charles Dickens. Authors in Context*, Oxford, Oxford University Press, 2003.
SARTRE, JEAN-PAUL, *Les Mots*, Paris, Gallimard, coll. « Folio », 1964.
TDC, Dossier « Roman historique », Presses du CNDP, n° 876, 15 mai 2004.
TEYSSANDIER, HUBERT, *Les Formes de la création romanesque à l'époque de Walter Scott et de Jane Austen, 1814-1820*, Paris, Didier, 1977.
VANOOSTHYUSE, MICHEL, *Le Roman historique. Mann, Brecht, Döblin*, Paris, PUF, 1996.

Ouvrages de sciences humaines

ANDERSON, BENEDICT, *L'Imaginaire national. Réflexions sur l'origine et l'essor du nationalisme*, Paris, La Découverte, 1996.
BALTRUSAITIS, JURGIS, *La Quête d'Isis. Essai sur la légende d'un mythe. Introduction à l'Égyptomanie*, Paris, Olivier Perrin Éditeur, 1967.
BEAUNE, COLETTE, *Naissance de la nation France*, Paris, Gallimard, 1985.
BERCE, YVES-MARIE, « Les cadets de Gascogne », *L'Histoire*, n° 35, juin 1981, p. 27-29.
BERTAUD, JEAN-PAUL, FORREST, ALAN, JOURDAN et ANNIE, *Napoléon, le monde et les Anglais. Guerre des mots et des images*, Paris, Autrement, 2004.

BOUTIER, JEAN et JULIA, DOMINIQUE (dir.), *Passés recomposés. Champs et chantiers de l'histoire*, Paris, Autrement, 1995.

CERTEAU, MICHEL DE, « L'histoire, une passion nouvelle », *Le Magazine littéraire*, n° 123, avril 1977.

CHARLE, CHRISTOPHE, *Le Siècle de la presse (1830-1939)*, Paris, Le Seuil, 2004.

CITRON, SUZANNE, *Le Mythe national. L'Histoire de France en question*, Paris, Éditions ouvrières, coll. « EDI », 1991.

COSANDEY, FANNY, *La Reine de France. Symbole et pouvoir, XVe-XVIIIe siècle*, Paris, Gallimard, 2000.

CREPON, MARC, *Les Géographies de l'esprit. Enquête sur la caractérisation des peuples de Leibnitz à Hegel*, Paris, Payot, coll. « Bibliothèque philosophique », 1996.

DOSSE, FRANÇOIS, *Le Pari biographique. Écrire une vie*, Paris, La Découverte, 2005.

ELIADE, MIRCEA, *Le Mythe de l'éternel retour*, Paris, Gallimard, coll. « Idées », 1969.

ELIADE, MIRCEA, *Mythes, rêves et mystères*, Paris, Gallimard, 1957.

ELIADE, MIRCEA, *Aspects du mythe*, Paris, Gallimard, coll. « Idées », 1963.

DURAND, GILBERT, *Les Structures anthropologiques de l'imaginaire. Introduction à l'archétypologie générale*, thèse pour le doctorat ès-lettres présentée à l'université de Paris, Imprimerie Allier, Grenoble, 1960.

Égyptomania. L'Égypte dans l'art occidental, 1730-1930, catalogue de l'exposition présentée à Paris, Ottawa et Vienne, Paris, Réunion des Musées nationaux, 1994.

ELIAS, NORBERT, *La Civilisation des mœurs*, Paris, Calmann-Lévy, 1973.

ELIAS, NORBERT, *La Société de cour*, Paris, Flammarion, coll. « Champs », 1985.

ESPAGNE, MICHEL, *Les Transferts culturels franco-allemands*, Paris, PUF, 1999.

GARRISSON, JANINE, « Catherine de Médicis, un “grand roi” », *L'Histoire*, n° 22, avril 1980, p. 26-36.
GIRARDET, RAOUL, *Mythes et mythologies politiques*, Paris, Le Seuil, 1986.
HARTOG, FRANÇOIS, *Régimes d'historicité. Présentisme et expériences du temps*, Paris, Le Seuil, 2003.
HOBSBAWM, ÉRIC, *Les Brigands*, Paris, Maspero, 1972.
LENOIR, FRÉDÉRIC et ETCHEGOÏN, MARIE-FRANCE, *Code Da Vinci : l'enquête*, Paris, Robert Laffont, 2004.
LEROY LADURIE, EMMANUEL (dir.), *Personnages et caractères, XVe-XXe siècle*, Paris, PUF, 2005.
MOLLIER, JEAN-YVES, *La Lecture et ses publics à l'époque contemporaine. Essais d'histoire culturelle*, PUF, 2001.
MONTANDON, ALAIN (dir.), *L'Europe des politesses et le caractère des nations. Regards croisés*, Paris, Économica Anthropos, 1997.
NORA, PIERRE, *Les Lieux de mémoire*, Paris, Gallimard, 1984-1986, réédition Gallimard Quarto, 1997, trois volumes.
OZOUF, MONA, *La Muse démocratique. Henry James ou le pouvoir du roman*, Paris, Calmann-Lévy, 1998.
OZOUF, MONA, *Les Aveux du roman. Le XIXe siècle entre Ancien Régime et Révolution*, Paris, Fayard, 2001.
PERNOUD, RÉGINE, *Pour en finir avec le Moyen Âge*, Paris, Le Seuil, coll. « Points Histoire », 1997.
PETITEAU, NATHALIE, *Napoléon, de la mythologie à l'histoire*, Paris, Le Seuil, 1999.
PLUMYENE, JEAN, *Les Nations romantiques*, Paris, Fayard, 1979.
SCHAMA, SIMON, *Le Paysage et la mémoire*, Paris, Le Seuil, 1999.
TAGUIEFF, PIERRE-ANDRÉ, *La Foire aux Illuminés : ésotérisme, théorie du complot, extrémisme*, Paris, Mille et une nuits, 2004.
THIESSE, ANNE-MARIE, *La Création des identités nationales. Europe, XVIIIe-XXe siècle*, Paris, Le Seuil, coll. « Points Histoire », 1999.
TULARD, JEAN, *Le Mythe de Napoléon*, Paris, Armand Colin, 1971.

BIOGRAPHIE DE L'AUTEURE

Brigitte Krulic, ancienne élève de l'École normale supérieure, agrégée d'allemand, professeur à l'université de Paris-X, est spécialiste de l'histoire des idées dans une perspective comparatiste et des relations qu'entretiennent l'histoire et la fiction littéraire. Elle est notamment l'auteur de *La Nation, une idée moderne* (Ellipses, 1999) et de *Nietzsche penseur de la hiérarchie. Pour une lecture tocquevillienne de Nietzsche* (L'Harmattan, 2002). Aux Éditions Autrement, elle a déjà publié *Écrivains, identité, mémoire. Miroirs d'Allemagne, 1945-2000* (2001) et *Europe : lieux communs* (collectif, 2004).

TABLE DES MATIÈRES

Achevé d'imprimer en avril 2007 sur les presses
de l'imprimerie Corlet, 14110 Condé-sur-Noireau, France,
pour le compte des Éditions Autrement,
77, rue du Faubourg-Saint-Antoine, 75011 Paris.
Tél. : 01 44 73 80 00. Fax : 01 44 73 00 12.
E-mail : contact@autrement.com – N° d'imprimeur : 98497.
ISBN : 978-2-7467-0984-3 – Dépôt légal : mai 2007. Imprimé en France.